U1012867

闻冰轮 云南省作家协会成员，北京大学访问学者，将文字看作介乎禅宗和巫术之间充满悬念的行为。著有长篇小说《红紫红尘》《三个影子的人》《狼与猫》，儿童文学系列《芭蕾雨阿拉伯奇幻旅行》《芭蕾雨南非夺魂之旅》《芭蕾雨马丘比丘历险记》，中篇小说《船恋》《人远天涯近》《落在车上的长发》等，大型文化散文《红河左岸　边城秘语》《非遗绝唱》《云南美食灿灿巡礼》《盘龙江孕育的城市记忆》《文化昆明·石林》《一石破天动四方》《行走的光影》等，短篇小说集《与月同车》《为谁守候》，电影剧本《梅葛》《畹町桥》，电视剧本《毛纺厂的故事》等。

黑白之月

闻冰轮◎著

云南出版集团 云南人民出版社

图书在版编目（CIP）数据

黑白之月 / 闻冰轮著. -- 昆明 : 云南人民出版社,
2021.6
ISBN 978-7-222-20133-0

Ⅰ. ①黑… Ⅱ. ①闻… Ⅲ. ①推理小说－中国－当代
Ⅳ. ①I247.5

中国版本图书馆CIP数据核字(2021)第072099号

责任编辑：苏映华　姚实名
助理编辑：梁明青
创意设计：熊小熊
责任校对：毛　雪
责任印制：窦雪松

HEIBAI ZHI YUE
黑白之月

闻冰轮　著

出　版　云南出版集团　云南人民出版社
发　行　云南人民出版社
社　址　昆明市环城西路609号
邮　编　650034
网　址　www.ynpph.com.cn
E-mail　ynrms@sina.com
开　本　710mm×1000mm　1/16
印　张　20.75
字　数　220千
版　次　2021年6月第1版第1次印刷
印　刷　云南荣德印务有限公司
书　号　ISBN 978-7-222-20133-0
定　价　50.00元

如需购买图书、反馈意见，请与我社联系
总编室：0871-64109126　发行部：0871-64108507　审校部：0871-64164626　印制部：0871-64191534
版权所有　侵权必究　印装差错　负责调换

云南人民出版社微信公众号

目录

所有的罪恶都始于清白。

——欧内斯特·米勒尔·海明威

第一章

一座神秘庞大的建筑巍然矗立，它显然精心改造过，屋顶由一只船的残骸搭制而成，覆有巨型穹顶的大殿是整幢建筑的中心，若干小穹顶环抱周围。大殿前有一个开阔的广场，迈纳尔石雕矗立四边。门窗呈拱券形，大殿内的敏拜尔和窗上的木质雕花，都有着古典主义的精美造型。

外墙东南角镶嵌有一块醒目而刺眼的黑色陨石。戴着深色墨镜的他，独自一人坐在黑色陨石下的台阶上看书。

眼角余光瞥见那个人从大殿里走了出来，步履缓慢神色悠然。他将书本合于手里，缓缓起身，朝那人迎面而去。书本落地，他弯腰去捡，手中一只纤细精巧的针管准准插进男子的大腿。

男子走出五六步之后颓然倒地，身体在泛着青光的石板地上痛苦地抽搐，两眼绝望地瞪向空中时，一缕殷红的血从嘴角溢出。周围响起惊叫声、呼救声、嘈杂的脚步声时，他已经走出广场来到街上，钻进一部黄色出租车，把目的地告诉司机。

忽然，一把冰凉的手枪顶在他后脑勺上。

…………

一阵紧似一阵的喇叭声把凌墨飞从沉思中惊醒，他与前方车子之间空出了五六米，后面心急如焚的司机在催促他跟上。正值晚高峰，高架桥上车流缓慢如爬行，一道阳光恰好从滇池上方的云中直泻而下，笼罩着这座他离开了 20 年的城市，魔幻的丁达尔现象令开着车的他恍恍惚惚，脑海中胡乱缠绕着从今晨起一直困扰他的这个梦境。

10 年来，类似的梦境经常会出现。

他去到明媚阳光下的冰川，行走于熙熙攘攘的越南街头，坐在一个摆满大型电子设备的房间里，狂奔在约旦荒芜的沙漠上……梦中的他永远在杀人，既是主角又像是看话剧的观众，任由血腥场景呼啸而过。以前他总将其归结于平日里听的广播，看的视频，手机里接收到的各种信息，在睡眠过程中以梦境的形式出现并重组。

但是，今早这个梦境已是第三次出现，他不相信人可以三次做同模同样的梦。

开到位于北市区的月牙潭路，店门口的车位被一辆奔驰占了，他把牧马人开到“徐徐珠宝”门口，一张让人浮想联翩的粉脸出现在车窗外。

“徐妹妹，我能否借停一会儿？”既然占用人家车位，只好忍住恶心叫声妹妹。

她没马上答话，直视着他，眼睛里是空洞而半藏半露的目光，一种故作高深、知道无人能理解的自信。

这个叫徐蔓蔓的老板娘很是神秘，自诩擅长顶级珠宝首饰的设计制作，声称昆明但凡有点儿身家的富婆都是她的往来客，每年做着上千万的生意。她的店门面不大，大门总是很蹊跷地关着，那张经历过无数次整容的脸让她的年龄悬浮在 30 岁到 50 岁的猜测中。每次遇见她，凌墨飞总涌出一种冲动，想认真调查一番她的底细。以他的直觉，这个女人身上肯定藏着大秘密。

冲动归冲动，茶楼生意太忙，他时刻告诫自己不要去多管闲事。

徐蔓蔓火辣辣盯着他看了几秒钟，一拍巴掌，“没认出来是凌哥啊！好些日子不见是去海滨度假啦？这皮肤真是迷死人不赔钱呀！”

一阵大风刮过，高原耀眼的阳光像楔子一样，刺入凌墨飞那双有着冰一样质地的眼睛，掠过眉毛上那道明显的伤疤和他短短的寸头。他的身体高大而瘦削，和周围的人相比有点鹤立鸡群。脸部轮廓分明，几道深深的纹路刻在脑门上，那不是岁月的皱痕，他从小就有，这使得他在二十岁的时候看上去更老，而在四十岁的现在看上去却很年轻。从他记事起，大人们就说他的脸很难看，因为它毫无表情，更因为它桀骜不驯。现在，他在看着徐蔓蔓的时候，依然面无表情。

“今天我要提前关门去参加朋友生日，你可以一直停到明天早上。”徐蔓蔓娇滴滴一个媚眼，伸手在他肌肉紧绷的胳膊上掐了一把。

凌墨飞谢了一声，打开牧马人后箱，抬起一箱啤酒往三十米外的博剋堂走去。

昆明初秋的傍晚还很闷热，店长潘宇还没来上班，其他店员也还没来。他独自将半车酒卸完，小寸头上全是汗，感觉到饿得不行。打开冷柜抽出一个比萨，往上面盖两片芝士，放进了烤箱。待烤比萨的香味飘荡出来时，他从刚搬进来的箱子里取出一瓶图赫全麦黑啤，坐到与一楼相连的露台上，享受他的晚餐。

五年前从美国回来，他开了这家博剋堂，主营普洱茶生意，兼做单一麦芽威士忌和图赫全麦黑啤的经销，在昆明这座城市他是唯一这样混合经营的。

在私人事务调查这个行业里，他在顶端占有一个稳靠而隐秘的位置。这座三层格局的茶楼位于月牙潭畔，宁静而独立，周边没有俗气的商业气味。除了经营茶楼生意，除了替人做隐秘调查，他不需要什么人成为他生活中的一部分。他的内心，一直独自在远离一切的地方生活着。

只要他在博剋堂，每晚总有一些新老朋友来此闲坐小聚，而他去乞力马扎罗这一个月却生意惨淡。无论开餐厅、开酒吧、开茶室，老板在与不在，直接决定着老客户来与不来。他边吃比萨边陆续给那些老客户发微信，又在朋友圈发了一个帖，明天起生意大概会逐步回升。

店长潘宇骑着电单车来上班了，其他店员也陆续到达。看见坐在露台上的他，所有人大惊失色，看着他的那副眼神，使他觉得自己像是电影明星一般。随即，每个人脸上都挂满很不自在的表情，尤其潘宇更是一脸窘迫，正眼都不敢看他。

凌墨飞很理解他们，老板不在的时候偷偷懒，晚点儿来上班，是人之常情。他把潘宇叫过来问问这一个月的营业情况，交代几个需下单的货品，让他通知所有店员，从明天开始博剋堂一早就开门营业，他此番归来已打定主意要重新调整营业模式。

在店里巡查完一遍，天色已全部黑了下来。他点燃一支雪茄，倒半杯威士忌，把自己蜷进那个装修时特意留下的隐秘角落里，思考策划下一步的销售方向。这个角落外人进来一眼看不见他，而他从这里却可以总览全部。

一个人影忽然走到他面前，拖一把椅子大咧咧坐到他对面，将一瓶格兰芬迪 30 年放到桌上。

凌墨飞抬起头来，一个有着满头浓密黑发的大个子正盯着他看。他额头饱满，脸庞方正，眼睛又大又圆，胡子刮得很干净，鬓角也经过了精心的修理。浅灰紧身汗衫外面罩一件白底红色佩斯利花纹衬衫，胸前两个扣子敞开着，有胸肌的厚实胸膛，显然经过了专业训练，宽阔平直的肩膀让他显得更高大魁梧。

“一个人喝拉弗格多没意思，你的最爱不是格兰芬迪吗？这瓶可是30年哦！”大个子的笑容里，漾着一层封闭而神秘的色彩。

凌墨飞把自己的酒杯一饮而尽，打开格兰芬迪的盖子，慢慢凑到鼻子下，微闭上眼睛，“饱满的醇香，黑巧克力、烘焙咖啡豆和成熟的黑樱桃香气，还飘着木质烟熏光亮的皮革和丁香味道。”他将身子重重靠到圈椅背上，盯着大个子，“我鄙视无缘无故的感情，正如同鄙视不劳而获。”

“别矫情了，格兰芬迪可是你的大爱！从乞力马扎罗回来也不打个招呼，我刚刚看见你朋友圈才知道。”

“还没顾上联络你。”

“那豹子还在吗？它跑到海拔5895米的非洲第一高山去寻找什么？”

“海明威都不知道，还会有谁知道。”

“你的夙愿终于实现了，下一个目标是乔戈里峰？”

“下一个目标是明年的房租。”

三秒钟的沉默，两人哈哈大笑。韩东亮去吧台拿来两个杯子，各倒了两盎司，推一杯到他面前。

凌墨飞含了一小口，让酒体顺着舌头充满整个口腔，眯缝着眼睛，

“你这吝啬鬼出手开一瓶格兰芬迪 30 年……肯定又要来找我的麻烦。”

“人们传说，要想让凌墨飞出山，必须遵守某种不成文的规定，假如申请者流露出半点不信任，半点无诚意，见面立即结束，从此再没有同凌墨飞讲话的机会。”

“我今年一个单都不接，专心打理博剋堂的生意。”

“这可是桩大生意！”韩东亮神秘地凑近，“诡异得很，一个富婆出手就是 20 万，要我查出谁想谋害她丈夫，而这事却不准让她丈夫知道。”

“毫无技术含量。”

“没有技术含量她肯首付 20 万？查出真凶后再额外支付。你猜猜她老公是谁——堂堂博亚航空集团副董事长兼总经理、党委副书记！”

“博亚航空？”凌墨飞左眉上的刀疤跳了跳。

“假如赚这笔钱不是刀口舔血，王妍君怎会出那么大价码。她老公白淳，货真价实的位高权重者，想谋杀他的人绝不是等闲之辈。我从当警察到辞职出来成立个人事务协助调查所，还从没接过职务那么高的案子。”

凌墨飞呷了一口酒，面无表情。

“她这个委托除了对老公安危的巨大担忧之外，存在着某种缺陷，有一种不能自圆其说的东西。这个致命的缺陷一旦被找出来，她的逻辑就会被彻底推翻。问题是，我毫无头绪，无从下手，否则怎么要来找你出手。这笔巨款不是白赚的，那女人要求签下生死状，我若完成不了任务，定金须双倍返还！赔钱事小，我调查所的名声事大啊！”

凌墨飞定定看了他五秒钟，摇摇头。

韩东亮缓缓站起身，眼露凶光，杵着桌子直逼他眼前：“你是否还能在昆明找出一个比没有同情心更恶毒的朋友来？”

凌墨飞瞧着别的地方，慢慢转过头来，抬眼搭住他的眼光，好像是接通了他内心的审视，一字一句答道：“利用朋友的同情的人。”

“哈哈！”韩东亮孩子般拍三下巴掌，端起酒杯一饮而尽，“我就知道你不会坐视兄弟有难不管！”他满脸漾起的那种把握，就像一个打牌作弊的人，花了很大力气记住了牌型的每一种可能变化，对每张牌都稔熟于心，然后便胸有成竹了。“今天这瓶酒不算，改日我请你吃日本大餐！”

凌墨飞咧咧嘴，那张看起来从来不会笑的方脸庞笼罩了一层笑意，左眉的伤疤也淡了许多。

“你先查查白淳身边交往密切的人，电话、短信、微信记录。”他端起杯子，缓缓将剩下的酒喝下肚，“查到以后我俩碰头。”

二人别过，凌墨飞交代潘宇两句，出门上了车。

夜风凉爽，空气清冽。他觉得忘了点事，却一时想不起是什么事，似乎与某桩行动有关，又似乎有谁死了。他边开车边在脑海中搜寻着这个念头，如同悬在心中的一个空白的形状，既不能填上，也无法丢弃。

第二章

签署一份新的威士忌代理销售合同耗费了比预计多得多的时间。凌墨飞此刻疾驰在赶回博克堂的路上，外面正下着雨，在黄灯闪烁的最后一秒钟，他加大油门冲过最后一个路口。现在是六点差十分，他痛恨所有的迟到，包括他自己，他认为迟到就是迟到，不分任何理由。

停好车急匆匆冲进博克堂，一眼瞥见那个熟悉的身影坐在墙角，心头闪过一丝内疚。他再次盯着手表确认了三秒钟，面容顿时舒展开来。转身跨出门外，在脚垫上跺了跺脚上的雨水，重新进店，坦然地朝韩东亮走去。

“你没迟到，是我来早了。”韩东亮很了解这个搭档对于准时与否的强迫症，用一个很夸张的动作推了推早已摆在桌上的酒瓶。凌墨飞不用细看就知道那是什么酒，斜眼看着他。

潘宇用一只托盘把他俩的晚餐端过来，青椒土豆丝、小炒肉、茄子醡、白菜豆腐汤，这是博剋堂的工作餐。负责做饭的小红是凌墨飞手把手教会的，调教了将近一年才终于彻底不放味精。潘宇看见桌上那瓶酒，又去端来一碟炸腰果，一盘牛肉干，是从袋装食品里倒出来的。还拿来了两只威士忌酒杯。

“虽然我知道你总是剥削我的智慧，但恐怕不需要每次开一瓶新酒吧。”凌墨飞脱下被雨水打湿的夹克递给潘宇。

“哈哈，这酒是你店里的。你不是说最近经营惨淡么，就算帮帮你的生意呗。”韩东亮伸手拧亮桌上的台灯，这个角落平日里就昏暗，下雨时简直一片黑。

韩东亮撕开瓶口的铅封，朝每个杯子倒了两盎司，比了比，把稍微多一点那杯推到凌墨飞面前，自己端起来呷了一口。

“你不是要我从电话记录查起？结果蛮神秘的，”他清了清嗓子，提高声调，“一个位高权重的老总，近半年来联系密切的人少得让我怀疑人生。电话往来密切的只有三个人——老婆王妍君、财务总监徐亚杰和一个叫朱一静的空姐。”

见凌墨飞只顾低头摆弄手中的雪茄和雪茄剪，他敲了敲桌子，“喂，你在听不？”

“老婆、财务总监、空姐。”凌墨飞头也没抬，把精心修剪好的蒙特牌雪茄拿在手上，拿起打火机准备点火。

韩东亮呷口酒，调整了一下坐姿，“在这三个联络密切的人当中，还死了一个。”

“谁？”

“徐亚杰！”

凌墨飞左眉的伤疤跳了几跳，朝前倾过身子，“财务总监？他什么时候死的？”

“一个月前，在王妍君给我下单之前。”韩东亮对终于勾起凌墨飞的兴趣感到很满意，又喝了一口酒，“在会议室开着会突然心梗，送到医院已经死亡。”

“有报警吗？”

“没有，诊断结果是心肌梗死，属于正常疾病死亡，遗体三天后就火化了。”

博尅堂此刻没有客人，潘宇把音乐声调大了一些，是凌墨飞喜欢的鲁宾斯坦钢琴协奏曲。雄浑而起的旋律在四周墙壁上来回折射，在对痛苦的拒绝和对遥远未来的赞美声中，它随着历尽苦难之后即将临近的胜利而更加嘹亮。

这是他从美国带回来的碟片，在茶室里播放鲁宾斯坦，昆明市恐怕他是唯一的。这位俄国大钢琴家在名满天下之际，突然隐退，苦修十年后重登舞台，那气魄真是阔气无比。凌墨飞经常想，自己够不上这种瑰意琦行，却不屑于各种真假海归的粉墨登场，或某些自诩“文化人”的搔首弄姿。口口声声不要名不要利的多半是无能的弱者。要脱尽名利心，唯一的办法就是先让自己有名有利，然后弃之如尘土。

钢琴或者威士忌的作用，脑子里忽然闪现出昨夜的梦境。明媚阳光下的冰川，摆满大型电子设备的教堂内部，熙熙攘攘的中东街头，他不断在杀人，却又像观众般任由那个杀手所向披靡……凌墨飞觉得自己一直在等待着一个完全陌生的人，带着某种身处现实的细枝末节，如救世主一般出现在他面前。唯其如此，方能瓦解他所有的幻觉，否定他对于自我的一切推测，让他有可能获救。

“喂，想啥呢？”韩东亮敲敲桌子。

“心肌梗死，”凌墨飞咳嗽了一声，“你做过调查没有？”

“询问了家属和几个同事，说他身体一直挺好，体检报告也没有病史。因为是在上班期间发病死亡，单位给了一笔数目不小的赔偿金。”

凌墨飞一口喝干杯中的酒，拿过酒瓶又倒了两盎司，“我去调查徐亚杰的健康状况、身体状况、疾病史，你去找目击者询问他发病时有些什么表现，当时周围是什么情形。”

韩东亮眼里泛出光芒，“你认为……这是杀手所为？王妍君担心她老公也会心梗？”

凌墨飞又抿了一口酒，微微眯缝起眼睛，享受酒精与胃部的相互摩挲和抚慰。恰在这时，音乐停了，他问道：

“这个王妍君在哪里上班？”

“以前在银行工作，五年前办了提前退休手续，在家闲着。”

“我要见见她。”

“她再三强调说除了我，谁都不见，好像很忌惮这事被人知道的样子。”

“你明天下午约她到这里来聊一次，就坐那张台，我坐在这里旁听，她看不见我。”

博剅堂的装修，凌墨飞颇花了些心思，兼顾生意，爱好，以及私人事务调查。

一楼，用防腐防晒防白蚁的北欧赤松，在店门外铺设起一座巨大的露台，四把太阳伞下各摆放一张樟子松小桌。昆明四季如春，从年头到年尾都有客人喜欢坐在露台上喝茶或饮酒。大门处矗一扇桃木雕花格子门玄关，客人进入室内，一眼看见的三米长梨木茶台，是龙头街老家具市场淘来的。两面临窗的位置分别摆放三张小的榉木茶桌，可以喝茶也可以喝酒。这个无论从哪个视角都不易觉察的隐秘角落，摆放了一张窄窄的旧式桃木茶几，和一张可以把人埋进去的松软圈椅，静静掩在一蓬肥硕散尾葵的背后。这是凌墨飞最私密的窝子，坐在这里既可以将店内情景一览无余，又不被人看见。

二楼，设有四个不同风格的独立包间，可以喝茶、品酒、商谈、闻香，隔音效果极佳，关上门互不打扰。

三楼，是他精心打造的一个微型会所，从落地窗可将月牙潭的湖面一览无余，是博剋堂生意的延展部分，适合承办二十人左右的私密聚会、品鉴活动或小型发布会。因为临湖而坐，装修设计既有格调又有怡然闲情，加上隔音处理非常好，这个独立会所小有名气，每个周末都会被提前预订。

在三楼看不到湖面的一侧，以软装和立体绿化墙布置出几个舒适隐秘的小卡座，适合情侣或三两好友私聚。拐角处藏着他的小小办公室，里面就一张桌子一台电脑。

韩东亮起身绕了一圈，从那张紧靠墙的茶台绝对看不见他俩这个隐秘角落，点点头，“我明天约她过来。”

他走出门钻进车里，简短地按了一声喇叭，顺着湖边疾驰而去。

凌墨飞凝神远望，漆黑的湖面看不见在下雨，但街灯下，雨丝正像台灯罩四周闪亮的流苏一样在垂落。

明天，王妍君会说些什么秘密出来？

第三章

午饭时间刚过去不久，博剋堂的店员都被安排去了楼上，潘宇一人坐在露台上看手机，故意让一楼显得安静而私密。凌墨飞坐在松软的圈椅上，眼光投向靠墙的那张茶台，韩东亮与王妍君的交谈已进行了十分钟。

从进门后的举手投足间，这个女人丝毫不像那些颐指气使的高官太太。被韩东亮带到靠墙的茶座上，她没任何特别的表示。在潘宇递上茶水单时，她看都没看一眼就说要壶花茶，韩东亮说不如来一泡勐海老生茶吧。她没有表示异议，眼光和表情是想尽快开始交谈的急迫。

凌墨飞看过白淳的照片，作为炙手可热的博亚航空集团副董事长兼总经理的老婆，她不论长相、身材、气质，都不是想象中的样子。他很奇怪一个外貌如此英俊，仕途如此通达的男人，为何有如此平庸的一个老婆。

这个女人显然已在十年前甚至更早，就自我放弃了。她松松垮垮的走路姿势毫无仪态可言，坐姿懒散，长挎带的 COACH 包随手放在旁边的座位上。头发最迟是半年前烫的，波浪已经快直了。干枯的发质显然很久没进行过任何保养护理，用一根普通橡皮筋松松地随意扎在脑后。尽管礼貌性地化了点淡妆，却并未对她那张缺乏保养的、慵懒松弛的脸起到多少美化作用。卡其色裙装与她的身份倒是很符合，华伦天奴的设计剪裁既保守又严谨，款式老旧但是价格不菲，穿在她身上不会令人感觉到任何不妥。

凌墨飞注意到王妍君脖颈上挂着一副铂金镶嵌如意玉坠，即便在室内黯淡的光线下，也显得圆润翠绿，光泽透亮。应该是玻璃种正阳绿，属翡翠中的极品，按照今年的翡翠行情，至少值 40 万。手镯是与之相配的冰种，质地细腻，晶莹透明，通体泛着光泽。两件加起来，价值已过百万。

凌墨飞将眼光移开，小心点燃一支蒙特雪茄。这个有钱有闲的女人，为何不花点时间去美容院保养一下粗糙干涸的皮肤，去美发店设计个稍显年轻的发型，去金格百货好好选几套“玛丝菲尔”“阿玛尼”或者“Max Mara”扮靓一下自己，干吗戴着价值百万的珠宝却把自己弄得像个街坊大妈。

事实上女人的内心世界会非常直观地表现在她的外表上，凭着多年浪迹天涯的经验，凌墨飞对自己的观察结论深信不疑。她已经对这个世界所求甚少，她要的只是平安度日，唯一牵挂的只是儿子完成学业后能否顺利入职，而以她丈夫的职位权利，这显然不会成其为问题。她是无忧无虑的，虽然情感世界离她十分遥远，但夫妻感情甚好，那个既位高权重又英俊迷人的丈夫显然没给她造成任何危机感。她对现状很满足，既无更多奢求也无任何抱怨。

她尽管长相平庸，眉眼间却有一种由来已久的、自己都毫无觉察的优越感。除了目前所急切担忧的针对丈夫的危险，她依然具有掌控局面的自信。

韩东亮很周到地向她讲述着调查所对她丈夫白淳进行的一系列保护工作，向她保证目前暂时不会有危险发生。

王妍君没有接茬，韩东亮把话锋引向了徐亚杰。

王妍君在日常生活里显然是个话不多、从不嚼舌的女人，但从她的如约而至，从她的表情和眼神来看，她对于这次信息交流是很急迫的。然而奇怪的是，进门直到现在，除了点茶水，凌墨飞居然没听见她开口说一句话。

“徐亚杰跟你先生关系怎么样？”

“他是老白的财务总监，最信任的人。”声音很轻很细，仿佛害怕吵醒睡觉的人。

“我有一个大胆的推测……只是推测啊，”韩东亮故意说得字斟句酌，目的是引起王妍君的注意，“徐亚杰会不会就是想谋杀你丈夫的那个人？”

王妍君惊异地瞪大眼睛，像看外星人一样看着韩东亮，嘴巴变成一个0形，却没有发出任何声音。

韩东亮等不到她的任何反馈，接着往下说：“逻辑上是这样的：他想谋杀你丈夫，结果被发现了，他就服药自尽。”

王妍君的眼睛里透出一缕光，这缕光与她整个人的气场很不吻合，虽然转瞬即逝，但凌墨飞已经很清晰地捕捉到了它的含义——鄙视。她显然对韩东亮得出这个荒唐的结论非常失望，失望透了，凌墨飞几乎认为下一秒钟她就会提出撤单。

“那么，会不会因为徐亚杰发现了要谋杀白淳的人，而被凶手杀害了呢？”

这次王妍君马上就说话了，声音里显然有了情绪波动，“那凶手怎么不直接杀白淳？白淳天天跟徐亚杰在一起。”

“他们下了班也经常在一起吗？”韩东亮终于找到了突破口，嘴角泛起一丝得意。

“他俩喜欢到处去找美食，小徐和我家老白都是吃货。”

“王姐也经常跟他们一起去吗？”韩东亮步步紧逼。

王妍君微微闭了闭眼睛，“我信佛，吃素。”

“那你知道他俩经常喜欢去哪里吃吗？”

王妍君摇了摇头，眼睛里又泛起一缕冷冷的光，凌墨飞把那缕光翻译为：这个很重要吗？

“如果我是凶手，一定会找白淳经常去的地方下手啊。”韩东亮的反应够快，凌墨飞点了点头，那么多年警察没白干。

“小徐去世后，老白就很少出去吃饭了，连单位应酬也基本推掉。”

王妍君是在徐亚杰死后才下的委托，莫非是因为徐亚杰的死让她感到危机？莫非白淳和徐亚杰有共同的敌人，两人都是被谋杀的目标？

“王姐，能不能请你告诉我，你认为有人要杀白淳的依据是什么？”

沉默。

“换句话说，你为什么认定有人要杀他？为什么要请我们保护他？”

沉默。

王妍君的沉默与一般人的沉默很不一样，那是一种沉默中的沉默，仿佛没有内容，其实容纳了太多的内容，还有神秘。那不是本色，也不是本能，而是一种炉火纯青的技能。凌墨飞感觉要是没有特殊的情况，她可以几个小时、几个星期、几个月甚至几年保持这种沉默。他愈发觉得这个女人的内心与外表极不吻合。

也许是雪茄的烟味开始四处弥漫的缘故，王妍君觉察到了旁边有人，非常警觉地朝这边看了一眼。

凌墨飞急忙摁灭了烟，再抬头时，发现王妍君已经站起身准备离开。她在平和表情的掩盖下表现出既傲慢又怯懦的样子，并不是一种折磨他人的方式，而是一种扭曲了的绝望的表现。她也并不是成心想让韩东亮难受，而只是在供认她自己的痛苦，那是为了维护一个担惊受怕的妻子的自尊，是一种隐藏着的乞求。

凌墨飞从开着的落地窗一步跨到露台上，再从露台小围栏一步跨出去，绕到了博剋堂正门口，与正好走出来的王妍君擦身而过，他需要从正面看这个女人一眼。

王妍君抬手看了看表，凌墨飞在一瞬间看清楚了那块玫瑰金满钻，表盘上有着特殊四条弧形花纹的手表——格拉苏蒂小夜曲，价值不低于五十万！他对格拉苏蒂手表中的任何款式都太熟悉了。

韩东亮送客回来，望着凌墨飞说：“我怀疑徐亚杰的死跟王妍君来找我下单有关联。”

“绝对有关联！我要尽快去见见白淳。”

第四章

古老高大的银桦树闪曳着明朗的翠绿光彩，新近引进移植来的各式花木很适应春城的气候，竞相显露出姿态各异的盎然生机。位于春城心脏部位的翠湖，历经二十多年的风雨之后，除了周围多出几座突兀的高楼，整体上依然保持着昔日高贵、清冷、矜持的贵族风韵。天空中梦幻般飘浮着轻柔的九月云，水岸边柳树的枝条婆婆娑娑，在温煦的空气中随微风摇曳生姿。满眼望去，这里依旧还是熟悉的旧时昆明味道。

下午四点半钟，翠湖边的行人和车辆都很少，在这个越来越喧嚣拥挤的世界，眼前的光景显得有些不真实。凌墨飞缓步而行，一片梧桐树叶从他肩旁飘落，他用目光注视它静静躺在干净的地面上。

尽管是春城，但秋天毕竟是秋天。

这里唤起他太多的记忆。离开这座城市二十年，他并不想刻意去找回记忆，但每次到翠湖漫步，如烟往事便一拥而上。父母过早故去，自己离开太久又再度归来，恍若隔世变成一种毫不夸张的真实写照，连物是人非也谈不上。他边走边回忆少年时代沉醉于“新生”的那段蒙昧而清纯的年月，双倍感怀。除了这四季如春的宜人气候，除了有着一段生死情谊的韩东亮，整个城市的物与人，与帕默克在小说《雪》里描写的卡尔斯一样，既熟悉又陌生。

与韩东亮约定的时间还早，他选择从翠湖公园内穿行而过。这是市区最漂亮的公园，虽然面积不大，但精致、典雅而贵气。这里最初曾是滇池中的一个湖湾，后来因水位下降而成为一汪清湖，自明朝起，历任云南行政官员便陆续在这里修亭建楼。垂柳和碧水是主要构成部分，有纵贯南北的阮堤，直通东西的唐堤，以“翠堤春晓”而闻名四方。

他刻意将步子放得很慢，从湖心亭绕过东南面的水月轩，又经九曲桥到达东北面的竹林岛，当他回到观鱼楼的时候，脑海中忽然闪过一丝异样。如果自己是个杀手，杀掉一个人的市场公定价是多少？这种事情有定价吗？或许价格不一，因为有很多变量要考虑。比方说，要看这个人的净值，看他的存在对谋杀者构成的威胁程度，看杀他的难度，这些都是很重要的因素。杀掉一个手握重权的高官，收费应该比干掉一个普通市民要高。

出了翠湖东门后向右拐，走不远就到了中和巷，沿缓坡而上的尽头是记忆中嬉戏玩耍的武成路。脚下这条青石铺就的斜坡，多年的人车往来，已经把石头磨得光滑浑圆。路面是凹凸不平的，走在上面并不舒适，但他还是感觉到怀旧的满足。

按照韩东亮发来的信息提示，拐过一个弯，走进一条更加狭窄的青石板小路，就找到了那座老宅。灰瓦青砖，门口左首靠墙立着一排翠竹，右边一棵修剪得十分婀娜的三叶梅灿灿鲜红着。朱红色大门虚掩，一块扇形铜牌钉在三叶梅后面的砖墙上，“兰石”二字不注意几乎是看不到的。

据韩东亮的调查，这里是徐亚杰在死前频繁出入的地方。

推门进院，迎面一块照壁扑面，绕过照壁便是一片古风盎然的素雅院落。三面皆为民国时代二层楼砖木建筑，右角有一口古井。廊下地面四周是花岗岩围成的排水沟，院子中间水池里的一尊太湖石山很有些年代，色泽与形态保存得异常完好。睡莲下面，几尾锦鲤在水中安逸地游弋。

凌墨飞仔细打量这座外表毫不起眼的老宅，显然是晚清或民国时期某个达官或显贵的别院。能在寸土寸金的翠湖边找到这样一所文物级宅院来经营的人，财力雄厚，颇有格调，并且有相当的关系背景。

思忖间传来一声清脆的招呼：“是凌先生么？韩总在等您。”回身看去，一个扎丸子头、穿制服、面目清秀的女孩儿微笑着跟他打招呼。

随着那女孩儿上楼进入包间，韩东亮正拿着手机低头摆弄，抬眼见他咧嘴一笑：“我还怕你找不到，正给你发定位呢。”

“怎么会？你忘了小时候我家就住武成路啊。不过，这个院子倒确实没来过。”

热毛巾擦过脸，刚才的女孩儿已端个花梨木小托盘站在面前，两盅热腾腾的茶盛在古朴的建窑杯里。凌墨飞注意到她胸前那个校徽似的铭牌：小燕。端茶浅尝一口，竟是清醇爽口的普洱茶，年份大约五年，苦涩味恰到好处刚刚转化为甘甜香韵，茶汤清澈茶气纯正，很少有餐馆配有如此好茶。

“请问二位点菜还是替你们配菜？”小燕递上一本精致考究的菜谱，小牛皮封面，象牙色东巴纸内页，菜单以流畅娟秀的毛笔小楷写就。

“慕名而来，当然要尝尝你们家的招牌菜。”韩东亮大咧咧一挥手。

“我们家的菜都很好吃，不过招牌菜……需要提前预订。”

“什么菜啊这么稀奇？”韩东亮把菜谱一页页翻去，“现在点上，我们不赶时间，让厨师慢慢做！”

小燕抿嘴一笑，“先生，招牌菜就是第一页的‘兰石秘品牛排’，需要提前三周预定……二位今天先尝尝别的菜吧。”

“招牌菜叫什么名字？”一直在看着窗外的凌墨飞忽然转过头来。

“兰石秘品牛排。”

“来吃这道菜的客人多吗？”凌墨飞兴趣更浓了，听名字是西式菜品，跟这里的环境风格不搭调啊。

“老客人都超级喜欢，每个礼拜都有预定。我们的牛是定点饲养，从宰杀后到上桌需要二十多天，中间有个复杂的脱酸过程。”

“哦？干式熟成。”凌墨飞左眉刀疤挑了挑，基本上明白了这道菜品的主要内涵，很少有餐馆采用这么复杂的工艺，“你对老顾客都很熟悉吧？”

小燕敛起笑容，警觉地看他一眼，没有答话。

凌墨飞掏出两张百元钞票塞到小燕手里，“我们今天头一次来，想多占用一点你的时间给我们介绍介绍，说不定吃过今天，我俩也就成你的老顾客啦。”

“你不用客气，这是我应该做的。”小燕低头看了一眼那两张钞票，表情显得很纠结。凌墨飞走上前去，把钱装进她工作服的口袋里。

“我俩也是你们的老客户介绍过来的，博亚航空的徐总你应该认识吧？”

“认识！”小燕的表情顿显轻松，脸上的笑容又回来了，不再为那200元钱纠结。

凌墨飞与韩东亮对望了一眼，韩东亮说：“跟他一起来的白总才是真正的美食家呢。”

小燕彻底放松了：“对对，还有朱姐。”

“他们最后一次是哪天来的？”

“最后一次……我不记得了，最近好像有一阵子没来了。”

“朱姐……是那个空姐吧？”韩东亮故意偏头问凌墨飞。

“嗯嗯，是她，很漂亮。”小燕急忙点头。

凌墨飞和蔼地拍了拍她手臂，“今天我俩就交给你做主，帮我们配几样荤素搭配的，考察一下你们家的菜品如何。”

“我现在就去写菜，写好拿来请你们过目。”小燕利索地从口袋里掏出两张名片，“下次来之前给我打电话，好为你们留座，来晚了没包间的。”

“你等等，”凌墨飞叫住她，“去收银台问问徐总最后一次来吃饭的时间，他应该每次都开发票的。”

小燕走后，韩东亮起身关上包间的门，“我们要保护的人是白淳，你觉得在徐亚杰身上，值得花那么多功夫吗？”

凌墨飞定定看了他几秒钟，“值！”

“医院那边有消息吗？”

“负责徐亚杰抢救的黄医生去美国看儿子，要下周才能回来。”

小燕很快推门进来了，脸上洋溢着喜色，“二位真有运气！有一桌之前预订秘品牛排的客人今天来不了啦，你们要吗？”

韩东亮一拍巴掌，“嗬！赶紧上！我倒要看看提前三个礼拜预订的牛排有多牛。”

小燕很机灵，早从凌墨飞探究的眼神中读懂他要问什么，“上个月的发票已经上交了，收银说查不到记录。”

“问问其他服务员。”

“徐总每次来都是我们经理亲自服务。”

“那你去问问经理。”

“这个……最好还是你亲自问他吧。”小燕脸上的为难显然不是装出来的。

菜很快上来了，芫荽沙虫虾头汤用的是越南大头虾，清淡而鲜美，一碟清蒸黄鱼鲞是地道的宁波口味，黄油煎芦笋配之以建水草芽，绿白相间，甜脆爽口。然后是调整味觉的冷制绿茶素面，分量在两箸三箸之间，一盅蘸料咸鲜味十分微妙。

“这四道菜真是分量适中，咸淡搭配恰好，很富于节奏感！”凌墨飞由衷夸赞。

“秘品牛排！”随着小燕一声清脆嗓音，她领着两名端着托盘的服务生走进包房。二人几乎用同样的动作将托盘摆放在客人面前，步调一致地同时揭开盖子，同时在牛排上方拧动胡椒研磨器，然后一起悄然退下。

凌墨飞仔细端详了几秒钟，部位是肋眼，厚度五厘米，装盘时的火候在六成左右，铁板的预热温度加上肉本身的余温，这时应该恰是入口的最好时机。

“动手！”他对韩东亮招呼一声，迅速摆弄刀叉切下一块放入口中，心头顿时一惊。细腻的肉质，清晰的大理石纹路，均匀分布的脂肪瘦肉，绝对不是常规西餐厅的澳洲牛肉。油花成分不多，牙齿和舌尖清晰无比的纤维感，既有神户牛肉的柔韧，又有松阪牛肉的肥嫩，入口即化的特有香甜，混合淡淡的白兰地余香，充满了口腔。

“好吃，真好吃！是我吃过最好吃的牛排！”韩东亮塞满牛肉的声音含混不清。

凌墨飞是个对美食有极致追求的人，回国五年，他从未吃过如此美味的牛排，令他倾心得分辨不清是他在理解它呢，还是它在理解他。他的眼睛泛着光彩，惬意地啜了一口红酒，“即便在北京上海也吃不到如此绝妙的牛排！他们家用的盐是粗制岩盐，不知哪里弄来的，味道竟如此丰富。”

“你这个挑剔的吃货，居然零差评。”韩东亮说话间并未停下动作，不一会儿就一扫而光。

“徐亚杰和白淳很会选地方啊，算得上高级吃货！”凌墨飞在脑海中略微修正了一下对二人的认知。

小燕笑吟吟带着两个服务生进来，撤走牛排铁板，在每人面前摆一碟精致的绿茶奶酪蛋糕，是餐后甜点。“牛排味道怎么样？”

“不错不错！把你们经理叫来聊两句。”

小燕乖巧地应了一声转身出去，不一会儿，进来一个身材瘦高、面色白皙，看上去满身书卷气的男子。他一身笔挺的藏青色西装，雪白的衬衫，黄色丝绸领带上有 F 模样的暗花，结打得十分漂亮。他戴一副无框眼镜，镜片后面是一双看不见内容的眼睛。就他的身份而言，那张毫无表情的脸，让任何人都会感到几分诧异。

他非常得体地微微鞠了一躬，也不说话只是静静看了看两位客人，最后把目光停在凌墨飞身上。

“很意外呀，你们家的牛排名不虚传！”凌墨飞站起身来，想请这位经理坐下聊聊。

经理彬彬有礼递上一张名片，“兰石私家厨房总经理韩潇潇”。

“牛排必须提前预订？”

韩经理躬身上前，手中那个屏幕硕大的三星手机上有一行刚敲上去的字：“定点饲养，干式熟成。请提前三周预订。”

凌墨飞好奇地看他一眼，“那就是说，如果我们还想吃，必须等到下个月了？”

韩经理在手机上按了几下，把屏幕递到凌墨飞眼前：“是的。”

“你不会……你不能说话？”

韩经理点了点头，脸上不带丝毫窘迫或不安，仿佛自己的残疾是一件再自然不过的事情。

凌墨飞沉吟了几秒钟，看来今天的调查只能到此为止。

韩经理微微鞠了个躬，先退后半步，然后转身，不紧不慢走出包房。那派头，那神态步履，像电影里的英国老管家。

凌墨飞知道，这个哑巴经理藏着太多秘密。

第五章

想见白淳一面居然难度巨大，这是凌墨飞没有想到的。

博亚航空集团总部今年从市区搬到三十公里外的天牛村，几乎与天牛新机场同步规划、同步设计、同步建成，是中国西南地区规模排名第三的大型综合性基地。

白淳的办公室在行政综合区二号楼五楼。但是，没有特别通行证，任何人都无法进入博亚航空集团总部。即便进入了总部，要想进入行政大楼，必须登记姓名、有效证件及要拜访的人员名字，经保安打电话核实之后，才能进去。

凌墨飞思来想去唯有一个办法进入，那就是请韩东亮借助警察的关系。但那不是他想要的方式，也不是一个好的方式。

这里戒备森严，关卡重重，到处都有监控设备。那个想谋杀白淳的人，绝对不会选择来他上班的地方下手。

凌墨飞从机场回到博剋堂已是下午两点钟。这个点月牙潭边的大部分店都还关着门，这里既不毗邻商业区，也不挨近写字楼，白天很少有人约客户或朋友到这里的酒吧、茶室谈事，也不会像王府井、财富中心、正义坊那样，白天就有各种小资情调的年轻人进去喝一杯。

但是每天天一擦黑，月牙潭就立刻变成这座城市的另外一个星球。每家茶室、酒吧纷纷点亮神秘而蛊惑的霓虹灯，各种真伪艺术家、大小演艺明星、时髦产业的私营业主、外国人、真假另类、边缘人纷纷聚集于此。这些人像夜空里的星星一样闪烁发亮，将一种模糊却不可混淆的东西注入黑夜的中心。香道、茶道、爵士乐、现磨咖啡、进口啤酒、黑胶唱片，引领着这座城市的时代记忆、高尚格调和消费指南。月牙潭湖边飘来飘去的是自由、颓废、文艺、没落的贵族气息，代表着这座城市独特的小众文化，是某种群体的秘密标识，像鸦片一样吸引着他们流连忘返，来了又来。

凌墨飞历来都有满满的自信，认为博剋堂是这条街最有格调的茶楼，并且是唯一拥有单一麦芽和德国啤酒的茶楼。

博剋堂里还残留着昨晚没散尽的一缕香薰，这会儿没有客人，潘宇在二楼给店员做培训。他走进有 DJ 的小吧台，放入一碟肖邦的《叙事曲》。有客人时一楼会播放古琴曲，没客人时就放他喜欢的钢琴曲。他喜欢肖邦，始终认为肖邦是音乐上的文体家，同时也是音乐上的意识流大师。

感到饥肠辘辘，为了见白淳去博亚航空集团周围溜达了几小时，午饭都没吃。他打开冷柜取出一个德州比萨，往上面放了四片培根，再覆盖上厚厚一层马苏里拉，放进烤箱。

“嗬！这是午餐还是下午茶？”刚美美地咬了一嘴嚼着，射进屋内的阳光就被韩东亮魁梧的身子遮挡住了。

咕噜咕噜喝下两口图赫啤酒，才把比萨快速咽下去，“你要不要来一瓶？”

“千万别跟我提酒！啤酒也不能提！”韩东亮皱着眉头手捂着胃绕进吧台，自己倒了一杯白开水，“昨晚请市局那帮弟兄吃饭，五个人喝了三瓶‘茅粮’！我怎么回到家的都不知道。”

“何苦！”凌墨飞又就着黑啤咽下一口比萨，感觉马苏里拉放多了一点，不过他喜欢这个味道。

韩东亮面露得色，“弟兄们帮我查到了徐亚杰最近一年的飞行纪录，还有通话、短信、微信纪录！你说该不该请他们喝酒？”

凌墨飞左眉那道疤挑了起来，迅速把最后一块比萨塞进嘴里，“都发现了些什么？”

“徐亚杰去得最多的城市是上海。”

“这能说明什么？”

“他微信聊得最多的那个号叫‘若兰’，上海的！聊天内容证明两人不是普通男女关系。”韩东亮一屁股坐在他对面椅子上，“嘿嘿，你明白了吧？”

凌墨飞一口喝干图赫啤酒，将身体伏在桌子上，“他俩最后一次聊是什么时候？”

“临死前几个小时。”

凌墨飞吹了声口哨，“给我看看聊天记录。”

“他们不可能给我文字记录，告知我内容已属于某种程度的违规操作了。”韩东亮指指脑袋，“我都记在这里了。”

“三瓶茅粮没把你洗白？”

“开什么玩笑！不想想你兄弟是干什么出身的？当年能够看一遍预审记录就倒背如流的警察，能够散打比赛拿第一名同时文化竞赛拿第三名的警察，全市局只有我一个啊！若不是因为那次开枪误伤群众，我早就是……”

“行啦行啦，你若不辞职出来，能开宝马吗，能请弟兄们喝茅粮吗。快说徐亚杰的聊天记录！”

“8 月 9 号（也就是徐亚杰死的那天）中午十二点，他用微信发了张我俩吃过的那道著名‘秘品牛排’照片，文字：一到兰石就忍不住想你，怎么办？若兰回了个表情，没有文字。中午一点钟，他发了从车里拍出去的街景照片，文字：临时通知回去开会，还没吃饱。若兰回复：有下午茶。两点钟发文字：无聊的会议！你在干什么？若兰回复：准备下午茶。徐亚杰回复：我等不及想现在就飞来。”

“没有啦？”

“当然没有了！”韩东亮神色古怪，“你不会忘了徐亚杰两点半突发心肌梗死，送到医院时已经死亡？”

“之前徐亚杰有说过当天要去上海吗？”

“他预订了下午五点半的飞机，头天就把航班号发给了若兰。”

“他死那天是礼拜五，莫非博亚航空的出差不管周末与否？”

“这也是我要告诉你的问题，徐亚杰去上海几乎都是周五去周日回。去其他城市出差从来没有在周末周日时间。”

“查出这个若兰的电话号码，我要飞一趟上海。”

“老凌，我不得不再次提醒你，”韩东亮咽了一下口水，“我们收了王妍君二十万块钱，我俩喝了王妍君两瓶格兰芬迪，昨天请客用的也是她的钱。我们要保护的人是她丈夫白淳，为何要在一个死人身上浪费时间？”

凌墨飞定定看着他，“你知道博亚航空集团副董事长兼总经理、党委副书记是个什么身价吗？他不但掌管着博亚航空的财权、物权、市场资源、往来贸易，还掌管着集团每个干部和员工的命运，权力之大无法想象。”

“我当然知道！这些资料当你还在乞力马扎罗雪山时我就调查过了。”

“但是，这样一个位高权重的角色，他的通信记录居然比一个退休老干部还干净简单。”

“也真是啊！频繁联系的号码除了老婆、秘书、司机之外，就只有徐亚杰和朱一静，朱一静的也并不频繁。”

“那就只有两个解释，要么所有有求于他的人都需要一个中间人来传话；要么，他还有另外一个私人号码。或者，二者皆有！”

“徐亚杰就是那个中间人？”

“就目前掌握的情况看，他俩是走得最近的，联系往来最多的。假如我是那个要谋杀白淳的人，一定会通过徐亚杰来接近他。”

韩东亮拍拍巴掌，“而目前我们唯一有大量线索的人也就是徐亚杰。”

“你查到上海那个若兰的手机号就替我订票，越快越好！你也别闲着，去兰石私家厨房打探 8 月 9 号中午徐亚杰跟谁一起吃的饭。”

“还有，”凌墨飞拉住起身要走的韩东亮，“再请市局的哥儿们帮个忙，查一查白淳的通信记录，查查他的飞行记录。”

“白淳那个级别的领导，那帮哥儿们恐怕不敢擅自去查。”

“噢，厅级领导……”凌墨飞沉声道：“我相信只要想查一个人，他就不可能保持永远的隐私，对吧？”

“我去想办法！”

第六章

最近半年，因为空中管制，天牛机场不断有航班延误甚至航班取消的事情发生。

凌墨飞到机场时间尚早，他给了中午十二点昆明飞上海这趟航班足够多的延误心理准备，到出发厅二楼吃了碗味千拉面，慢腾腾进安检。没多久，广播里喊这班飞机的旅客登机了。

把随身小提包放进行李舱，在自己靠窗的位置坐稳，系好安全带，翻开书看了不到五页，飞机居然准时起飞了，这让他觉得既奇怪又庆幸。心念一动，莫非预示着此行会很顺利？

这趟航班是提供午餐的，但国内航班的餐他历来不吃。那些提前五六个小时做好的米饭、蔬菜和肉食，经过飞机上的烘箱加热，本来粗糙的烹调滋味又增添了类似隔夜剩饭一样的味道，让他挑剔的味蕾无法下咽。飞机上的速溶咖啡也是他无法接纳的，只要了一杯果汁，然后继续翻开他的书，把自己装进不算舒适但非常充实的三小时飞行里。

抵达上海虹桥机场是下午三点零五分，和预告时间分毫不差。飞机还在跑道上滑行着，凌墨飞合上书惬意地伸了个懒腰，默默想：好兆头。

他告诉出租车司机把他送到陕西南路 30 号，“您去马勒别墅？”司机心领神会冲他一笑，表情里忽然有了一丝恭敬与讨好。多年来中国各地都盛传上海人势利眼，还伴随许多有鼻子有眼儿的故事。其实凌墨飞觉得势利眼并没有什么不好，就像挑剔没什么不好一样。一个有实力有底气的人从来不会计较势利眼，甚至还希望有人势利眼。

他放弃了一下飞机就给若兰打电话的念头，决定去到酒店再说。文字是泄露人性的密电码，透过文字可以了解到一个人。微信上那些简短的话语，机智的应答，恰到好处的调情，让他对徐亚杰的这位聊天对象有了某种特别的认知。她时而含蓄内敛，时而风情万种，时而一本正经，时而顽皮嬉戏。谈论时政，聊电影电视，评美食美酒，偶尔浅淡地调下情，却并不是那种轻浮的调情。徐亚杰一直在表白、追求、示爱，她若无其事顾左右言他，既不拒绝，也不接受；既没断绝他的念想，又让他无计可施；既给足他面子，又令他无可奈何，分寸拿捏得恰到好处。这个若兰太懂男人了，他不想贸然造访这样一个有城府的女人，更不想被她在电话上拒绝，他必须用一个她无法拒绝的方式去见她。

每次来上海，他都住马勒别墅，这座建于20世纪30年代的挪威城堡让他第一次来入住时，便产生出一种依赖式的执着。他喜欢斯堪的纳维亚的乡村建筑情调，喜欢有浮雕装饰的凸窗，喜欢彩色玻璃的穹顶，喜欢阳光照射下呈现斑斓色彩的室内格调。马勒别墅的下午茶是他最最钟情的，每次坐在全柚木装饰的咖啡厅里，喝着苦味恰好的现磨咖啡，凝视别墅背后那块茵茵的大草坪，他就觉得自己只差一点点就可以恢复某段被刻意抹杀的记忆。也许他和马勒别墅的主人有着对船的共同迷恋，进入迷宫一般的建筑内部，他就觉得到了一艘豪华游轮上，墙上的木雕画面全是船队的海上情景，地板也拼出海草、海带的图案，而通道上的圆窗就像船上的船舷。

报上名字之后，前台很快找到了他的预订。一位温文尔雅的服务生要过来带路，凌墨飞摆摆手拒绝，这里他太熟悉了。

穿过两边墙板都雕着精致图案的走廊，就到了最具马勒艺术气质的楼梯间。他不想坐电梯，拂木雕装饰的栏杆盘亘而上。全木结构的楼梯上铺着羊毛绣花地毯，以十字形方式连接各层叠加交错的平台，初来乍到者往往不知道自己究竟在几层。

沿着挂满黑白家族照片的楼道来到位于二楼顶端的房间，凌墨飞站在门口稍稍踯躅了几秒钟，回忆以前是否住过这间房。交叉网格柚木拼花地板，半拱形方窗，床头有一幅莫奈的《日出》。他立刻想起来在这个房间他住过，并且不止一次，但那是很多年前了。

卧室与洗手间之间是个精巧的小厅，有衣柜、吧台、躺式沙发和一个小茶几。他把衬衫挂进衣橱，烧上水，进洗手间洗了把脸出来，从吧柜取出一包乌龙泡上，很惬意地把自己安顿在松软的沙发躺椅上。

酽香的冻顶乌龙拂过胃部时，心里已经有了明确的想法，他用房间座机拨通了若兰的电话，很多人看见外地手机号码不愿意接听。

“喂？”声音听上去极有教养，舒服又悦耳。

“你好夏女士，”韩东亮已查到她的真名叫夏若兰，凌墨飞尽量让自己的声音有别于保险推销员或理财产品代理商，“我叫凌墨飞，是徐亚杰先生的朋友，他有东西托我交给你。”

对方沉吟片刻，“请问……你现在在哪里？”

“我刚从昆明飞过来，现在马勒别墅。噢，我住在马勒别墅。”他故意加上这句强调。

“我晚一点过来取吧，如果你不出去的话。”她说话字正腔圆发音标准，听起来不像上海人。

“我给你送过来吧，如果你现在方便的话。”现在才下午五点半钟，距离晚上还有很久，凌墨飞不喜欢守株待兔的感觉。

又是几秒钟的沉吟，凌墨飞很耐心地等待那个好听的声音重新开口，“你到东平路来吧，我请你吃晚餐。”

看来她真不是上海人，很少有上海人主动请一个陌生人吃饭。他从来不会让女人请客，“我请你吧，告诉我到东平路哪家餐厅。”

他感觉对方轻轻笑了笑，“东平路兰石私家厨房，就在衡山路边上，如果找不到你给我打电话。”

兰石私家厨房？兰石私家厨房！这个名字在脑海里快速地旋转再旋转，这个巧合太神奇了，太有意思了！徐亚杰在微信上说一到兰石就想起她，大千世界各种各样的机缘巧合真是不可思议。夏若兰为何请我在兰石吃饭呢？因为我提到了徐亚杰？莫非兰石是他俩之间牵连的一个纽带？

一边思忖着，凌墨飞一边用最快的速度穿上外套，套上皮鞋，将自己像个皮球似弹到大厅，弹到马勒别墅大门外，最后弹到出租车上。

东平路是位于衡山路旁边的一条僻静小路，从民国时期繁茂至今的高大梧桐树，将葱茏婆娑的影子投射在道路两旁。街道干净而空旷，没有公交车，行人很少，与张扬外露的衡山路形成鲜明反差。这是旧上海的花园别墅街，短短百十米距离集中了许多名人豪宅：蒋介石爱庐，席德懿私宅，宋子文别墅……他们已如西风残照，却无法掩饰其血统的高贵，毫不张扬却又雅致安逸地孑立在那里，让整条街弥漫了沉郁的贵族气质。

很轻松就找到了兰石，这是一幢面积不大的两层楼小洋房，典型英伦风格造型，折线形屋檐，屋面坡度较陡，南立面底层有个卷廊，卷廊上是个大平台，平台上有几桌客人正坐着喝咖啡，红色的外墙在夕阳照耀下熠熠生辉。走到近处，石墙上有个方形铜门牌，上写“兰石私家厨房”。

这个地方既私密又大气，既充满格调又淡雅亲切，夏若兰真会挑地方！凌墨飞准备打电话问她在哪个座位，一位穿黑色西装面目俊朗的小伙子迎上前来，“请问是凌先生吗？夏总在二楼 3 号包房等您。”

凌墨飞跟随他朝里面走去，夏总？莫非……

他边上楼边用眼角余光打量这座淡雅怡静的私人餐厅，感应到某种似曾相识。一些熟悉的装修符号划过视线，一些熟悉的元素跃入心间，正想仔细再看，小伙子已推开一扇柚木门，躬身说：“夏总，客人到了。”

一个年轻女人从座位上款款站起身来，凌墨飞倒吸一口凉气，心跳骤然加速，一层细汗从脊背冒出来，脑袋膨胀得有三倍大，血液在周身疯狂地奔流。这不可能！这怎么可能！

他用力深呼吸，暗暗握紧拳头，五秒钟之后让表情恢复了自然。

“是凌先生吧？”女人悦耳但陌生的声音把一切全都带回来了，狠狠地回来了。他有点儿忘记自己有多么需要珍妮了，凌墨飞彻底清醒过来，在心中谴责自己的失态。

“正是在下，冒昧打扰还望见谅！”凌墨飞跨前几步，轻轻握了握她伸出来的手。

她穿一件非对称斜拉式毛衣，鲜亮的洋红色将美丽的脸蛋衬托得白皙透亮。大波浪披肩卷发随意垂着，下身是黑色阔腿麻质摆裤，贵气的线条衬托着优雅的身段，矜持地站在那里，恰到好处地掌控着周围的一切。

太像了！实在太像了！世间怎会有一个同珍妮如此相像的人存在？

因为是珍妮，他在内心原谅了自己刚才的瞬间失态。

“来了就是客，何谈打扰。今日时间匆忙，随便吃几样小店的家常菜吧。”夏若兰对立在门口的小伙子吩咐：“叫他们上菜。”

一抹短暂的诧异后，心里的某个疑问砰然落地，他知道她的身份了。

凌墨飞端起服务员刚沏上的茶喝了一口，将全部的意外连同茶水一道咽了下去。茶水进入口腔流过咽喉的一瞬，他愣了一下：华酽深灵，清醇爽口，苦涩味恰到好处刚刚转化为甘甜香韵，与昆明兰石那款普洱茶的滋味，何其相似乃尔！

菜很快上来了，五个热菜两个炖盅，骨瓷暗花薄胎餐盘，精致玲珑地将转盘摆满。

“别客气，请慢用。”夏若兰做了个优雅的手势，这种优雅似乎并不属于这个年代，如今大家闺秀范儿已属畴昔荣光，她身上的古典美是时下几乎绝迹的。

“原盅真味炖参汤，十三香小龙虾配培根蛋黄酱，南瓜花生乳牛腩，压煲红汤凤爪，蟹粉豆腐，双椒百合熘虾球。”凌墨飞慢慢转动转盘，挨个报出菜名。

夏若兰的两道细眉高高挑起，一双好看的大眼睛望着他，“你在楼下看过我们的菜谱？说得一字不差。”

“岂止是看过，”凌墨飞眼前浮现起象牙东巴纸菜谱上满卷流畅的楷书，它们应该出自眼前这个女人之手，“我还亲自吃过，在昆明。”

他故意停顿了一下，见夏若兰毫无反应，又继续道：“你们家的菜的确与其他地方风格迥异，用材讲究，调料清淡，烹饪精细，是我喜欢的味道。”

夏若兰轻盈地笑了，褪去了先前的矜持冷傲，“你最喜欢哪道菜呢？”

“当然是兰石秘品牛排！如果我没猜错的话，你们是本地谷饲，油花成分不多，纤维感让它的口感比松阪牛肉更为舒适，还混合了白兰地和粗制岩盐的香味，味道非常丰富。”

笑容灿烂起来，这样的笑让她精致的五官生动起来。凌墨飞此刻觉得她不再像珍妮了。二人有极高的五官相似度，都是大家闺秀范儿，都美丽得无可挑剔。但珍妮是古典的，她是时尚的；珍妮是内敛的，她是绽放的。这么比较着的时候，不知怎的心里就对这个女人有某种说不明白的因缘存在了。

“如果你明天不走的话，我请你品尝兰石秘品牛排。”

“咦！你们不是要提前三周预订吗？”

“上海的消费人群比昆明多，我们每天都有预备，提前一天预订即可。”

凌墨飞拍了一下巴掌，“太荣幸了！我马上改签机票！”忽觉得此行即便无功而返，能再尝尝兰石秘品牛排也值了。他埋头把参汤喝完，把炖盅递给站立一旁的服务员。

“我请你喝瓶酒吧。”夏若兰对服务员低语几句，不一会儿服务员用托盘端着一瓶酒、一只醒酒器和两只红酒杯进来。

Loupiac？凌墨飞一惊，忍不住伸手拿过酒瓶仔细端详。果然是Loupiac，它的广度深度都是不可方物的，尤不可思议的是它的尾调。他在一位法国朋友家喝过之后就无法忘记，五年前从美国回到昆明后曾找遍酒廊酒吧，一直没找到这一款。

“谢谢夏女士，为你的兰石，也为我最爱的Loupiac。”凌墨飞将酒杯举到眼前，“深沉的色泽，淡淡的酱油香，花香和甘草味芳香浓郁，沁人心脾。”

“最迷人处是它的酒体密度独树一帜。我们每年派专人去国外酒庄，从酿酒工艺到样酒品鉴，从人到物，进行认真考量。”

“很少有餐厅老板如你这般深入了解葡萄酒的品性，昆明几乎见不到庄主私酿酒。”

“兰石私藏红酒是有口碑的，由此也就有了责任。了解酒庄风土很重要，我们选出来的每一款酒都需要有内涵，酒庄要么是独步一方，要么是故事丰富，所选酒款必须具备高级风味。”

凌墨飞低声接一句，“兰石藏酒的首要目标是让人欲罢不能，喝完还想再喝。”

夏若兰微笑点头。

那瓶 Loupiac 几乎是他一个人喝，自己谎称徐亚杰有东西转交，夏若兰才答应碰面。酒都喝快完了，她自始至终没问这个事，也没提起过徐亚杰！这个女人的矜持笃定最终将导致自己无功而返，他不希望这样的事情成为现实。

他试着从红酒杯底找出办法，却发现不在那儿。

他一口喝干杯中最后的酒，“我的真实身份是一名城市探秘者，”这句话就这样冲口而出，仿佛他觉得没有掩饰自己身份的必要，而对它的暴露也不以为忤。

沉默。

这句话没如预想那样引起她的惊讶，甚至都没有改变她的表情。骰子已经掷出，无法更改，看不到骰子的点数，不晓得是会拿到七点还是出局。但无论如何，此刻的模式已经确立，不可能改变了。

“城市探秘者也不是我的职业，我只是在这个行业里，占有一个临时但高端的位置。我赖以生存的职业是开茶馆，地点在昆明市月牙潭湖畔，欢迎你去坐坐。”

她把眼睛转向他，里面的复杂表情仿佛有千言万语，无法言传。

“我觉得人只有一生是很寒碜的，我的奢望是能二生三生同时进行，做城市探秘者就是来满足我这种欲望的。准确说，我是一个没有执照的私家侦探……”

“没有执照的才是最有知名度的吧？”

“知名度来自误解，或者说，误解度与知名度成正比。准确说，我既有专业的技巧，也有业余的热情。”看见她嫣然一笑，凌墨飞紧接上一句，“我正在帮一个有执照的调查所调查徐亚杰的死因。”

“调查？他……不是死于心梗已经火化了？”嗓音里没有感情，甚至连最简单的悲悯也没有。

他设想过夏若兰的种种反应，但恰恰不应该是此刻这种反应。

“其实徐亚杰没有东西托我转交你，我也从来不认识他。”

夏若兰静静看着他，并没有插话的意思，好像说的是别人家的事儿。

“我对他的突然死亡有猜疑，但是给他做死亡诊断的黄医生请公休假出国看儿子去了。我们在电话里长聊过两次，他给了我两个信息：第一，徐亚杰生前的身体功能非常好，体质健壮，没有心脏病史；第二，他有重要的检验信息要当面与我交流。这更加证实了我的猜疑。”

她一动不动地听着，没有插一句话，眼里表现出的关注，像是在把他所讲的每个词都拿起来，再小心翼翼地存放到别处，却没有把自己的意图暴露给他。

凌墨飞觉得她早就知道自己是谁了，甚至在他和韩东亮第一次去兰石的时候，她就知道了。

“我不是来找你调查取证，也不是要你提供什么材料证据，只是……想跟你聊聊，交换一些想法，印证一些东西。”

屋子里出现一阵尴尬的沉默，这不是凌墨飞想要的。为了打破这尴尬，他起身去了趟洗手间。再回来时服务员已经把碗碟收拾走，给他们每人面前倒好了一杯茶。他端起杯子喝了一口，华酽醇厚，深不可测，低头仔细嗅了嗅，“老勐海茶厂的茶，口感真是其他茶厂永远无法媲美的。”

夏若兰不易觉察地点了点头，“你很懂茶，能一口喝出是老勐海茶。这是 1990 年的老茶头，茶底、工艺、储藏、发酵都堪称一流。”

“老茶头？”他故意让表情显得很懵懂，此刻需要示弱。

“在发酵过程中，一堆茶的中间会升温，然后茶叶通过自身含有的酶发酵，慢慢变成熟茶。在这个过程中，每过一段时间就要人工把这堆茶翻几翻，以免里面温度太高把茶给焖焦。发酵过程中经过反复不断地翻，茶叶会分泌出一些果胶来。因为果胶是比较黏稠的，所以有些茶叶就黏在一起变成一团一团的疙瘩。等茶叶发酵完毕后，工人会把这些一团一团的茶叶疙瘩拣出来，用手把它解开，然后放回到茶叶堆里。而有的实在黏的太牢了，如果要解开的话会将茶叶弄碎，只好另外放成一堆，变成了‘疙瘩茶’，也叫‘老茶头’。”

找到突破口了！这次尴尬唐突的会面可以变成他一直想伪装的东

西：闲聊。

“我明白了，老茶头就是普洱茶在渥堆发酵时结块的茶！相对条索状茶，老茶头内含物更加丰富，茶汤更浓厚，更加耐泡，对吧？”

“嗯，的确。但泡到最后也仍然有大部分茶头不会散开，还是黏稠在一起，最佳方法是煮了喝。”

“有道理！《红楼梦》里哪天什么人吃多了，就有人劝‘该焖些普洱茶喝’，那时候人家就知道普洱茶功效了。”

“古人的品位远高于吾辈。”

“唉！一部宛如天然自成的精神艳史……年月既久，现代人已经忘了浪漫主义是一场人事。”

“餐后喝老茶头既可解酒又可解油腻，对睡眠也不会有影响。”

“喝什么茶都不影响我睡眠，喝三杯咖啡也照样倒头就睡。平日里我偏爱生茶，尤其老班章。”

“老班章苦味重，性刚烈，茶气浓郁香气下沉，是典型男性化气质的茶。”

“按照你的理论，刚才那瓶 Loupiac 也属男性气质。在法国喝过后我一直怀念它的味道，可惜昆明找不到。”

“我酒窖里还有几件，下次来再请你喝。”

“奢侈啊，居然有几件！下次我带两瓶拉图尔来请你品鉴，那款酒是波尔多波亚克名牌红酒中口碑最好的。对啦，听说徐亚杰对红酒也颇有研究？”

夏若兰轻轻呷了一口茶，把茶杯放回，她伸在桌边的手在灯光下显得晶莹剔透。这是一只年轻女人的手，手指纤细、修长，此时，非常的放松和柔软。

“徐亚杰的死，我觉得非常蹊跷。我以前遇到过这种情况，明明看到了某些事物，却因为种种合理性视而不见。但是它们会黏着你，深深钻进你心底，不断来烦你。也或许我是灵媒，又或许就是有什么感觉上不对劲，或许不论我把整件事想得有多合理，有个什么就是不搭调。原先合理化的事情，在大太阳底下晒了几小时，其中的不对劲就逐渐显露了。”凌墨飞不管不顾地打开了话匣子，他必须这样才能有所收获。

“徐亚杰……他其实不懂酒，因为他的上司喜欢红酒，他就跟着附庸风雅一下。”

这句话让凌墨飞有些诧异，脑海里迅速闪过她与徐亚杰的微信聊天内容，之前的某种感觉似乎正在得到证实。

“我想纠正一下，也许是因为你懂红酒，他想跟着附庸风雅一下。”他说完哈哈大笑，夏若兰也跟着笑了，先前僵硬枯涩的气氛消失了大半。

“如果我猜得不错的话，他是你的忠实崇拜者，也是忠实追随者。”

“他每次来上海出差都要到兰石来吃饭，后来，去别的城市出差也要绕道飞来兰石吃饭。再后来，为了想吃兰石的美食而专门飞来上海。”

“是为了想见你而专门来上海。”

夏若兰毫不在意地笑了笑，好像他俩正在聊的是别人家的事儿，“每次来当然都是借出差之名，他吃饭喝酒住宿都可以回去报销。混到他这个层面，日常开支基本上不需要花自己的钱，中国式官员特权。”

气氛越来越像聊天了，凌墨飞不想浪费时机。“假如……我是说假如，徐亚杰是非正常死亡，你觉得会是因为什么原因？他有仇家吗？”

夏若兰沉吟了几秒钟，缓缓道：“徐亚杰平庸，随和，善良，爱好广泛但不求甚解。他没有野心，很听领导的话，脚勤手快会来事儿，很讨上级欢心。”她的神情既专注又淡然，像在回忆一个很久以前的人，对那人的一切都需要努力追忆才想得起来。

凌墨飞觉得她不是在故作平静，能在她这样一个女人的生命里留下刻痕的，不会是徐亚杰这样的男人。

“你们认识时间不长？”

“不到两年，我餐厅开业时认识的。”

“兰石才开张两年？”

夏若兰点点头，“准备时间用了一年。”

“你真是做餐饮的行家里手，短短一年就做得如此高端。”

“岁月打磨一个人的心智，年份考量一瓶酒的品质，只有聪明人才懂得吃的艺术。餐厅只需让顾客把吃带来的快乐作为给自己和朋友的奖赏，就成功了。”

“徐亚杰带他的上司来这里吃过吗？”

夏若兰用一种奇怪的眼神看着凌墨飞，里面的复杂表情仿佛有千言万语无法说破。空气里出现几秒钟的沉默，凌墨飞不知道这样的沉默意味着什么，然后就听见夏若兰轻轻叹了口气，“他来上海都是瞒着他上司的。但是，他把昆明兰石推荐给了上司，为此颇得上司欢心。”

“他跟你聊起过他上司吗？是个怎么样的人。”

夏若兰低头看着茶杯，语气优雅而缓慢，“信念坚定，为民服务，勤政务实，敢于担当，清正廉洁。”

凌墨飞被她的幽默逗得哈哈大笑，“那真是标准的五好干部啦，没想到我党还真有这样的好干部存活着呀。如此说来这位上司很喜欢兰石了，听说他是个喜欢满世界找美食的吃货，为此还被他的政敌以生活作风奢华攻击过。兰石的哪道菜最得他欢心？”

“兰石秘品牛排，煮虾脑，每次必点。”

“煮虾脑？”凌墨飞想起曾在兰石菜单上见过这个名字，猜测着究竟是道什么菜。

“这是陈因梦先生《食经》里的一道小菜。剪下虾头，用刀背拍至扁碎，以布包之，用力将虾汁绞出，加冬笋和火腿片生炒，加盐、酒、胡椒少许，煮滚即成。吃时虽不见虾脑，食之却立刻脑补出鲜浓的虾脑味。”

“哇哇，回昆明定要去兰石尝一尝。”

“何必等回去，明日就可请你品尝。”

“甚好甚好！”凌墨飞兴奋地搓搓手，话锋一转，“徐亚杰跟他这位上司关系很好吗？”

“财务总监跟老大的关系怎么可以不好……徐亚杰崇拜他，无条件服从他，老大去出差喜欢带上他，身兼跟班、侍从、保镖、钱袋诸职，去年还一起出国考察了一大圈。”

“根据我搭档的调查报告，徐亚杰出手既大方又豪阔，想必他老大更有过之无不及。”凌墨飞想起王妍君身上那些首饰和名表，下意识看了一眼夏若兰的手腕，这一看让他大吃一惊：格拉苏蒂陀飞轮！他对这款手表有着难以言说的敏感，因为这是珍妮最喜欢的牌子。

夏若兰轻缓说道：“在中国，出手豪阔与否，同收入并不成正比，而是同钱财得来的难易程度成正比。”

“徐亚杰这一死，白淳痛失心腹大将，难怪他老婆说他几乎不出去吃饭了。”

夏若兰脸上表情有些变化，“你们认识？”

“噢……不认识，是我的搭档和他老婆认识。”

房间里出现一阵长时间的沉默。凌墨飞低头看表，已经快十一点，不好意思地笑笑，“实在抱歉，今天唐突登门就耽搁你那么晚，明天的晚餐让我来请客作为赔罪。”

夏若兰浅浅一笑，“明天下午五点半。”

凌墨飞走出门又折返身，“这是我的名片，其实就是张写着电话、微信号、邮箱的纸片儿。能不能冒昧加个你的微信？”

两人互加完微信，凌墨飞走出兰石。东平街已是夜色阑珊，夏若兰说让司机送他回酒店，凌墨飞坚持自己打车走。

其实他想步行回去，今晚的信息量实在太大，需要捋一捋。

第七章

因为追逐一个不成形的梦境，再次被梦中那些似曾相识却又万不可能的场景困扰，凌墨飞醒来时觉得混乱且没有方向感。他凝视着墙上那幅莫奈的《日出》，不知自己身在何处。恍惚中似乎在旧金山那个意大利人开的旅店里，又好像躺在爱尔兰河边乡村别墅的床上，肩负着一个非常特殊的使命，必须在两天内迅速完成。

十几秒钟的怔忪之后，意识终于回归现实，昨晚的记忆一拥而上，一切重新变得丰富而完整。他很快地起身，淋浴，吹干，穿上一件干净的 T 恤，喝下三杯浓浓的乌龙茶，离开了房间。

走进室外明亮的光线中时，感觉肚子里空落得仿佛连内脏器官都不存在。他再次看了一眼手表，确认现在已经是中午一点半，便彻底放弃了去七宝老街吃油氽排骨年糕的念头，告诉出租车司机去衡山路 WKC 酒吧。那里的海鲜意面是他喜欢的，却又隐隐担心那家酒吧是否还在。

WKC 酒吧如期出现在视线里时，他惬意地吁了口气。上海毕竟是上海，如果在昆明想找一家三四年前去过的小酒吧，结果多半是店铺早已改头换面，甚至无影无踪。月牙潭边的酒吧茶馆总是三天两头换老板，换招牌，他的博剋堂算是维持时间最久的，也是顾客最稳定的。

即便是白天，WKC 酒吧也是用蓝色灯罩里的小烛光来照明的，一桌一盏，桌子虽小但两桌之间的距离很宽，每张桌子配两三把蓝色天鹅绒椅子，处处显露着一点点不张扬的矜贵。点过餐，等待上菜的空档，他拨通了韩东亮的电话。今早的五个未接电话里有三个是他打来的，另外两个老顾客的电话可以慢些再回。

“8 月 9 号中午，有两个人和徐亚杰在兰石吃饭，其中一个是白淳，但他没等上菜就提前走了，另外是个说英语的外国人。中途吃到一半，徐亚杰接到电话赶回公司开会，外国人自己吃完才离开。”

“谁埋的单？”

“徐亚杰。”

“能查到那个外国人是谁吗？”

“很难。只知道他们三个一起到的餐厅，那个说英语的男人长得像亚洲人，但服务员里没人跟他交谈过，以前也从来没见过。”

这个“外国人”很奇怪，为何不早不晚偏偏在徐亚杰死的这一天出现呢？凌墨飞让韩东亮尽一切努力快速查清楚这个人。

海鲜意面上来了，凌墨飞用叉子卷起一撮塞进嘴里，很不错，依然还是记忆中的味道。“查到白淳的通讯和飞行记录没有？”

韩东亮在电话那端嘿嘿一笑，“动用了北京那哥儿们的关系才查到记录，我又欠下一个大人情！最近几年白淳手机上没有联络特别密集频繁的人，他每年都出国几趟，平日里全国大部分城市都飞，飞北京和广州的次数多些。五年前他飞上海比较频繁，每个月两三次。”

“上海？”凌墨飞有刀疤的眉毛挑了起来，“给我他飞上海的具体时间。”

“他经常开会，飞哪里都应该很正常吧？”

“我要他飞上海的详细时间，看看有没有徐亚杰同行。再有，查一查他通信记录里有没有夏若兰。”

韩东亮短暂的沉默表示他没理解凌墨飞的用意，但他最终没问为什么，“你那边查到什么线索没有？哪天回来？”

“暂时还没有。明天回。”

挂断电话之后，凌墨飞又分别跟两位老顾客回了话，其中一个要订购老班章明前茶，他打电话安排潘宇跟顾客联络发货。

一盘海鲜意面下肚之后，依然还觉得饿。为了晚上的牛排大餐，他必须克制住再点一盘的冲动。这个时间段酒吧里只有一两桌客人，他要了瓶维森啤酒，把身体舒服地靠在圈椅靠背上，微微闭上眼睛。在下午五点半到兰石赴宴之前，必须梳理清楚那些或明或暗的思绪。

离开 WKC 酒吧时，凌墨飞顺着衡山路慢慢朝兰石的方向步行，故意给自己预留出足够多的时间。慢走是他最喜欢的一项运动，也是最利于大脑思考的运动，在昆明他每天都要沿着月牙潭步行一个小时，风雨无阻。

九月的上海不冷不热，即便没有路两旁高大的梧桐树遮住阳光，那一枚永远躲藏在云层后面的太阳也像个摆设。五点钟不到，天色就开始变暗，并且迅速变得越来越暗。当兰石那幢小洋房进入视线时，他特意放慢了脚步，远远打量这幢英伦风格的建筑。墙柱在光影下慢慢变成黄褐色，像一幅古旧油画带有的那种杰作褪萎时的颜色。它笃定而高傲地承接着落日的光芒，那份典雅不需任何其他的东西来点缀，似乎有意在暗示着主人的格调。

凌墨飞已然对这个一面之交的女人滋生出一种很特别的情愫，是因为她酷似珍妮的缘故，还是别的缘由，他分辨不清楚。

迎宾小伙子说夏总依然在昨天那个房间等他，凌墨飞不再需要他领路，自己走了上去。

推开门，夏若兰没有像昨天那样起身迎接，只微微朝他点了点头。他很奇怪为什么心里瞬间有了一种印象，觉得她的笑里有一种遥远的、神秘的色彩。

夏若兰在低头泡茶，她今天穿一件柠檬绿毛衣配深绿色长裤，这绿色散发出森林女神的气质，与她的澄静很相称，比昨天更有魅惑也更亲近了一些。她双手柔嫩，手指修长，指甲修剪出一个好看的弧度，没有涂指甲油，也没戴戒指，把一杯刚沏好的热茶递给凌墨飞。

正好走得有点累，一杯热茶喝下去立刻满嘴清香，夹带一股甜润上扬的回甘。“好茶好茶，很像冰岛嘛！”

夏若兰浅浅一笑，对他的茶知识很是满意，再次把杯子加满，凌墨飞又一口喝干，“一定是冰岛，而且是纯料冰岛！”

“我 2007 年收茶的时候很多人还不知道冰岛茶，现在疯涨到 4 万一斤了，早知道当初多收几百斤来存着。”

“这是游资在炒作，不是好事，一旦链条断裂只会对云南普洱茶带来灾难。目前高端原料火热的背后，是流通市场的冷却。”

“冷也只是表面的，其实还有你看不见的热门，那就是高性价比的可以随时‘喝藏’的好茶。兰石的藏茶每个月都在热销”。

“你还做茶？佩服佩服！真羡慕你悠然自牧于三重快乐之上的生活啊。”

“纯粹因为个人爱好，喝一部分，藏一部分，卖一部分，顾客一直很稳定。”

“你的经营定位掌握了普洱茶市场的三大属性，”凌墨飞嘿嘿一笑，“我做茶可不敢这么任性，还是以资金迅速回笼为先。”

“我不知你中午吃的什么，但是吃牛排之前必须先喝茶清口，整理肠胃，让味蕾变得更敏感，晚餐才会更享受。”

“非常期待的晚餐啊。秘品牛排只吃过一次，还是因为有桌预订过的客人来不了，意外吃到的。”

她抬眼看了看他，他很率真地笑了。她肯定明白这笑容表示着他想去冲破两个人都感觉得到的束缚，表情里浮上一丝亲切的捉弄，而这捉弄鼓励了凌墨飞。

“整个事件的起因，是从白淳老婆委托我们保护白淳开始的，她要我们调查谁想谋杀白淳。”

“谋杀？什么时候？”夏若兰沏茶的动作不易觉察地停顿了几秒钟，被凌墨飞看在了眼里。

“徐亚杰死亡之后。”

“有进展吗？”

“说实话，毫无进展。我有点怀疑这个委托的真实性，因为我想光明正大地单独见白淳一面都做不到，作为一个普通杀手更是很难接近他。”

夏若兰虽然没有插话，却在很认真地聆听着，从昨天到今天，她头一次表现出如此的专注，那专注不是出于礼貌。

服务员敲门进来，问是否可以上菜。夏若兰用征询的目光看着凌墨飞，他立刻点点头，“几杯茶早把我那点午餐喝光，就等大餐了。”

前菜的分量并不多，坚果香葱蛋黄酱，双鲜烩鸟巢，奶油青瓜浸三鲜，奶香粟蓉椰丝卷，浓淡搭配恰到好处，分量也不多。因为肚子很饿，味道又好，他埋头很快吃完了。服务员来将盘子小蝶收拾走时，知道兰石秘品牛排即将登场，内心竟然有股期盼的激动。

两名服务员各端了一个铁板进来，他目不转睛看着其中一个铁板放在他面前，服务员动作麻利地揭开盖子，冒着热气的牛排噼里啪啦泛着油花，一股香彻肺腑的肉味飘进鼻翼间。服务员探寻地举起胡椒研磨器，他点点头，服务员拧了两下。他指指牛排，服务员又拧了三下，然后退下。

他抬起头，注意到夏若兰面前的铁板虽然和他一样，但牛排只有他的一半分量，不禁一笑，“说好了今天我请客，你这是故意替我省钱？”

“来上海怎么能让你请客？我想吃天天都可以吃，所以每次吃的都不多。而其他人想吃需要提前预订，所以每次都会吃得比较多一些。这有点像比比皆是的贪官，其实他们本性并不贪，起初也不想贪。是那个位置的权利太大，利益太诱人，但每个人都知道自己坐不长久，一种深切的危机感让他们开始贪腐。”

“徐亚杰也在你所说之列？”

“住高档酒店，消费高端餐饮，公款购买奢侈品，是他们这些身处要职之人的惯常做法。若论贪腐，一个财务总监恐怕无法独立操作。”

“所有的经济运行操作，没有财务总监的配合，恐怕也是无法操作的吧？”凌墨飞拿起刀叉准备大快朵颐了。

夏若兰起身从酒柜拿过一瓶红酒，“今天请你尝尝我朋友刚带回来的蒙罗丝干红，古德大帝酒庄酿造的，口味有点硬，但醇度厚度都不错，配牛排刚好。”

在服务员打开酒瓶，把酒倒入醒酒器，又分别往两个酒杯里倒上的过程里，他俩谁都没说话，房间里出现一阵短暂的安静。凌墨飞想把刚才的话题引向他希望的方向上，但又觉得不能操之过急。他举起酒杯轻轻摇晃了几下，“这种酒我没喝过，但名气早听说过，法国极品酒之一。”

“本来想继续请你喝Loupiac，但人的味觉是一种很容易饱和并厌倦的东西，再好的酒连续喝两天也会变得毫无味道。”

“对我而言饮酒之乐是唯一不会引起疲劳的快乐，它可以弥补其他享乐方面的缺失。”凌墨飞说话间并未影响吃的动作，他已经消灭了大半的牛排，“在我吃过的牛排中，这道牛排绝对堪称极品，神韵流荡，真元袭人，你应该注册专利并扩大经营。”

“这是父亲生前传授给我的，制作周期长，工艺复杂，每道环节的要求都很严格，我不想因为上规模而影响了质量。”

“每个开餐厅的都希望生意兴隆。”

“木心先生说过一句话：白痴可以是亿万富翁，疯子可以是一国之主，而烹饪艺术则什么人做出什么品位来。所以，要像对待诗书一样对待美食，像对待诗书一样对待顾客。兰石应该永远是个小众餐厅，它的存在只为了让老顾客感受不变的舒适，宜人的口味，独特的品位。”

“无法相信你是初涉餐饮才两三年的人。很少有人像你这样把开餐厅当作一项艺术来经营，严格按照艺术规则加工菜品，让每道菜的搭配烹饪凝聚灵感、品位和风格，让每个菜都充满个性化的幻想。我相信每个有品位的美食家都会成为你的常客，兰石简直就是西贝柳斯踪迹依稀的幽谷！”凌墨飞端起酒杯朝她一举。

夏若兰嫣然一笑，也举起酒杯，“希望我的美食点燃你灵魂深处的艺术之火，就像帕斯卡在古老的马赛港点燃葡萄藤用来烤鹌鹑那样。”

“发现兰石秘品牛排，简直比发现一颗新的星球更给凌某人带来幸福感！”凌墨飞说罢哈哈大笑，“看来我俩有个共同的朋友——法国美食家布里亚·萨瓦兰。”

气氛比昨天更为和煦轻松，凌墨飞为此颇感欣慰。夏若兰看了一眼手表，凌墨飞也很注意地看她的手表。“甜品就不上了，我们喝点茶吧。”

“听你安排！吃的、喝的、聊的，都让今晚成为一个吃货最幸福的时光。”

茶端上来了，是两套不同的茶壶、公道杯、茶盏。汤色橙黄如琥珀的是凌墨飞的，夏若兰的那杯色泽褐红显然是熟茶。他端起喝下一口，入喉甚深，茶气馥郁，浓烈香酽，大叫了一声：“我最爱的茶！你真让我感动。”没想到昨天淡淡提了一下爱喝老班章，夏若兰就记住了。

“茶与酒一样，必须给懂它的人喝才不算辜负，可惜现在满世界喝茶喝红酒的人，既不懂酒也不懂茶。”她浅浅抿一口，“徐亚杰的上司既懂茶又懂酒还懂美食，会弹吉他会拉二胡会吹口琴，喜欢摄影，热爱古典音乐。但徐亚杰跟随他那么多年，显然没受到什么熏陶。”

“一个情趣如此高雅之人，待人接物应该也是温和礼贤的，怎么会有人想谋杀他？”

“真有谋杀？”夏若兰显然很诧异，她叫服务员把全套烧水泡茶的器具拿进包房来，把门关上，她自己亲自操作。

“委托人是他老婆，但她一直不肯说出具体理由。”凌墨飞奇怪自己怎会如此直率。空气里似乎弥漫着一股奇妙的磁场，让他想对这个女人坦诚相见，和盘托出。

夏若兰没有接话，他略微提高了一点音调，“按理说这属于职业机密，但我可以无理由地信任你。”

“谢谢你的信任，”夏若兰浅浅一笑。

“既然都告诉你了，你就帮着分析分析，因为你比我更了解他们俩。”

“医学上有一种病叫被迫害妄想精神分裂症，有的人由于对以前做过的事感到后怕，会妄想出谋杀迫害来。”

“你建议我从白淳的精神领域入手调查？”

“他的精神领域应该是健康而强大的，否则不会青云直上。或许……可以从他的发家史找找原因。”

“这个建议好！我回去就着手进行。”

“徐亚杰会不会是自杀呢？”

凌墨飞被她的话锋一转吓了一跳，有可能吗？一个想好要自杀的人莫非还会预订一张来上海的机票？

“他为什么要自杀？好像没有理由。”

“自杀已经是现代一个非常普遍的社会问题，不是取决于个人的内在本性，而是取决于支配个人行为的外在原因。也许是情感危机，也许是社会思潮和道德标准，也许，是来自工作上的他无法承受的压力。”

“他对你说过工作压力吗？”

“那段日子里，他胆小得玲珑剔透，可怜得很。起因是民航系统搞的审核清查，包括干部审查和财务交叉检查，在民航网应该可以查到信息。”

凌墨飞心中忽然被推开一扇窗，灵感飞至。

时间已是晚上十点半，必须告辞了。“虽然我对徐亚杰自杀抱怀疑态度，但你给了我一个崭新思路！我明天一早飞回昆明，希望能与你保持交流。”

夏若兰送他到门口时，忽然说：“除我之外，也许徐亚杰还有别的红颜知己，你可以多方面了解一下。”

“这可能吗？”凌墨飞咽下没说完的半句：认识了你怎还可能有其

他红颜知己。

“一切皆有可能。”夏若兰意味深长地一笑。

凌墨飞脑海中忽然想起那个与徐亚杰电话联络频繁的朱一静。

第八章

飞机从虹桥机场准时起飞，凌墨飞用安全带将自己系好，飞机还在跑道上滑行就进入了梦乡。

昨晚回到酒店后，他摊开笔记本，将整个事件的脉络详细梳理了一遍，当起身舒展一下身体时，发现已是凌晨六点钟。他冲了个澡，把不多的一点东西收拾进小提包，来到一楼那个古色古香的餐厅，慢条斯理享受完马勒别墅的丰盛早餐，然后打出租车直奔虹桥机场。

这一觉睡得很实在，醒来时听见广播里正播报昆明机场的地面温度。他惬意地伸了个懒腰，很自信地觉得今天一天都不会犯困。

韩东亮如期出现在到达大厅口，现在十二点刚过，凌墨飞忽然很想吃小锅卤饵丝，韩东亮说那就去老地方吧。

这个时段机场路不塞车，韩东亮把车开到了 120 码，音响里放着他最爱的轮回乐队。凌墨飞先给夏若兰发了一条微信："安全抵达昆明。"然后才开始回答韩东亮的问题。"你再三问我为什么要查白淳手机里是否有夏若兰，那是因为，上海也有一家兰石私房菜，老板就是夏若兰！"

韩东亮嘴巴张得老大，"事情越来越复杂嘛，怎么又扯进一个人来了！你跟她见面了？什么情况？"

凌墨飞打开手机看看，没见到夏若兰的回信。"黄医生休假回来了，我下午去找他。你把那个空姐朱一静的作息时间和居住地点弄清楚，尽快告诉我。"

"王妍君来信问我进展如何，怎么回答她？"

"告诉她正在排查，向她保证白淳目前不会有生命危险。"

韩东亮把车开到文林街端仕小锅对面停好，两人进去，每人要了一碗小锅卤饵丝。这家老店将那块一百年前的老木头招牌悬挂在墙上，不露痕迹地显摆着历史沧桑。前边还有五个排队的人，闻着飘香的米线味饵块丝味，凌墨飞口水都要流下来了。这家店原本在五一路上，是中学时期他和韩东亮经常想方设法攒钱去吃一碗的老地方。正宗小锅卤饵丝的制作非常繁杂，小锅上中火，放入猪油，下饵丝后加入肉汤、腌菜丁、肉丝、咸甜酱油，用土瓷碗扣在锅上。当汤汁快收干发出吱吱声时，加入盐、豌豆尖翻拌，再放入豌豆米拌匀，淋入红油，才可以隆重上桌。同样的手法、同样的作料，不同的人做出来的就不一样。这家的小锅卤饵丝源头最正，味道最好，始终保持着童年时期、少年时期记忆里那个味道，凌墨飞和韩东亮隔三岔五会溜达过来吃一碗。

卤饵丝终于上桌时，凌墨飞再次掏出手机看了一眼，依然没有夏若兰的回信。他装起手机，拿起筷子，埋头一阵风卷残云。

凌墨飞来到省人民医院急诊科的时候，刚刚两点钟。

黄医生从主任办公室走出来，说上午刚做完一个手术，下午不会有太多事，带他去到位于走廊尽头的观察室聊。

黄医生是省医科大学 1982 级的，之前电话里沟通交流过几次，今日二人竟是一见如故毫无陌生感。黄医生个头不高，有一蓬黝黑浓密的头发，面色红润精力充沛，体形匀称敦实，没有中年男人常见的大肚腩。他说自己每天早晨坚持游冷水泳，一年四季不间断。

“徐亚杰送到医院的时候其实已经停止呼吸，那天刚好是我值班。他老婆坚持要抢救，坚持要做检测，说他从来没有过心梗病史。而博亚航空来的那个领导一面劝家属放弃检测，一面要我们尽快出具死亡报告，并且，给那天当班的每个医生、护士都发了个红包。”

凌墨飞想插一句话，到嘴边又忍了回去。

“我是个爱较真儿的老古板，不经过全面检验不会在报告上签字。徐亚杰 39 岁，是一个身体非常健康的男人，没有既往病史，伤风感冒都很少。但此番死因却是典型的心肌梗死，并且是在开会发言的时候猝发，这同我二十多年的临床经验难以吻合。但几个医生都懒得没事找事，而家属不知是因为悲伤，还是因为领导再三做工作，最终放弃了和医生一致的科学好奇心。于是呢，我就把之前已提取好、却还没来得及送检的血液和尿液样本，放入了冰箱……”

“然后呢？”

“严格说来，死因检测属于法医范畴，需要复杂高端的设备，我们急诊科是无法独立完成的。在医院的三号楼就有一个法医研究所，是设立在我们医院的一个独立研究机构，我一个老同学在那里担任所长。检测需要很复杂的程序，当时根本不可能完成。而博亚航空的领导一直在催促，我的领导也出面来施压，家属也宣称放弃检测，我只好出具了死亡报告。”

“盖棺定论。”

“是的，盖棺定论。但是，科学好奇心还是让我悄悄请老同学进行了检测试验，一个礼拜之后结果出来了……”黄医生停顿了一下，目光狡黠，“你猜怎么着？我发现有乌头碱成分！”他孩子似猛拍一下手掌，“你知道乌头碱吗？是一种致命物质，进入血液之后几分钟人就会死亡。”

“徐亚杰被人投了毒？”凌墨飞的呼吸有点加快。

“据他们公司的人说，徐亚杰是在会议上发言的时候心脏病突发，这样一来就不可能存在投毒一说。乌头碱进入人体到死亡，只有几分钟时间。”

“你把这个检验结果告诉过人了吗？”

黄医生摇了摇头，“一来我是悄悄检测的，二来我一直在琢磨这个疑问，在没研究出结果之前不能妄下结论。”

凌墨飞起身握住黄医生的手，情绪有点激动，“你精益求精的品质真是老牌大学生风范！现在年轻一代身上很难找到这种风格了。非常感谢你提供的情况，能否允许我经常向你请教？”

“请教不敢当，互相探讨吧。这是我的职业习惯，也是我一直没有泯灭的科学好奇心。”

从医院出来，凌墨飞还沉浸在找到新发现的兴奋中。一个私企业主来电话，要订三楼独立包间开个秘密董事会，希望他安排个能干机灵话不多的小姑娘做司茶服务。他开车直接回到博剋堂，落实这个大客户的董事会会场安排。

中午的小锅卤饵丝早就被消化完，肚子很饿。小红做的菜油水太少，他叫潘宇骑车去买了份红烧猪蹄来。有个老客约今晚九点来喝茶，吃完饭以后他还有一段属于自己的时间。

上到三楼坐下，点燃一支蒙特雪茄，透过烟雾从落地玻璃窗看着对面的湖面。月牙潭因为白天吸收了足够的阳光，此刻湖面还在隐隐发亮。太阳还没落下，一些人在湖边散步，几个遛狗的男人在相互攀谈，旁边店铺的几个小年轻人在打羽毛球，漂浮眼前的是一幅和煦祥和的画面，这些心安理得的人谁会猜到身边发生的谋杀呢？

从书架上取下一本《陈寅恪晚年诗文解证》，坐到窗边的阳光下，希望最后这点夕阳能把脑海中的疑团和焦虑晒掉一点。他朝椅背上一靠，把双腿搭在桌子上，翻开这本喜欢的书，让心绪宁静下来。

有 QQ 邮箱的邮件提示声，本懒得看，又担心是老顾客下订单的事，有些不情愿地打开。

“一桩惊天血案，凶手残忍狡诈。唯凌先生可破，定重酬！请加我微信详聊。”后面附了微信号。

既是血案为何不走正规途径报警？凌墨飞有些好奇，以往也有越过司法途径直接找他的客户，但都是一些有各种隐情、无法走正常通道的案子。

微信很快加上，对方名字叫荒冢，好惊魂的名字！男性，朋友圈没有任何发布，注册地是圣多美和普林西比，这域名一看就是故意弄的噱头。

刚打完招呼，对方转了笔账过来，居然是 2 万元！附言：“这是定金，请先收下，我再讲述案件经过。”

从没见过这样的当事人。凌墨飞没有收款，回复道：“我不知道是什么案件，也还没决定是否接受委托。”

“看完之后你肯定会接，你是唯一能破之人。”

他更好奇了，写道：“你认识我？”

“不认识。”

“如此相信我的理由是什么？”

“这是伪劣侦探才会问的问题。但你肯定知道你冒的这个风险很值得。”

他的兴趣被彻底调动起来了，“最近手头有个大案，时间上可能会有冲突。”

“不急，我可以等。”

凌墨飞刚收下那笔转账，荒冢立刻发来一份文件，打开来看，居然是他从未见过的叙述方式。

故事一：

怪诞的一见钟情

烟渺与依儿是一对感情甚笃的恋人，两年来如胶似漆，爱得死去活来，每一分钟都黏在一起，彼此间从未有过隔阂，拌嘴都没有过。

一个盛夏的傍晚，烟渺带好友阿盛来见依儿，三人一起去宝莱纳餐厅吃晚餐。阿盛风趣幽默且健谈，是海南一家私企的老板，与初次谋面的依儿很快熟络起来，席间三人交谈甚欢，喝光了烟渺带来的两瓶拉菲。按原计划烟渺和依儿晚餐后要去东方艺术中心听龙猫乐队经典钢琴梦幻之旅庆典演奏会，门票很紧俏，是提前一个月预订好的。

奇怪的事情就在晚餐结束时发生了——阿盛忽然说：“依儿，跟我去喝咖啡吧。”

依儿居然想都没想，满口答应，二人抛下烟渺起身离去。

依儿跟随阿盛离开后，对接下来的事情毫无记忆，如同一个电影镜头，那一刻屏幕上是一片空白。等重新有画面时，睡眼惺忪的依儿被一只手粗暴地推醒，她一眼看见怒目圆睁的烟渺站在她床前，青筋暴涨，一双长得很好看的眼睛在暗淡的光线下看起来像床单上烧了两个洞。

她用了十几秒钟才反应过来，这是在她和烟渺同居的小屋里，自己居然赤身裸体躺在床上，旁边躺着还在酣睡的阿盛，同样赤身裸体！

这是一个永远无法解释的场景。依儿是出身名门的大家闺秀，素来洁身自好，与烟渺相爱至深情感甚笃，二人海誓山盟将厮守到老。今夜，居然与初次谋面的阿盛有了一夜情！

她惊恐万状，有口难辩，眼睁睁看着阿盛一跃而起后匆匆离去，又眼睁睁看着烟渺怒气冲冲地把他所有的衣物、用品、什物收拾了满满一大箱，砸门而去。留下她木然坐在那里，呆呆看着灵魂某处的黑洞。

从那天起，烟渺更换了电话号码，注销了微信号，断绝了与依儿的一切联系。他们之间生死相依的爱情，两年来浓情蜜意的耳鬓厮磨，还有那些一生一世的山盟海誓，宣告结束。

内容就此结束。

这就是案件？也太小儿科了。凌墨飞回复：“有一种药物，放入饮料或水中，服用者会变得百依百顺，任人摆布，过后受害者对整个过程毫无记忆。所以一见钟情并不怪诞——依儿被下了药。”

“收到。”对方居然很快回了。

凌墨飞轻蔑地一笑：“这个案件毫不复杂，免费，定金退赔。”

他正在操作微信转账退款，对方回信：“还没结束，请你耐心把故事听完。明天见。”

他回复一个 OK，重新点燃雪茄，让自己舒服地半躺，把脚搭到桌子上，把书翻开。

暮色已经降临，月牙潭边的人影逐渐变得模糊，接着一切渐渐变暗，从深蓝色变成了黑色。天上出现了第一颗星星，酒吧的霓虹灯亮了起来，光怪陆离的影子透射在路面上、人行道上，还有河边的树干上。

传来潘宇招呼客人的声音，老顾客已经到了。他放下雪茄，深吸了一口气，起身把书放回书架，下楼。

老顾客今晚是来给他介绍新客户的，带来的两个东北朋友想买几款高级别老茶回去送礼。博剋堂囤积的老茶在圈内小有名气，众多品种里涵盖了一票难求的 88 青、小方砖、广云贡、7542、下关铁饼、销法沱等稀缺品。

东北人亮着嗓门说："老板，你最好的茶多少钱一饼啊？满大街都是卖茶的，既然朋友带我们到你这里来，一定要货真价实哦！"

凌墨飞淡淡一笑，说不着急买，我们先喝茶。他吩咐小敏按顺序准备三泡茶，招呼客人在大梨木茶台边就座。

这样的客人他见得多了，想买好茶，自己又不懂茶，愿意出价，又害怕被宰。必须像科普一样先教会他喝茶，教会他辨别什么是老茶、好茶，当他从味觉到灵魂都深刻认识到什么是真正的好茶时，不但马上慷慨解囊，还会成为忠实顾客。

小敏将一壶水烧开，完成烫壶、烫杯、洗茶程序后，冲出第一泡。客人们安静了下来，边品尝边听着小敏甜美的声音娓娓讲述这款茶的来龙去脉，讲述茶的香气、茶气、回甘。这种初级水平的茶客，凌墨飞从来不亲自出马，碍于那位老顾客面子才下来陪坐。

人在心却不在，眼前这些人化为一片幻影和背景，他从中漂浮起来，抽离了出来，进入自己的思考频道。

第九章

博亚航空集团空勤宿舍楼位于天牛机场背后，是一幢刚建起不久的五层楼砖混结构建筑，楼前有一片开阔的空地，刚种植不久的一排排小树正在努力生长，围墙上的爬山虎刚刚开始攀缘，四周茂密的绿化带已经郁郁葱葱。到明年这个时候，小树长高，立体绿化全面成活，楼前的景色会变得葱翠宜人。

现在是下午五点半，陆续有人走出宿舍朝食堂方向去，也有人从食堂端了晚餐回宿舍吃，楼前人来人往开始热闹起来，凌墨飞停车的位置刚好正对着建筑入口，他在等一个人的出现。

电话响，是韩东亮。

“我查到那个外国人了！”

“哦？你那么厉害！”尽管当着面喜欢损这个老同学，其实凌墨飞内心对他的能力、敬业精神、雷厉风行是很赞许的。

“找我哥儿们调到了兰石餐厅门口那条街的监控录像，锁定了外国人，再找负责入境管理的哥儿们查到了他的身份。”

“老亮你真行啊！”

“嘿嘿，不靠当年积攒下来这些人脉，我能在个人秘侦这一行独占鳌头吗？”

刹时能看见韩东亮那淘气而又得意非凡的样子。凌墨飞忽然眼光一闪，对着电话低声说：“我一会儿打给你，我要找的人来了。”

一个身穿鹅黄色直身裙的年轻女子走了出来，她像选美佳丽一样漂亮，也一样毫无特色。腿被包裹在紧绷的闪亮丝袜里，修长的线条笔直地经过弓起的脚背，停在高跟鞋内的足尖。浓重的妆容让她本来姣好的五官多了几分狐媚，齐肩卷发在走动时来回飘摆。

女子停下脚步接听电话，“喂？对啊，我是朱一静，你是哪位？”

“我是安全厅的，要找你了解一些事情。我的车停在你对面，请上车说话。”

“对不起，我不认识你。”朱一静想挂断。

“希望你配合国家安全工作，”凌墨飞故意放缓语速加重语气，观察着对面的朱一静，“如果去宿舍楼或者办公室找你谈，会对你很不利。”

“那……请问你有证件吗？”

“当然！车就停在你前方，你应该看见我了。”他从车里下来，对朱一静招招手。她左右看看，犹豫着朝车子走过来。

凌墨飞掏出本证件在她眼前很快地打开又合上，让她瞄到一个徽章，不过也可能什么都没看清楚。这是韩东亮替他搞的一本假证件，一般人看不出真伪，但不到关键时候他也从来不使用。“我是安全厅的凌墨飞，找你了解几个问题，请坐到车上谈，不会耽搁你太长时间。”

朱一静的脸变得苍白起来，涂了厚厚睫毛膏的眼睛里闪着狐疑的神情。她拉开车门坐到副驾驶位置上，双手搓弄着衣角，丰满性感的嘴唇有些失血。

“你跟白淳认识吗？”

“认识。”

“熟吗？”

“不算熟，他是大领导。”

“你觉得他这个人怎么样？”

“很帅……有亲和力，有能力，又没架子，对下面的人很好。”

“你跟徐亚杰认识吗？”

“认……认识。”朱一静的反应竟然有些慌张。

“熟吗？”

沉默。半晌之后，“还算熟吧。”

“认识多久了？”

"两年左右。"

"他介绍你认识白淳的？"

"是的……但也就一起吃过几次饭，没有其他交往。"

"徐亚杰死亡那天你们在一起吃饭？"

"没……没有啊！那天我在公司食堂吃饭，她们……我宿舍的人可以做证！"

"你记得徐亚杰死亡是哪一天？"

"不……不记得。"

"为何记得是在公司食堂吃饭？"凌墨飞语气故意严厉起来，果然朱一静脸色更苍白了，手指在微微发颤。她紧咬着嘴唇没有说话，凌墨飞也没急于逼问下去。徐亚杰 8 月 9 号上午打过电话给朱一静。

"你什么时候知道徐亚杰死亡的？"

"晚上……不，第二天，整个公司都知道他死了。"朱一静的手把衣服角拧成了一个麻花，还在不停使劲地拧。

凌墨飞掏出一张只写着电话号码的名片，"你回去认真回忆一下，想起什么今天没说的，就给我打电话。希望你认真配合我们的工作，利害关系我不赘述，想必你自己心里清楚。"

她正要下车，凌墨飞又补充道："希望你不要拖太久。今天的谈话不要告诉任何人，利害关系你懂的。"

目送她踏着高跟鞋匆匆走远，凌墨飞拨通韩东亮的电话，"给我些朱一静的材料，那种她不愿意别人知道的材料。”

从博克堂开车到空勤宿舍楼只用了四十多分钟，现在往回开，走完机场高速上到二环路就用了四十分钟。正好赶上晚高峰，车子像条一眼望不到头的长龙，艰难地一点一点慢慢向前。凌墨飞打开音乐，燃起一支烟，手指在方向盘上跟着节拍慢慢敲打，随着车流缓缓移动，思绪飘飘荡荡。

微信声音响起来，“《故事二》——当回忆在心里成为一个永远回不去的固定影像时，依儿感到寒风吹在身上的凛冽，每一次晃动都听到骨缝在咔咔作响，提醒她岁月正践踏着自己的身体渐渐走远。”

是那个荒冢。虽说车走得比步行还慢，但他不可能边开车边看那么长的文字。那些特别的文字，那种罕见的表述方式，有一种莫名的吸引力，他情不自禁想看下去，想知道后面发生了什么。

前方还是遥遥无期的塞车，估计什么地方出了车祸，或者哪个倒霉鬼车子坏了。

潘宇发来微信，问他是否回店里吃晚饭。

堵塞的车流毫无加快速度的迹象，像一条年迈且有毒的蜈蚣在爬行。从美国回到昆明，除了怀念这里四季如春的气候，很大部分原因是喜欢这座城市悠然舒缓的慢节奏。但眼下这样的塞车，令他觉得昆明与全国所有城市没有了差别。忽然觉得肚子很饿，他恨恨望着一眼看不到头的车流，告诉潘宇吃饭不用等他。

终于回到博尅堂时，店员们早已吃完收拾停当。他叫潘宇帮烤份德州比萨，就急忙把自己塞进那个属于他的角落中，继续读荒冢的《故事二》。

罗曼尼是S市一个著名的红酒沙龙兼论坛，在全国都小有名气。

依儿在红酒领域不但有深厚的家学渊源，也有丰富的知识储备，还有父亲传留下来的丰厚人脉。作为红酒协会最年轻的美女理事长，她的红酒文章总是占据论坛的头条，粉丝与崇拜者无数。

5月份，罗曼尼举办一场隆重的红酒品鉴会，烟渺专门飞来S市参加。他也是一个在论坛上经常发表文章的版主，同时还有一个重要身份：罗曼尼的重要赞助人。

依儿与烟渺虽然从未谋面，但在论坛上互动很久，算网络好友，彼此欣赏彼此认可。

论坛里的烟渺妙语连珠，幽默有趣，他不但对每种红酒发表大胆而独到的见解，还经常贴出勃艮第、波尔多、中央谷地、皮埃蒙特等几大产地不同时期的照片。那些照片显然是他本人亲临现场拍下的，这让他的帖子很有说服力。他的文字诗意十足，浪漫抒情，对依儿发的帖子总是极尽赞美，每帖必顶必转发。偶尔会有粉丝在评论区攻击依儿，他总是第一时间站出来维护她，文风霎时转变为尖酸刻薄的抨击怒骂。有粉丝戏谑他是依儿的护花使者，他直言不讳回答：她是我的女神！

这一期的品鉴会在皇室红酒会所举行，依儿稍微去晚了一点，但主桌的位置是早就留给她的。

尽管中间隔了距离和人群，这个姿态轻盈，于不经意间将高傲纯粹表露无遗的女人立刻吸引了烟渺的目光。仿佛有一股气流击中了喉咙，烟渺感到窒息，瞬间的僵滞感像潮水一样向四周退落，一股压力把他作为这道圆圈的意义和本质，愕然留在了原地。

她款款朝主桌这边走来，沿途停下来与老朋友们逐一打着招呼，洋红色蕾丝裙像一层薄薄的金属，包裹着她站在洒满喜庆气氛灯光之下的婀娜身躯。他确信她就是依儿，因为与想象中的她高度吻合。她的脸庞是活跃而有生命力的智慧的生动体现，她的眼神清澈而欢快，充满了对一切的满满自信。看上去，此时此地乃至整个世界都仿佛为她所拥有，陶醉和自在便是她的天性。

过了好一阵，氧气才缓缓地涌入他的身体，带来一种沉甸甸的、把一切都吸得干干净净的沉重。他异常清醒地坚信，这个女人的存在，对他而言所代表的是生命全部的意义。

依儿一抬头，看见一个陌生男子朝她走来，身材修拔，气质舒朗，彬彬有礼伸出手，“你好，女神，我是烟渺。”

他正视着她，眯缝着一双好看的眼睛，面孔上漾起孩子般的笑容，那笑意暗示出他们两个在网络互动中早已营造出的亲密无间。他讲话语速很缓慢，声线柔和而细长，泛着一股不造作的书卷气和贵族气。

这不是依儿想象中的烟渺，更不是与她互动频繁的烟渺。她以为烟渺是粗狂不羁的，形貌平常的，甚至应该是五短身材、不拘小节的。眼前这个男人身材修长，面目俊美，有一头浓密而微卷的头发，样貌酷似美国影星汤姆·克鲁斯。

他们彼此望着，四目相对间已然心有灵犀。加之知识底蕴带来的教养，让她瞬间有了亲近感。

他在身边特意留了一个空座，今晚要与她相邻而坐。

品鉴会一共喝了六种酒，整个夜晚他俩虽然近在咫尺，聊得却远不如网上半个小时的内容多。除了互留电话号码和微信，他俩只简要交流几句每种酒的口感，彼此间充满陌生与矜持。品鉴会进行到尾声时，掀起了一轮高潮，人们端起酒杯在会场里来回窜，与每个认识的或不认识的人碰杯。穿粉红裙的服务员端着小点心来回穿梭，穿黑色燕尾服的酒保及时朝每个喝干的酒杯里续上酒，气氛推向了狂欢。

依儿要提前离开赶去机场接归国的闺蜜。烟渺已几乎喝醉，摇摇晃晃走过来，有些不舍，却非常礼貌客套地与她道别。他说自己是以出差的名义来S市参加这个活动，为的就是能见她一面，明天一早他就要赶回去参加会议。

就在那个夜晚，上帝之手安排了一出意外。这出意外所蕴含的预兆，对依儿来说意味着命运在冥冥之中早就布下的一道恶意之网。

从机场把闺蜜接到酒店安顿好，已经凌晨一点多钟。依儿走出酒店朝停车场走，突然被翻修地面裸露在外的一截钢管绊倒，想爬起来时发现脚踝撕心裂肺地疼，根本无法站立起来。

她坐在冰凉的地面，脚踝已经肿得像馒头一般。她不忍心吵醒酒店里那位坐了十几个小时飞机的闺蜜，那么晚也不想惊动家人或朋友，自己拨打了120。坐在地上等待120时，她拍了张受伤脚踝的照片，发了条微博。

120把她送到医院已是凌晨两点钟，急诊室居然塞满了人，唯一的值班医生桌前是四个血流满面的中年男人，旁边七嘴八舌的家属在争相诉说，那医生一脸无奈不知先给谁看。

手机响起，竟然是烟渺！“你伤势怎么样了？告诉我在哪里？我马上过来！”

“不用了……”没想到他那么晚居然看见她发的微博。

“快告诉我你在哪里？！”

当他果真风尘仆仆出现时，值班医生还没把那几个打架致伤的人处理完。烟渺一把将医生拉到外面，不一会儿医生进来，抛下那几个流血的人来给依儿做检查。她的脚踝已经肿得很高很高，一碰就疼得眼泪水直冒。医生说必须去放射科照片，但是放射科在另外一幢大楼。

“来，我背你！”

依儿还来不及说话，已被他背起朝外走。“对不起，我喝醉了，回酒店就睡着了，睡醒一觉才看见你发的微博，我习惯每天看你的微博……为什么不直接给我打电话？这样就不会耽搁！万一骨头断了怎么办？”

从急诊室到放射科有很长一段路程，他的背部肌肉结实且有弹性，依儿觉得自己伏在一艘安全且舒适的大船船舷上，行驶在漂浮着各种奇异泡沫的海面上。她很奇怪怎会有这样的幻觉，脚踝的剧烈疼痛竟然也变成幻觉的一部分。夜风习习，内心竟涌动着某种惬意与自在。

深更半夜，前边等着拍片的人居然排了十几个。有烟渺陪伴，依儿没有觉得漫长，她聊起今天品鉴的酒，聊起罗曼尼的这次活动。烟渺却无心聊天，他脸色苍白，眉头皱得拧起个疙瘩，忧心忡忡看着她越肿越厉害的脚踝，“疼吗？一定很疼啊。”这句话他问了五六遍，把她的手紧紧握在掌心里，仿佛那疼痛就钻在他心上。

终于拍完了片，又等了很长时间才拿到片子，他再次背着她回到急诊室。一路上她听见他呼呼的喘气声，感觉到他衣襟里渗出许多汗水。被高大健硕的他背着，感觉很安全很踏实，不担心会跌落下来。她发现他不像外表看起来那么纤弱，他的体格健壮，富有张力的肌肉和骨骼刻着经常锻炼的烙印。他时不时停下来轻轻一颠，让她的身体在脊背上重新回到最舒适的高度。她闻到他身上泛着淡淡的香水味，是BVLGARI。

看见他们回来，值班医生竟然显出一脸的殷勤，急忙丢下其他病人来给她看片。烟渺定是给过他一笔可观的小费，否则不会如此殷勤。

看片的结论是骨折！“需要将突起的骨折端按正复位，在脚踝侧打个U形石膏，固定6～8周，经X片复查之后再拆除石膏，然后加强功能锻炼来恢复。”

依儿的眼泪掉了下来，她将有6～8周不能自由行走！

在烟渺陪伴下做完复位，打好石膏，天色已大亮。他出去打了通电话，走进来时一脸颓丧，“原想着陪你几天，真抱歉，那个重要会议不能请假，我今早必须飞回去。我现在先送你回家，什么都别想，在家乖乖休养两个月，有什么就给我发微信或者打电话。”

一辆奥迪车直接开到了急诊室门口，驾驶员很谦恭地下车打开后车门，辅助着烟渺把依儿抱进后座，又急忙替他打开前座车门。听他俩的谈话，这并不是辆出租车，司机的语气措辞好像是他的下属，归属于驻S市办事处。

到母亲家门口时，烟渺先征询她，“还是让我背你进去，可以吗？”

妈妈还来不及表达惊讶和感谢，烟渺说必须火速赶往机场，就匆匆离开了。

故事刚刚掀开序幕，就戛然而止。

凌墨飞看着手机陷入沉思。头一次有当事人不由分说扔一大笔定金之后，以魔幻现实主义向他陈述案情。荒冢甩出2万元大钱，肯定不会只是想让他听个故事，他选择讲故事的方式来寻求破案，难道有难言之隐？莫非这故事里藏着一个惊骇的阴谋，一个惊天大秘密？

虽然年过不惑，但他依然是个充满激情的人，喜欢新奇，喜欢冒险，喜欢各种意料之外。荒冢讲故事一定有他的目的，他决定耐心读下去。

第十章

王妍君越来越失去耐心，她在给韩东亮打电话时不再像以往那样有礼有节，变得非常暴躁。

她指责韩东亮毫无进展，对他的答复非常不满，不相信他任何解释。韩东亮感觉到她日益升级的焦虑，出于比原先更深切的恐惧，她正害怕着什么，并且这种害怕越来越严重。

凌墨飞让韩东亮再约见她一次，有些内容面对面交流会更好些。

依然约在博剋堂，还是安排坐在靠墙那张茶桌，凌墨飞依然可以不被发现地蜷在他的小角落里，远远看着他们，听着他们的对话。

王妍君松松垮垮走进来，粗笨的鞋跟在地板砖上敲出狠狠的回音。肩上依然是上回见过的那个老款 COACH 包包，很随便地朝旁边椅子上一放，懒散地一屁股坐下，好像走得很累的样子，要急于把胖胖的身体安顿到椅子上。她的发型没变，照样用橡皮筋松松地、很不负责地扎在脑后，干枯的、烫过之后很久没保养的大波浪卷已经快变成直发了。一款中规中矩的黑色西装裙，丝袜只到膝盖，与西装裙之间裸露出一截腿部的赘肉。脚蹬一双老款黑色中跟皮鞋，鞋后跟有几道下楼梯或者开车磨出的白印痕。与服饰形成鲜明对比的是脖颈上的玻璃种正阳绿吊坠，在黯淡的灯光下无比醒目，手腕上的冰种手镯在黑衣服的映衬下愈发晶莹透亮。这两样价值连城的东西点缀在她身上，就像两个异类的矛盾体，既与她格格不入，又秘而不宣地告知人们她本身应该拥有的身价。

韩东亮点了一泡景迈春茶，要了碟南瓜子，替她面前的白色骨瓷杯加满茶水，满脸体贴，“王姐，外面太热，喝口明前茶清清火。”

王妍君端起茶杯微微抿了一口，刚要放回去时大约发觉口感不错，缩回手一饮而尽。韩东亮赶忙替她再加满一杯。

“王姐，你一定要相信我，我当过十多年警察，不论在里面外面都有很多关系。我向你保证，你先生目前不会有任何危险！这不是信口雌黄，我可以拿生命向你保证。我的弟兄二十四小时都没闲着，你先生经常出差的城市我们也在进行排查，这些辛苦本来是不想表功的。”

“经常出差的城市？”王妍君忽然一脸狐疑。

“据我所知，你先生工作能力强，业绩出色，为人敦厚，群众基础极好，假如说会有仇家的话，本地人的可能性不大。”

王妍君显然被韩东亮这个分析激起了兴趣，懒散靠在椅背上的身子坐直了起来，身子微微向前倾。

韩东亮及时补上一句，“他出差多，全国都跑，你知道他去哪几个城市的频率高一些？”

“去上海最多……但这几年不怎么去上海了……去北京多一些。”

圈椅上的凌墨飞在小本子上写下上海二字，画了一个感叹号。博亚航空集团总部在北京，白淳经常去北京是正常的。

“王姐，你在电话里说……他更危险了，能不能告诉我为什么？”

沉默。

“我现在和你是站在一条线上的人，你只有尽力配合好我，才能切实有效保护他。”韩东亮的声音情真意切，“你能不能告诉我，最初是什么原因，让你觉得需要采取特别手段保护他？是什么原因促使你来找我？”

沉默。这样的沉默凌墨飞早已料到，这是韩东亮才开始问话时他就已经想到的沉默。

韩东亮招手让服务员续了一公道杯茶，语重心长地说，“王姐，世上没有无缘无故的爱，也没有无缘无故的恨，与其被动地二十四小时保护白淳，不如挖出根基，找出元凶。只有杜绝一切可能性，你才可以过上幸福安稳的日子。我想这也是你希望的，对吧？”

王妍君端起景迈茶喝了一小口，依然沉默着。

“要找出究竟谁想置白淳于死地，你必须和我站在一起才能做到，否则的话……”韩东亮故意沉吟片刻，“凶多吉少。”

王妍君手一哆嗦，茶水溅到黑色西服裙上，她急忙放下茶杯用手去掸，韩东亮很及时地掏出一包纸巾递给她。她抽出一张来擦拭裙子，晶莹的手镯在台灯照耀下一闪一闪，左手手腕那块格拉苏蒂表盘上的钻石折射出带菱角的光线，刺到了凌墨飞的眼睛。他忽然想起了另外一块格拉苏蒂手表。

“我不知道有人对他做了什么，”她忽然开口，“这是我不让自己去想的事情。有人在威胁他，想杀他，我非采取行动不可！如果我自己可以，我一定会亲自找出那个人，事实上我已经试过了。可是我不知道从何下手，我没有这方面的知识，我不懂步骤。你刚才问的那些问题，所有的途径，都让我意识到在这方面我根本像个无头苍蝇，所以我要你帮我，再高的价钱我都付，钱不是问题，只要有必要的钱，我都愿意花。如果你做不到，我就去找别人，如果我不能保护他，我就会死！”她突然提高的语调，机关枪一样的语速，让躲在角落的凌墨飞怔了怔。

韩东亮急忙伸手拍拍她，又把水杯递到她手里。“王姐你一定要相信我，虽然我辞职了，但在很多方面我仍然是个警察。如果我都不能保护他，整个昆明城就找不出能保护他的人了。”

凌墨飞看不出韩东亮的哪句话击中了他，忽看到她脸色发僵，眼睛里突然现出诚恳，诚恳得像是渴望，几乎是在乞求。随即，听到了她颤抖的声音，仿佛在某种情感的压力下，这声音变得简单而卑微：“我不知道是谁……但是老白他非常担心……非常非常的担心。虽然他什么也没说，但我看得出他很害怕，很恐惧……他从来没有这样过。”

有泪光在王妍君眼中闪烁，她开始发胖的身体像受潮的纸片儿一样，软软地耷拉在椅子上。她很无助，非常的无助，她端起茶杯想再喝一口，手却颤抖得不行。

“以前他头一挨枕头就睡死过去，打雷都听不见，从来不做梦。现在……他在梦里被人追杀，他在梦里大声求饶：别杀我，别杀我！……现在，他一定是……一定是……”王妍君哽咽得说不下去了，韩东亮又及时递上一包纸巾，凌墨飞不知道这家伙的口袋里居然备有那么多纸巾。

耐心等着王妍君揩干净鼻涕眼泪，韩东亮才问，“你们交谈过吗？他告诉了你什么？”

“他不愿意说，一提就发火……他脾气变得很坏，不愿意跟我讲话，已经很长时间回家不说话了。”

“他脾气变坏……有多久了？”

“半年！他以前脾气可好了，从来不会跟我急，工作那么累，他回家还做饭做家务。但最近这半年他忽然变了，回家就一个人躲进书房里……”王妍君的肩膀忽然抖了抖，抬起头来，“梦里惊叫是最近才有的，而且越来越严重。”

“每天晚上都说梦话？”

“他那不叫说梦话，那是……”王妍君踌躇着看了韩东亮一眼，“他睡在另外一间卧室，关着门我都能听见他在梦里大喊大叫。”

韩东亮非常体贴地点点头，“除了说梦话，还有什么反应？”

“回到家里不说话，不做事，吃得很少，喝闷酒，关在书房里抽很多很多的烟。最可怕的是，他只要一出门就变得像以往一样，见人笑呵呵，跟谁都有说有笑，像换了张假脸！他越是这样，我越害怕，越来越害怕……”王妍君一口喝干杯中茶，胸脯一起一伏。

凌墨飞透过散尾葵叶子的缝隙远远看着王妍君，这个女人的身世他已经了解得非常清楚。

她在家里排行老二，除姐姐之外下面有一个弟弟一个妹妹。父亲是省委统战部原主任，母亲是轻工厅一位处长，少女时代属于民众仰望的高干子女。姐姐和妹妹找的夫君都是门当户对的高干子弟，弟弟娶了一位企业主的女儿，只有她的婚姻最寒碜。

她的校友白淳是来自偏远农村的一个穷小子，学费都交不起，每年靠父亲向乡里亲戚借钱来交。白淳不知以何魅力，用了何种手段，让王妍君在他的追求之下身心俱降，面对全家人的一致反对，她誓不妥协，以死相拼，最终父母只好应允了这桩婚姻。

大学毕业后，王妍君父母动用关系把白淳留在了昆明，还替白淳谋了一个好单位。结婚后白淳一方面依仗尚未退休的老岳父的余威，一方面自己兢兢业业埋头苦干，仕途开始蒸蒸日上。王妍君则在银行里平平常常混日子，她的全部心思都拿来像建造一座高楼一样，建造她的婚姻，她活着的全部价值就是支持丈夫的事业，经营他们的小家，悉心照顾儿子。一天一天，她把自己的容貌、学识、爱好、气质彻底湮没在了家庭的日常琐事当中。

白淳终于在博亚航空身居要职如日中天时，王妍君的弟弟、妹妹几乎同时由盛转衰，同时来向这位多年前受尽他们鄙夷的姐夫示好。这些年来，不论在生意上还是社交往来上，他们都成了享受白淳红利的最大受益者。姐姐、弟弟、妹妹全家，包括父母，都受尽白淳恩泽，全家人对白淳的态度一百八十度大逆转，对这个昔日不被他们看好的女婿赞不绝口。

儿子考取了南京大学后，王妍君立即从银行办理了提前退休。一切都尘埃落定，她唯一需要做的，就是坦然享受一个女人生命中最无忧无虑，最幸福美满，最悠闲自得的时光。

…………

王妍君的话匣子一旦打开，顿时一泻千里停也停不住，她对韩东亮说起刚结婚时候的艰难，白淳创业的煎熬，自己一个人带孩子的苦楚，说到动情处，伏在桌上泣不成声。韩东亮用一只手不停地在她手臂上拍打安抚着，那副温情体贴模样是从来没见过的，让凌墨飞大跌眼镜。

凌墨飞从读书时候就很喜欢韩东亮，这种喜欢一直延续到现在都没有丝毫改变。他是个长不大的男孩，对吃喝玩乐的事情精益求精，每样都能玩到极致，年过四十了都还经常喝酒赌球夜不归家。被老婆修理之后会乖乖几天，朋友一约又去了。他聪明机灵，敢打敢拼，豪爽仗义，喜欢结交黑道白道各路朋友，路子很野。在市局刑侦队接连侦破了几个大案后，被提拔为刑侦队长。没想到在一次抓捕凶犯时开枪误伤了群众，被记过、降职处分，他一气之下辞职离开，出来开了个私人事务调查所。借着当警察期间积攒下的各种人脉，还有他强大的社会关系网，公司业绩颇好，业内小有名气。

王妍君在韩东亮的安抚下不再哭泣，情绪也恢复了稳定。她眼神里忽然流露出一缕之前没有的神情，那是信任与依赖，一瞬间韩东亮俨然成了她在世上唯一的知音。凌墨飞想，这个将一生最黄金的年华都贡献给家庭、丈夫和儿子的女人，平日生活里应该没有什么知心朋友。

“我对老白说，有什么事说出来，两个人商量总比一个人扛着好。但是不问还好，一问他就发火，说我捕风捉影，说本来就没啥事，怎么非以为他有事。但是我心里有数，不是遭遇了非同寻常的事，他绝对不会这个样子的。最近他门都不敢出了，一下班就窝在书房里，还锁着门……”

眼泪又涌上了她的眼眶，她朝韩东亮倾过身子，“你得赶快查出来，究竟谁跟他结那么大的仇，要置他于死地。”

“王姐你放心，我们调查所的能力有口皆碑，我保证目前他一定不会有生命危险。你帮着回忆一下，8 月 9 号，也就是徐亚杰死亡那天，他有没有见过什么人，接过什么电话，情绪有没有反常？”

“那天……他打电话说不回家吃晚饭了，到了晚上很晚他才回来，我问什么他都懒得说。第二天吃早餐时，他说昨天小徐心脏病发作，他去医院帮着处理后事。后来，他就不准我再问小徐的事情，一提就发火。”王妍君又开始抹眼泪。

凌墨飞给黄医生发了个微信：“徐亚杰送急诊科那天，博亚航空让你们尽快盖棺定论的那个领导是不是白淳？”他同时发了张白淳的照片过去，这照片是韩东亮找王妍君要来的。

韩东亮又问：“徐亚杰跟你们家关系好吗？”

“小徐是总部派来的，刚开始两人关系有些紧张，后面跟老白相处得挺好，两口子经常过来串门。老白这个人嘴馋，特别喜欢吃，小徐常带着他到处找好吃的，老白去哪里出差都喜欢带着他一起。可怜他老婆，年纪轻轻老公就没了，孩子才上初中，太可怜了……”

王妍君要走了，说要回家给白淳做饭。她是乘公交车来的，韩东亮很体贴地坚持开车送她回家，出门时大声告诉潘宇他送完王妍君直接回自己家吃饭，是说给凌墨飞听的。

凌墨飞从圈椅上站起身来，做了个伸展动作，叫小敏准备一泡老班章，又叫潘宇做份意大利面，然后去到三楼窗边坐下。三楼这个包间没被预订出去的时候，是凌墨飞的私人空间，他喜欢独自待在这里临湖观景。

水烧开了，他冲出一泡茶，摊开小本子，边喝茶边在上面圈圈点点，勾勒各种人物关系图，把重要的地方圈起来。一泡茶喝完，意大利面也端上来了。

手把手教过几次之后，潘宇已得真传，不论面的软硬度、调料的浓淡、滋味都颇合口味，尤其胡椒粉的量控制得颇合心意。

吃完之后已至黄昏，窗外的夕阳一点一点沉入长虫山背后。他新泡了一款茶，忽然想，要是博剋堂也能做兰石秘品牛排，生意一定爆好。他收藏的各种单一麦芽威士忌与牛排是绝配，客人吃完牛排之后再美美喝一泡老茶，想想都滋润！

这么想着忽然兴奋起来，给夏若兰发了微信，若以加盟或提成方式，她应该会答应。

滴滴一声响，没想到她回复这么快，拿起一看却是荒冢，微微有点失望。

他将新泡好的茶倒出来，深深吸口气，开始看《故事三》。

从在家养伤的第一天起，烟渺的微信就如丝如缕密不透风。

早安问候是依儿每天起床时开启心扉的第一缕微风，接下来是关于午餐的食谱讨论，下午时光的海阔天空，晚餐的美食图片分享。夜晚，是情愫浓郁的深度沟通，临睡前，是细心周到的反复叮咛……

每一天，每一刻，烟渺的微信都如影随形，从不间断。三年前失去了父亲的依儿，忽觉有父爱再次拥簇生命。感受到的也不全然是父爱，还有如丝如缕、影影绰绰的情爱，这样的状态如梦似幻。

经历过那场漫长刻骨，最终却分道扬镳的爱情之后，依儿很长时间都不想再轻易接受一份新的爱情。她在等待一种高贵的感情，可以包容和诠释她所深爱的一切。她想找到一个与她匹配的灵魂，让对方和自己成为彼此的世界。

而这段日子，丧失行动自由的她，忽然觉得拥有了另外一个旖旎的天空，那是有一个美好男人的天空。

烟渺每天的工作居然那么繁忙，那么密集，是个不折不扣的大忙人。但无论怎么忙碌，他总是会抽出时间来给她发信，总是见缝插针地与她聊天：早晨起床时分，开车上班途中，进到办公室时，工作间隙里，午餐中，下午会议休息间，晚餐时候，临睡前……他喜欢把正在进行的点点滴滴尽数讲给她听，详尽到近乎絮絮叨叨，他甚至在主持会议的间隙都在给她发信。他身居要职，几乎每天都有会议，几乎每时每刻都有人找他，几乎每天晚上都有饭局。但这并不影响他给她发信，从早晨醒来一直持续到临睡前，他从不间断。

烟渺将自己的过往和现状悉数讲给她听：他从小没了母亲，家境困难。小学老师待他恩如生母，资助学费帮他完成了学业，还经常让住在自己家补习。所以他工作后第一个月的工资，全部寄给了这个老师，随后的十多年间，他将这个老师的三个孩子都安排在了省城工作。他的婚姻早已在十年前名存实亡，已经与妻子谈妥等儿子考上大学之后就离婚。

每天深夜，烟渺睡在自己单独的房间里，对着远方的依儿倾诉衷肠。只要依儿不睡觉，他也就不睡觉，一直陪着她聊，一直聊到依儿说困了。

文字的魅力，就是能够比现实交往更快速地拉近两颗心。这样密集的聊天，以不可思议的速度将两颗心拉近，再拉近。他们竟然有那么多共同爱好，对事物有那么多共同的认识，甚至生活起居习惯都如此相似。他们仿佛认识了好多年，甚至应该前世就已经认识，否则不会爱吃某个城市的同一道菜，爱喝某个酒庄某个年份的同一款酒，爱看同一部电影，喜欢同一个作家，喜欢用同一个品牌的东西，向往某个国家的同一座城市。

不到一个月，依儿的脚伤痊愈，她回公司上班了。

没有了养伤期间那么多时间来闲聊，中午变成了他们不可更改的固定聊天时间。烟渺觉得打字太慢，把文字聊天变成了语音聊天，最后又把语音聊天变成了电话聊天。他好像失语了一个世纪，好像孤独了一个世纪，总有那么多话想跟她说，有那么多事情想告诉她，从童年时代一直讲到现在，无一遗漏。她从来不知道一个四十多岁的成熟男人絮叨起来竟然如此可爱，他有太多的故事要迫不及待讲给她听，有太多感受想与她分享，甚至看见一只飞鸟，遇到一场暴雨，看见满天星光，也要讲给她听。

她说不清为什么那么喜欢烟渺的笑声，还喜欢他说话的语调。他在电话里的声音，甚至连同她自己的，都有一种她从未听到过的音调。在询问她的作息时，他喜欢的语言方式是："是不是上班班啦？""吃饭饭没有？""是不是想睡觉觉了？"……这样的对话方式，让她感到自己正坐在耀眼的星光下，又变回那个无忧无虑的小女孩，浑身包裹着温暖浓郁的父爱。

她的午休时间可以到下午两点，而他一点钟就要上班。他不愿意浪费这个时间差，把办公室门关起来与她通话，聊着聊着他忽然放低声音，"别出声，有人敲门。"过了一会儿又说："人走啦，可以聊啦。"他们就像一对玩躲猫猫的孩子，像两小无猜的童年伙伴，躲开大人一起专心玩自己的恶作剧游戏。

依儿从未体验过这样的经历，神奇的微信，将两个人拉扯得如此贴近，如此亲近，她爱极了这种感觉。

她隔三岔五会收到快递，一瓶红酒，一只紫砂壶，一个名牌包包，一副好看的墨镜，一条爱马仕丝巾……每样都价值不菲。烟渺说：“我不论看见什么都想买给依儿，它们是为你而存在的。”

从他寄来一只最新款Wire lessor车载蓝牙那天起，就开启了一个新的习惯——每天等着她先下班，然后拨通电话，一路通着电话陪伴她到家。“我要每天电话送依儿回家”，他将此看作一场神圣的仪式，从来没变过。

几乎每天他都有应酬，饭局上，饭局结束，到家，他一定会发信告诉她知道，好像这是他的一种责任，一份义务。

相隔千里，他们却比身边任何一个人都贴近，比身边任何一个人更相互了解行踪，仿佛每时每刻都在一起。

对他们俩来说，生活的全部意义只是他们自己。无论别人在生活中追求什么，他们俩只希望能够感受到此时此刻。他们隔着电波，把这些话告诉了对方。

烟渺是多情的，浪漫的，才华横溢的。情人节那天，他为依儿写了一首诗：

我给不了你踏实明媚的星语
唯有星空下的思念
我给不了你春风十里的光辉
只有艳阳下的担忧
你是我心头蹒跚的寸草春晖
一生都不离不弃
遇见你，我是幸运而圆满的
知足地拥抱天际
舐犊情深的光辉永驻万里
却远没有你的壮丽
若枝头春意浓浓的雨露
如微风维和心灵的温馨
云烟渺渺
灵犀你的心意
承载你翱翔枝间叶绿
愿你每日
都享受拂晓的心意

烟渺发出隆重的邀请，不是单独约她，而是邀请她带着母亲去他的城市做一趟短途旅行，他已安排好一切。

他在微信上写道：“我每天晚上都舍不得入睡，因为不想有一秒钟失去我体验到的最奇妙的感情。我大脑中时时刻刻想到的，就是曾经想要表达、却无法表达出来的、在一瞬间超越了一切的那种情感，那种得到全世界最珍贵宝贝的情感，那种恋爱了、并且知道那个人的确就存在于这世界上的感觉。而我想要做的，正是表达这一切的方式。”

伊儿迟疑，没马上答应。

烟渺说：我为你妈妈联系好一位在全国都极有名气的皮肤科主任，折磨她多年的湿疹很有希望治愈。

记不清是哪次聊天说起母亲的湿疹看了好多医院都无法根治，没想到他如此上心。

他的邀请热切，殷勤，执着，令她无法拒绝，他甚至把头等舱机票都替她们订好了。

第一天

烟渺带了两个人来接机，年轻小伙子叫阿龙，年纪稍大的叫阿杰，一行人从机场直接去吃午餐。

这是一家有歌舞表演的民族风情餐厅，烟渺并没刻意放大某种特殊身份，甚至故意淡化它，但他不经意的一个眼神，轻轻缓缓一句话，阿龙、阿杰立刻就执行。老板殷勤而讨好地围着他们张罗，给每人送上一份土特产礼盒。

午餐之后由阿杰开车，去到城郊一处名胜古迹游览。

这是坐落于群峰之中的一座著名佛教禅寺，始建于唐贞观年间，宣德年间隆重扩建，古树苍郁，林壑幽深，云雾晴岚萦绕山巅，修竹古刹掩映密林。阿龙从背包里取出一套高配置佳能相机，见烟渺娴熟老道地将光影、构图驾驭得行云流水，依儿才知他原来是专业摄影水平，为依儿和妈妈拍了很多漂亮照片。这套佳能照相器材，不拍照的时候由阿龙背着，烟渺始终陪伴在依儿和妈妈左右，用他特有的缓慢而好听的声音，娓娓讲述这座禅寺以及这座城市的人文历史、风土人情。

傍晚时分回到市区，来到一家装潢豪华的海鲜酒楼。

老板已恭候多时，亲自为他们点了菜，赠送一瓶上好智利红酒。红酒杯晶莹透亮，包房里的灯光明亮而不炫目，装修奢华且高调，餐具是印着酒楼标记的上好骨瓷，领班不断进来问烟渺是否还有什么需要。

菜品味美而色鲜，烟渺如数家珍地介绍本地各种美食，说这几天要安排她们都去尝一尝。依儿想起他俩在微信、电话上聊的各种菜肴，发现烟渺果然是个地道的美食家，说起各种美食神采飞扬，极具感染力。

晚餐结束后烟渺送她们到了酒店，安排的是总统套房。他说明早兵分两路，阿龙带妈妈去医院找主任，他带依儿去一个地方参观，会给她一个惊喜。

第二天

一早，阿杰开车行驶了三百多公里，载烟渺和依儿来到著名的糯嘎茶山，这真是一个大惊喜。依儿不知烟渺是如何知晓自己爱茶收茶多年，这个美好的男人，总是在不动声色中知晓并记住了她的一点一滴。

乡政府的张主任早早在路口等候着，将他们迎进一座竹木结构的房子里。大圆桌上已摆好一席地方特色的丰盛午餐，食材尽是当地山珍野味，烹饪稍显粗糙油腻，滋味却是非常鲜美。陪他们吃饭的有书记、主任、副主任等人，殷勤招呼，不断为他们布菜。烟渺说饭后去茶山不喝酒，他们便一次次以饮料代酒轮番来敬，那尊敬谦卑的态度，恭维感谢的话语，让依儿很是诧异。她没想到烟渺竟拥有如此地位，这哪里是每日与她絮絮叨叨的那个温情男人，更不是时刻眼巴巴等着她消息的那个多情男人。

午餐后，张主任亲自带他们上茶山。

这是一座海拔 2200 米的茶山，分布着叶质肥厚宽硕的大叶茶种群落，全部野生野放，采摘极难，产量极低，是当地弥足珍贵的一个茶叶品种。

张主任边带路边讲述这座茶山的历史、茶树分布情况、制作工艺等等。烟渺的全部注意力都在依儿身上，因为坡陡路滑，枝杈纵横，他全程紧紧抓着她的手，随时提醒她注意脚下碎石，注意头上枝丫。依儿开心极了，野生野放的茶山自成一种独特的生态系统，每一棵百年古树在娓娓讲述流年过往，空气中飘荡着她喜欢的兰香，她沉浸在满山茶气中流连忘返。

张主任带他们来到一家初制所，茶农用最新采摘的古树茶款待他们。一口下去，兰儿忽然惊呼，她没喝过香型如此特殊的茶！劲扬质厚，香气饱满，沉雄霸道，回味悠长。烟渺请茶农给依儿演示一遍制作过程，茶农手把手教着依儿亲自做了一饼茶留做纪念。

告别时，张主任将早已准备好的三个篾箩放到他们车上，里面装的是古树茶。又额外赠送了依儿一件压制好的纯料茶饼。

烟渺自始至终都表现得淡淡如水，仿佛一切本应如此，一切早已司空见惯。

回到酒店时间已晚，阿龙已陪妈妈吃过晚饭并将她送回了房间。妈妈满脸喜色说，她今天在医院做完全套检查后见了主任，这个多年不愈的皮肤病有救了。

第三天

一早，烟渺来到酒店陪她们母女吃早餐，然后由阿杰开车来到一个有名的原生态民族村寨。

从下车伊始，就受到乡镇领导前呼后拥的全程接待，有专人带领他们参观游览，中间安排了一场有歌舞表演的茶点。离开时，每人赠送一箱当地土特产，给依儿母女特别加送一套精美民族刺绣。

短短三天下来，依儿已适应并熟悉了这种模式，烟渺不论去到哪里，不论是高档酒楼还是乡野农舍，享受的都是最高规格接待。听妈妈说，昨日在医院做检查，全程都有医生陪同着，抽血、化验、照片、诊断都不需要排队，到每个科室都由主任亲自诊断。

依儿恍然明白罗曼尼红酒沙龙的坛主为何对烟渺那么毕恭

毕敬。

然而，在他俩那么久的微信和电话交流中，烟渺从未提及他对沙龙的赞助，也从未炫耀过他的特殊地位和权利，以及广袤的人脉资源。

晚餐在一个私人会所，甲鱼宴已早早准备好，勃艮第红酒也倒入了醒酒器。

阿龙从医院接来了皮肤科何主任，烟渺与她显然是老朋友，二人熟络地打着招呼。烟渺安排她坐主位，母亲坐在她右边，他自己坐何主任左边，把依儿安排在自己旁边。

酒过三巡，烟渺直接把话题引到母亲的病情上，依儿在心底对他的做事方式大加赞许，首先给足何主任面子，随后直奔主题。

何主任爽快利落地手一挥，“检查结果我看过了，她得的是光线性皮肤病，目前全国只有我这里能治，我保证能给她治好！”

众人哗然，母亲瞪大不敢相信的眼睛。这个病虽说不是什么危险的厉症，但发作时脸部、脖颈、手臂长满红色湿疹，奇痒难耐。难受的是它随时会发作，每次持续时间都特别长。几十年了，去过无数家医院，找过无数个专家，都没有根治过。

何主任望着烟渺说：“她这是高原性皮肤病，也叫光损伤。

昨天我问过她，年轻时曾跟随丈夫去青海工作过一段时间，皮肤就是在那个时期被损伤了。一点问题没有，用我发明的特效药薇诺娜。”她指指放在茶几上的那个盒子，“听说她们明天就回去了，我给她带了三个疗程的药，估计用不完就已经好了。”

依儿刚要开口说话，烟渺在她胳膊上轻轻按了一按。他一个眼神，阿龙立刻起身，将一个厚厚的信封塞进何主任放在沙发上的包包里。

何主任摆摆手，“不用给钱，这是我申请的专利产品，既然是你的朋友，就当我送她的礼物。我来麻烦你的事也不少啊！”

烟渺不紧不慢、语调悠扬地说：“钱是必须要给的，非常非常感谢！等痊愈后还要再次感谢。”他对着她举起酒杯，“听说你女儿考取了爱丁堡大学艺术系，我有一份小礼物给她，以示祝贺。”

阿杰早已起身取来一个包装精美的木质盒子，看上去重量不轻。何主任打开来，是小羊皮封面精装版莎士比亚英文版全集。她笑得灿烂明艳，“嚯，你真是有品位！这还真是她最喜欢的礼物，谢了谢了！”

晚餐后，阿龙送何主任回家，阿杰开车载烟渺和依儿母女回到酒店。

依儿说准备订明天的机票返回了，烟渺风轻云淡地一笑，阿杰立即取出两张机票递过来。

依儿要付钱，阿龙坚决不收。

烟渺用他特有的柔长声音缓缓道：你这么跟他争，莫非是怀疑我处理两张机票的能力都没有?

次日，阿龙载烟渺接上依儿母女送到机场。不仅仅只是送到机场，而是送进贵宾厅，从特别通道一直送上飞机，为她们订的是头等舱。

母女回家后第三天，一个稳重敦厚的中年男子送了一批东西到家里。那是风情餐厅、茶山、原生态寨子赠送的礼物，外加烟渺送她的当地特色水果、点心、坚果、咸菜等。这些物件由阿杰安排航空货运送到S市的一个办事处，再由办事处主任亲自送来。

大大小小总共十几个箱子，把储藏间都塞满了。妈妈对依儿说：快快送些去给亲戚朋友，否则我俩一年都吃不完啊。

故事就此打住，凌墨飞忽然觉得此刻开始进入实质了，后面将有峰回路转的情节。他略一思忖，写下一句话回给荒冢：“白马王子，不一定只在童话里才有。”

发现夏若兰的微信早已回了过来，对他的加盟要求不置可否，只发了一个表情。

这个高傲的女人！他在鼻子里哼了一声。

第十一章

一觉醒来，凌墨飞没有马上起床，神志再次被纠缠在奇怪的梦境中，他大睁着眼睛望着天花板。

这些年来为何总是梦见自己去到一些从来没有去过，但十分熟悉的地方。比如明媚阳光下的冰川，摆满大型电子设备的教堂内部，熙熙攘攘的中东街头。梦中的他永远在杀人，既是主角又像观众，任由那个杀手所向披靡。每当做这种梦的时候，他睡一个小时都醒不过来，醒来之后一整天都像在梦游。

他起床洗澡，心头却一直萦绕夏若兰提到的那个自杀话题，她这样的女人不会信口雌黄，更不会空穴来风胡乱打趣。或许，她听徐亚杰说了很多隐情，知道很多内幕。但相处时间太短，对他这个私家侦探显然缺乏信任，便只能用这样的方式传达某些信息。

他不能浪费这些信息。

前些天来，他花了几天工夫泡在图书馆查询海量的资料。又在航空局域网上泡了几天，已经把博亚航空集团的发展脉络、组织架构、人力资源配备，以及与全国乃至全世界航空公司的关系等等，弄得清清楚楚。

但是查询博亚航空财务审查的细节比较困难，公开的报道上都只轻轻一笔带过，用的是冠冕堂皇的官方辞藻。

凌墨飞忽然想到一个环节，换了别人可能一开始就会想到，但他脑子里有一些固定运行的路线，而这个方法不在他既定的种种思考模式中，是绞尽脑汁想了三天之后，终于想出的办法。

三年前博亚航空与法航、荷航及德国汉莎航空公司分别签署了代码共享合作协议，在这几家公司的国外网站，应该可以看到真实的博亚航空详尽资料。他试着使用一款翻墙软件，网路被设置了很多障碍，反复多次之后才终于成功。他需要的那几个网站是全英文的，但浏览英文网站对他来说没有难度。

深入进去后，检索到一个时间线索：五年前中国民航开启每年一次的全系统交叉大审查，由中央巡视组不定期进行督导抽查。除了各项财务检查之外，还同步进行干部作风、贪污腐败、人情关系网、公款吃喝、请客送礼等等方面的检查。一年前，博亚航空集团等五家航空公司被列入重点抽查名单，来势汹涌，力度比以往任何时候都大。

洗完澡从卫生间出来时，忽然感觉饥肠辘辘，打开冰箱一看，除了啤酒之外什么都没有。今天必须去超市采购一趟，把各种弹药补充齐备。

说动就动，他立刻下楼发动起牧马人。现在是上午十一点，早高峰堵车时段已过，十多分钟就从他居住的世纪俊园到了麦德龙。他很熟悉要买的每样东西在哪个货柜，不到一刻钟时间就推了满满一车东西回到牧马人跟前。橄榄油、面包、黄油、奶酪、鸡蛋、牛肉、鸡肉、火腿、咖喱粉、番茄酱、土豆、乌冬面、意大利面、洋葱、大米、牛奶、酸奶、各种香辛料等等，还顺便采购了卷纸、抽纸、洗涤用品等，宅两个月不出门都绰绰有余。

采购结束开车回家，他思忖着中午做点什么犒劳自己，煎牛排？咖喱鸡肉饭？乌冬面？这些都是他的拿手菜，每想一样肚子就叫唤得更厉害一些，最后他不敢再想下去了，把车子越开越快。在楼下停好车搬东西上楼时，他决定做最快速度可以下肚的东西——煎荷包蛋配蒜泥烤面包！

狼吞虎咽吃完第二个糖心荷包蛋时，凌墨飞佩服自己煎三个蛋真有先见之明。他掰下一块面包蘸着糖心蛋黄吃，稍微放慢了一点速度，掏出手机准备看看新闻，有个未接电话，是黄医生！急忙回拨过去。

“先汇报你问我的那个事——那天来医院敦促我们尽快出具死亡报告的人，就是相片上那个白淳，那天他一直陪着死者家属，不停地安抚他们。接下来说正事，我要告诉你两件事情，第一，我请老同学又重新做了一次检验，确认死者血液里的确有乌头碱成分。第二，我们做了动物性试验，这种生物碱进入体内十分钟之后就会导致死亡。”

“太感谢你了！我也上网查询了些资料，跟你得出的结论基本一致。你还化验出其他药物成分吗？”

“这一次暂时没验出其他可疑成分。”

“对啦，我要请教你一个问题，有哪种药物让人服用下去之后不受自己意识控制，作出匪夷所思的事情来。”

“LSD，”黄医生回答得很快，“LSD会让服用者变得百依百顺，任人摆布，进入一种令人愉快的麻醉状态，想象力变得异常丰富，价值观发生巨大变化，对周围世界的感知也发生变化。眼前是有着万花筒般鲜艳的色彩，以前被忽略了的物体突然变得生动起来，身边的任何人都变得可爱可亲，连桌椅板凳都似乎有了生命，听到的每个声音都像是投在平静水面上的一颗石子，让眼前这些奇妙的色彩产生一圈圈涟漪。”

那就是了！凌墨飞立刻在心里肯定了之前的判断。

通完电话后，他快速将黄医生关于LSD的讲述整理出来，发给荒冢。依儿那荒谬的一见钟情绝对是LSD造成的。

荒冢立即回了信，却并没有对LSD发表意见，而是发来五个字：请看《故事四》。

回家不到一个月，母亲的光线性皮肤病，在使用何主任的“薇诺娜”特效药之后，神奇地痊愈了。

依儿与烟渺的每日神聊，也升级到前所未有的程度。

烟渺总是在早晨一睁开眼就给依儿发信，然后他去跑步，边跑边发视频给她。跑完步他回家洗澡，吃早餐，出发。上班路上看见什么，到单位之后遇到什么人什么事，开了个什么会，会议是他主持还是其他人主持，都要发信告诉她，每天如此，从不遗漏。

午餐他在食堂吃，边吃边给她发信发图片。午餐之后，回到办公室把门关起来，跟依儿煲一个多小时的电话粥。

下午，他们在工作间隙保持着随时的微信联系，直到依儿下班，他拨通电话一路陪伴她开车回到家里。她若有聚会，他就打着电话一直陪伴到她去的地方，然后一直等待聚会结束的消息。中间他从不发信来打扰她，如果她在席间主动发信，烟渺会说：好好陪朋友聊天，不要破坏了气氛。

而他自己的饭局，却喜欢对依儿详细道来。将桌上有特色的菜肴拍图片发给她，向她描述某道美食的味道，某款酒的风味。如遇到他请别人吃饭，聊的频率会低一些。大多数时候是别人请他，他就很肆意地从开局聊到饭局结束，还偷偷拍几张席间醉酒之人的憨态。这样的微信联络一直持续到饭局结束，回家的车上，直到他走进家门才会暂时中断。在洗漱过后，他躺到床上了，又继续给她发信聊一阵，才依依不舍道晚安。

依儿喜欢他微信上的表达方式，那些文字直率而亲昵，关爱而呵护，还配有各种生动的表情符号。依儿喜欢他“吃饭饭”，“上班班”这样的语言方式，像在对一只小猫咪说话。依儿喜欢他打电话的腔调，很慢，很轻，很柔，温存而体贴。他每天都有那么多话要对依儿讲，他有憋了一生的话想说，她相信他的话一辈子都说不完，而她是那么喜欢听他说话。

依儿也喜欢跟他说自己的一切，每一件事烟渺都聆听得很仔细，记住每个细节。

他们就这样每天神聊，彼此喜欢成为一种互动的欲望，这欲望是可触摸的，有一种物理力量，有一种重力。即使他们远隔千里，彼此没有见到对方，没有触碰到彼此，但是他们的手像是已经握在了一起。仅仅只是文字，只是表情符号，但他们仿佛已随时可以拥抱，可以亲吻。

烟渺在微信中写道：“我忍受了十年的自我折磨，为的不是道德公正，而是怜悯。我把怜悯放到了我自己的良心之上，我如果不对你说出来，就是犯罪。依我的标准，维持我婚姻的就是一场恶毒的骗局，是你的出现拯救了我。但我和你的标准不同，我不知道你的标准，但我会接受它们。”

他第一次在微信上承认了每每想起依儿就欲罢不能，他承认自己非常想拥她入怀，非常想亲吻她，想得到她。“在我坐在办公室处理公务的时候，在每个夕阳渐渐黯淡的黄昏时分，在工作得筋疲力尽的时候，在我孤独地在晚风中步行回家的黑暗途中，在彻夜难眠的静寂之中，是你，只有你，是我深入骨髓的思念，是我想倾吐心声的唯一的人。”

“我一次次想把这些念头奋力推开，推到一旁，告诉自己说：你是个有婚姻的男人，你不配得到那个高贵的女人。但马上又觉得这肯定不对，却说不出我为什么有这样肯定的感觉。我每时每刻都想知道你的踪迹，每一分每一秒都想听到你甜美的声音，我爱你，我已经为你疯狂。”

终于，烟渺约依儿单独见面，地点既不是他的城市，也不是她的城市，而是广州花园酒店，他已预定好一间高级套房。

看着他措辞小心的邀请，依儿对着电话那端的他泛起笑意。像是远方升起一点圣洁的亮光，她如此清晰地感觉到自己身体深处的喜悦，如此深切地感受到爱情的真实存在。她带着同样的期待和轻松愉快的感觉，坚信自己应该赴约。

她曾经有过一场旷日持久、刻骨铭心、轰轰烈烈的爱情，不料最终却是无疾而终。这个出现在意料之外的男人，仿佛上帝为她量身打造的一件精美礼物。除了已婚，其他不论哪一方面，他都完美得宛若童话。认识他以来，因为对爱情失望而变得平静如水的心境，忽然间璀璨潋滟，灵动盎然。她看见镜子里的自己比任何时候都妩媚妖娆，这样的认知是从他那里得来的，如同阳光是从湖面反射出的那样。

无论生活、工作、婚姻、家庭，他从未对她有过丝毫隐瞒，从来都诚实而坦率。依儿对这个男人无比相信，比世上任何人都相信。他那场十年前就形同虚设的婚姻，那份等儿子上大学就解除的法律契约，不构成这场完美爱情的任何障碍。

她才走出白云机场，就看见他站在那里等她，颀长的身材，英俊的面庞，远远望着她笑。他一把抱住了她，他的唇不管不顾贴上了她的嘴，有力的胳膊紧紧将她搂在胸前。

她曾闪过一丝害怕和短暂的反抗想法。但他坚决地抱着她，用力贴紧她的身体，一只手抚摸着她的后背和腰肢，仿佛在她的身体上熟悉着他所拥有的一种亲昵，而这样过分的亲昵并不需要她的认可和同意。她想试图挣脱，但却更久地倚倒在他的臂膀里，仰头看着他的脸颊和笑容，这笑容告诉了她，她其实早就点头同意了。

周围人流涌动，她觉得她必须要逃开。然而，他却再一次拉过她的头，寻找她的双唇。炽烈的爱让他即便身处人潮涌动的机场，也忘乎所以，不管不顾。

她的胳膊回应着抓紧了他，她第一次明白了，她是多么渴望他这么做。

他俩整整三天没有离开花园酒店的那间套房，彼此的身体整整三天没有分开过。

每当她想做点反抗，或想从他身边逃开一会儿时，他的嘴便按住了她，他们便一起重新倒在床上，嘴唇却始终吻在一起。接着，理所当然地，他完全而毫不犹豫地完成一阵激颤，不知疲惫，不想停歇。灵与肉的交融是从未遇见过的完美，禁锢了一个世纪的欲望倾泻而出，他反反复复说，他感受到的难以描述的快感是如此销魂蚀骨，哪怕下一秒钟就死去也在所不惜。

她的身体疯狂地回应着他，她第一次明白了，她是多么渴望他这么做。他们像久别重逢的爱人，像分离了一个世纪的情侣，超出所有设想过的浓情蜜意和翻云覆雨，也超出所有电影电视的唯美画面。

夜幕降临，烟渺紧紧握住依儿的头发，把它举到了唇边。他用嘴抵着它们的时候是如此的轻柔，用手抓住它们的样子却又是如此的绝望。

“依儿，对于我所做的一切，我不想什么表示也没有，我不想为爱情与忠诚找借口，我不想伪装。我对你的渴望和贪婪，我一点也不想隐藏。我从没乞求过世俗的原谅，是我选择这么做的，我必须承担一切的后果，包括彻底承认我的选择。为了得到你的爱，我愿放弃一切高尚的美德，愿接受一切世俗的审判。依儿，如果你想抽我的耳光，就来吧，我希望你能抽我。”

在这一瞬间，她的所有感受中有一部分是难以名状的，他们相拥于高居城市灯火之上的酒店房间里，他的面庞是如此迷人，抱住她的姿势是如此的优美。

“我从没做过什么躲躲藏藏的事，现在，我要去撒谎，要偷偷摸摸，要东躲西藏了。因为我还在婚姻里，哪怕名存实亡但也还是婚姻。尽管我从来没爱过那个女人，但是为了不影响儿子的高考，她现在依然是我法律上的妻子，虽然我们商量过等儿子考上大学后再离婚。遇见你之前，无论我想要什么，都可以尽情地高声宣布，并当着全世界的面去获得它。但是现在，我唯一的渴望就是拥有你。为了你，我可以放弃一切，放弃婚姻、家庭、财富、官位，放弃我毕生的名声和成就。为了与你相伴到老，我愿意付出任何代价，哪怕把我自己搭进去也在所不惜。我想让你知道这一点。”

他一口气说完这些之后，一头躺在枕头上，闭上眼睛一动也不动，面孔是那样年轻、英俊、充满着爱，一双手紧紧抓着依儿的手。

依儿直直地坐在床上，用下巴抵着紧紧裹住全身的毯子，听他说着。起初，她的眼睛在难以置信的惊愕中渐渐黯淡了下去。随后，她被他的表述吸引，听得更加专注了。尽管她一直盯着他的脸，但她的眼睛好像看到了更多的东西，她聚精会神地品味着她从未有过的新感受。

他睁开了眼睛，照在脸上的光线强烈起来，他看到这光线折射到了她端详着他的脸上。他发现她的惊愕褪去了，随后出现的是迷惑，紧接着一种奇怪的沉静浮现在她的脸上，看上去既平静，又闪烁着光芒。

“依儿，我的爱人，短期内我们不可能结婚。但婚姻重要吗？爱是生命里的最高价值，结婚是我遇见你之前已经履行的制度，是我在人生舞台上必须扮演的一个角色，为的只是社交的方便。我的婚姻不是某种属性的存在，或是任何实质性的东西，它只是一个虚构之物。我爱你的目的并不是要禁锢你，或是把我们两个人绑在一起，我要的是跟你一起呼吸，一起欢笑，一起感受。这呼吸需要自由的空气，若没有自由，爱情就会死掉，我们不需要婚姻来限制彼此的自由。”

烟渺一把将依儿紧紧搂在怀里，仿佛担心一松手她就会消失。“终有一天，我俩要幸福地生活在一起，耳鬓厮磨，朝夕相处。这个时刻的到来，会是在我儿子考上大学之后，或许更久一些，这并不重要对吗？因为有了你，我内心是满满的幸福，非常满足，因为你是我从少年时代幻想迄今的梦中情人，我们现在是世界上最最幸福美满的一对。不仅因为深深相爱，更重要的是彼此那么理解对方，尊重对方，相互之间除了深爱，不会有任何要求，也不会向对方施加任何压力。”

他将她抱住，紧紧贴住自己，两个身体变成两股共同向上喷涌的激流，每一股都向着一个地方奔去，每一股都携带着他们全部的意识，去迎向灵与肉的交融。

三天三夜的缠绵，中间没有一秒钟彼此分离，直到礼拜天晚上，烟渺将依儿送到机场，他自己留在广州参加礼拜一的会议。

依儿回到家已是十二点，她洗完澡刚刚躺下，便收到烟渺发来的微信：

“我的爱人，我又回到了我们的伊甸园，我决定独自在这儿待到明早再退房，因为我实在舍不得离开这个充满你气息的房间。”

“此刻，我一丝不挂躺在床上，因为我的身体已经成为一笔陌生的财富，珍贵得不容再去沾到睡衣。赤裸的感觉，以及想象着白床单被你的身体触摸过，令我既兴奋又幸福。我觉得我不该入睡，因为我不想因为睡觉而失去这几日体验到的最奇妙的幸福。我头脑中唯一想到的，就是我曾经想要表达、却无法表达出来的、在一瞬间超越了所有欢乐的那种情感，那种得到全世界最珍稀宝贝的感觉，那种恋爱了，并且知道那个人的确就存在于我身边的感觉。”

“我爱你，一生一世，用我全部的生命爱你。”

故事到此结束，若没有看过《故事一》那个怪诞的“一见钟情”，这简直就是一部香艳的情色小说，文笔优美，故事动人，男主高富帅，女主白富美，他们的爱情天荒地老。但荒冢不会花两万块钱请自己读一部情色小说，他选择这样的方式来求助，其中一定藏有巨大的秘密。

忽想起第一天他转 2 万元定金时说的那句话：一桩惊天血案，凶手残忍狡诈。

时至今日，他既没揭露凶手是谁，也没提需要自己做什么。他的诉求究竟是什么？其中有怎样的惊天隐情？

凌墨飞忽然闪出一个非常不好的念头：美妙的故事里已埋设了惨烈的定时炸弹，这炸弹马上就要爆炸了。

这预感令他的心情忽然变坏。他对自己的要求不仅仅是找出真凶，而是能够在血案发生前出手阻止。

在房间里来回走了两趟，他写下一段话发给荒冢：

“如果爱没有创造出悲伤，那么要很清楚地知道，那不是爱。爱一定会创造出悲伤的。越伟大的爱，当你明白它时，就会有越大的悲伤。”

第十二章

凌墨飞刚刚来到博剋堂，就接到韩东亮的电话，通报这几日落实的几项调查。

他摊开笔记本将他讲述的细节逐一记录下来，分别标记出细节、名字、时间，用圆圈、三角、波浪线、感叹号等勾画出一张图。然后点燃一支雪茄，望着这几张纸陷入沉思。

夏若兰来信了，发来兰石秘品牛排制作过程的PDF。

这个女人尽管高傲，对他提出的请求还挺上心的，凌墨飞心里涌起一丝小得意。他回信：过程太烦冗，量太大，博剋堂没那么大需求量。我的想法是：有客人预订时请兰石餐厅代为制作，我上门取来。

夏若兰回信：温度、器皿、摆盘如何保证？

凌墨飞无语。

兰石秘品牛排是种不一般的复合体，从宰杀到熟成到烹饪，它都是按照艺术规则加工烹饪而成，同时又凝聚着个性化的品位和风格。温度尤为重要，差一分一毫都影响口味。而上好的器皿，明亮但不炫目的灯具，都是博剋堂不具备的。

他回复：让我想想，你也帮我策划策划。

夏若兰没再回复。

潘宇慌慌张张跑上楼来，“凌哥，小红忽然手上脖子上全是红疹，身上也开始发痒，怎么办？”

他急忙下楼，店里几个小姑娘正围着小红慌作一团，小红不住地抓抓这里，挠挠那里，一脸痛苦，有人问他要不要打 120。

他制止住小红挠痒的手，眯着眼仔细查看她脖颈上那些成片的红疹，是典型的过敏症状。他问小红今天吃过什么，去过哪里，触摸过什么东西。

眼睛一瞟，发现茶台上新插了一簇夹杂有薰衣草、满天星和红盏的花束，走过去仔细看了看，扭头对潘宇说：你现在去药店买一盒氯雷他定，买一瓶碘伏药水。

这束花是小红刚刚买来的，粗心的花农没发现薰衣草里面夹杂了一株荨麻，小红是荨麻过敏，吃一次过敏药就可以抑制住。

小红吃了药，潘宇带着厚手套将那株荨麻抽出来扔掉，一场小风波很快平息，大家各自进入自己的工作状态，凌墨飞再次回到三楼。

荨麻……过敏……皮肤病……

一个小闪念忽然在脑中一蹦，心脏也随之多跳了一拍。他微微怔了怔，闭上眼睛努力让这个念头再清晰一些，心情已开始莫名激动起来。

黄医生接到电话赶来时，凌墨飞已在三楼摆好一碟炸鱼皮，一盘卤花生，一瓶百富和两个威士忌酒杯。

“哈哈，我有点不相信你是专门约我来喝酒。”黄医生看见那瓶威士忌，一脸掩饰不住的兴奋。

“喝酒为主，请教为辅。”凌墨飞给他倒了半杯，自己只倒了两盎司，“想请你看份东西，我先什么都不说，看完后告诉我你看出了什么。”

他将打印出来的《故事三》递了过去。

“看出了两个内容，”黄医生看完后惬意地呷一口酒，“先说和我专业有关的第一个内容：这个‘光线性皮肤病’不是杜撰，确有此病。并且，这个病在全国的确只有第一附属医院皮肤科可以治愈，薇诺娜是皮肤科的专利产品。”

凌墨飞一惊，“你肯定，这个故事发生在昆明？”

黄医生很奇怪地看着他，“莫非有人告诉你故事不在昆明？这个病全国真是只有昆明附一院皮肤科可以治，而且这个何主任我还认识，她的薇诺娜系列产品研发中心在高新区。”

凌墨飞给韩东亮打了个电话，让他火速到博克堂来。然后问黄医生，“说说你看出的第二个内容。”

“这个叫烟渺的男人，正在对叫依儿的女人收网，快要拿下她了，哈哈！”

凌墨飞苦笑一下，“已经拿下她了，但后来又因为LSD抛弃了她。”

“啊？你上次来问我LSD就是他们的事情？”

凌墨飞大致讲述了一遍荒冢发来的微信内容，“他故事还没讲完，头一次遇到这种只付费却不提要求的客户，到现在我也不知他究竟要找我查什么。”

黄医生若有所思，“莫非后面会发展成情杀？”

凌墨飞怔怔望着他，忽然有种迷路的感觉。迷路，并无大路小路的区别，也不能说在大路、长路上迷路就不是迷路。一旦走在达不到目的的路上，就是迷路。

楼下传来韩东亮和潘宇说话的声音，不一会儿，他高大魁梧的身躯出现在二人眼前。

“什么紧急事不能等我在家吃完饭再来，又让老婆和女儿积攒下一桩我说话不算话的罪证。”

凌墨飞替他倒上酒，同时把打印出来的四个故事递给他。“你火速安排人查查这个‘糯嘎茶山’在哪里，找到那个张主任，问问他接待的烟渺和依儿的真实名字。”

“距离远，难度大，人手有限啊。能不能先把重要案件办完再说？

他不过付了 2 万元，人家王妍君可是付了 20 万元。他叙述的是个香艳爱情故事，王妍君委托的是性命攸关的大案！孰轻孰重还是要区别对待的吧？”

“马上查，我有一种第六感……”凌墨飞眯缝着眼睛，目光的焦距在无限远的某个点。

有微信进来，是荒冢。凌墨飞迫不及待打开来，是《故事五》。他转发给他俩，三个人分别低头看起来。

两周以后，他们在上海的半岛酒店相聚。烟渺订的是行政景观套房，从窗口可以看见黄浦江的水流，看见英国领事馆花园里盛开的郁金香。

他关上自动窗帘，把走廊灯、客厅顶灯、壁灯、书桌灯全部开亮，双手揽抱着依儿的肩膀，低头深深吻着她的嘴唇。

“这两个礼拜如此漫长，我没有一秒钟不在想你，我真是发疯了，”他喃喃道，“但我明白，假如你时刻在我身旁，我依然会是这样，我永远不会觉得有够。你知道吗依儿，为了能承受思念的煎熬，我非得给自己发明出一种丧失意识的折磨方法不可。”

他在床上紧紧抱着依儿，眼前只有一条灯光的曲线从她的腰际流淌到她的脚踝，有一根线在半明半暗中勾勒出她窈窕的身躯。他把她的头拉到灯光下，吻她的耳垂、脖颈，看着她的脸毫无反抗地向后垂下。他温柔却又用力地再次进入她娇嫩的身体，她的长发盖住了他的手臂，眼睛微闭着，脸上带着疼痛一般的表情，嘴向他张开。

他们依然整整三天待在房间没有出门。

他们一起精疲力尽地躺在床上，没有说话，他的手摩挲着她的身体。忽然，他猛地把她放平在自己的臂弯里，将身体压在她上方，冷不丁问了一句话。从他认真的表情和虽然低沉柔和但还是有些急喘的声音中，她明白这问题已经在他心中憋了很多日子。

“你曾经和几个男人在一起过？”

他定定注视着她，仿佛这问题是一幅细节分明的情景画，一幅他不愿意看到、却又不愿放弃的画面。她从他的声音中听到了嫉妒、仇恨和痛苦，还有像是与折磨无关的一种奇怪的渴望。他紧紧地抱住她，期待着她的回答。

“只有过一个人。”她语气平稳，但他却看到她的眼睛危险地眨了一下，似乎正在滑向记忆的深处。

“什么时候？”

“大学毕业的时候。”

“一直持续着吗？”

“直到两年前。”

他似乎松了口气，但马上又问：“他是谁？他很优秀吗？”

她把身体躺回到他的手臂里，迎着他的目光，“我不想谈论他。”

“你爱他吗？”他俯得更近了一些，紧绷着面孔。

“我不会回答的。”

“你喜欢和他做爱吗？”

“喜欢！”

她眼里含着笑，这回答如同是抽在他脸上的一记耳光，她知道这回答是他既害怕又想知道的。

他把她的双手反压在她身后，令她动弹不得，令她的胸脯与他的紧紧压在一起。她感到肩膀有些疼痛，听到了他话语中的痛苦，听到他声音里毫不掩饰的嫉妒，“怎么个喜欢法？”

她没有回答。她望着他好看的眼睛里闪着奇怪的光泽，发现他因痛苦而扭曲的嘴巴，正努力挤出一个包容的笑意。

在他双唇的压力之下，她嘴巴的形状变得臣服。他用力进入她，似乎这种猛烈而绝望的深入可以将他的对手消灭于无形，将其从她的过去中赶走。他想要的还不止于此，他要把她身体的任何一部分，甚至那个对手，都变成令他得到快感的工具。

从她的胳膊抓紧他的那种渴望中，从她发自肺腑的呻吟里，他明白这正是她想要的。

从那时起，他们在全国不同的城市幽会。

烟渺准备去哪里出差，就提前替依儿订好去那里的机票。她在周五飞过去，他们去特色餐馆品尝地道美食，去最好的酒店住两天或者三天。然后依儿飞回，烟渺留下处理业务。有时候烟渺非常想依儿了，会忽然飞到她的城市S市来。

烟渺说："因为有你，我仿佛重新活了一次。每一次飞来见你，都是对你给予我的新生活的庆祝。我重新获得了爱情、价值、欲望以及世界观。"

依儿开始在家里不定期地见到鲜花，奇妙多姿的形态，鲜艳瑰丽的色彩，以及昂贵的花费。每次送来的花中都没有附卡片，有的是一个只有他俩才知道的签名。有次她收到一大簇带茎的夏威夷火炬姜花，有三米高，花瓣构成的硕大球形花头有柔软的皮革质感，颜色血红。"我在一家花店的橱窗看见了它们，"烟渺在电话里兴奋地说："这么稀世罕见，这么美丽绝尘的花，如果不摆在稀世罕见、美丽绝尘的依儿房间里，就太浪费了。"

见面时，烟渺送给依儿一条卡地亚纯金项链，许多方形的小金片串在一起，像一片纯金的骑士铠甲，贴护着她的脖颈和肩膀。“这是专门买给依儿配黑色裙子的。”他说。

再次见面时，他送给她一副用切割得方方正正的细长水晶柱做成的防电脑辐射眼镜，那眼镜出自瑞士一位著名珠宝设计师的创意，是限量版。“我到全国、到全世界各地出差时，曾看见过很多我喜欢的东西，”烟渺说，“但我从来不买，因为觉得买来后没什么意义。但现在总算是有了。”

秋天的时候，烟渺忽然说：“我的爱人，我们在你的家乡建个小窝吧。”

他用依儿的名字在市中心买了套150平方米的房子，她从母亲家搬了出来。

买了房子后，他俩很少去其他城市的酒店幽会了，烟渺几乎每周都会飞来S市。她把小家布置得又温馨又舒适，尤其厨房设施配备得非常齐备，依儿的厨艺已经出神入化，红酒牛排，煮虾头，炝青蛤，都是烟渺的至爱。

每次来，烟渺都要站在房间的一头静静看着她，故意不让自己马上走近。他知道自己可以随时这样做，因此有意地让这种快乐延长再延长。她身后的灯光使他可以看到她妖娆身段的轮廓，他感到了血液的燃烧，却依旧站在那儿，让这种欲望再膨胀一些。

带着捉弄和知道正在被欣赏的那种胜利的陶醉，她的眼睛半睁半闭，嘴巴却在难以控制的期冀中微微张开。他一动不动看着她，看着她平坦的小腹随着呼气深深地凹了下去，看着她会说话似的敏感的身体。他说话了，声线柔长、专注而又特别深情：

“依儿，如果有画家把你现在的样子画下来，人们有一天看到这幅画，会体会凡人的生命所无法给予的美妙瞬间，会把它称作伟大的艺术。但凡人永远不会明白我感受到的真谛，你比天使更纯洁，你比维纳斯更美，我发誓终有一天要同你生活在一起，终生拥有你，爱护你，占有你。”

他从后面揽住她的肩膀，把她的头扳过来，吻住她的嘴。当她要挣脱的时候，他不由分说，像主人一般地又把她拉入怀里，仿佛是在表明他有这个权利。随后，一把将她抱进卧室。

…………

“依儿，我的喉咙要着火了。”

她要起身去烧水，被他一把抱住，“别泡茶了，”他柔声道，“我其实不想喝，只是想看你伺候我。”

“哦，那么就让我伺候你吧。”

“不，舍不得你累。”

他穿着棉质的睡衣睡裤来到客厅沙发躺下，两手交叉放在脑后，把身体肆意地伸展开，看着依儿穿着黑色蕾丝睡衣的倩影在房间里走动。他觉得像在自己家里一样惬意，这是他有生以来最想要的家。

烟渺也爱上了茶道，依儿在电脑前写论坛文章或是做白天未完成的设计稿时，他坐在小桌前边泡茶边远远欣赏着她工作时的专注模样，不时端一杯热茶过去喂她喝下，亲吻她额头和脸庞。这是他渴望一生的梦中情人，这是他梦寐以求的生活方式。

烟渺在这个小窝里的物品一天天多起来，衣服、裤子、鞋子、袜子、围巾、帽子、书籍、烟、酒、茶……他去某个城市出差办完公务，就绕道飞来S市。每次，他都给依儿带来惊喜的礼物，还经常从某个城市最好的餐馆，打一份包带过来，那是依儿最喜爱的某道美食佳肴。

国庆假期，他俩原本相约去甲米岛度过，但北京一位与烟渺私交甚好的领导，约了三家人一道开车自驾去张家界旅游。

一路上，烟渺躲开领导，躲开老婆孩子，将沿途的点点滴滴用微信或者电话向依儿讲述。

终于抵达张家界，当地接待的人安排他们去洗桑拿。烟渺一直跟依儿通话，冲澡、搓背、干蒸、泡澡、修脚、消夜……

整个过程里他都没有挂断电话。依儿困得聊不动了，烟渺还不想挂断电话。他说：怕你一个人过节孤单，更怕你听到我来洗桑拿有什么想法，我不希望你有任何猜疑，我要让你感受到我一直陪着你。

他发了一张赤身裸体的自拍照过来，看着他熟悉的身体，健硕的肌肉，她的视线停在了他俊美的面庞上，心中涌起充满骄傲的激情，为拥有了他的身体感到骄傲，更为占据他纯净的心灵而骄傲。

这就是我终生理想式的爱人啊！依儿这样感叹着。

这样的日子很幸福，很快乐，过得也飞快，一年多了，他们依然爱得如痴如醉，难舍难分。无法见面的时候，微信和电话让他们每时每刻都在一起，比生活在同一个城市的情侣都亲近甜蜜。她喜欢为他等候，等候的时间就像桥一样，联结着彼此的渴望与爱恋。

他总是出其不意地出现在她而前，她很喜欢这样，就像一道隐藏的光线可以随时射中她一样，这让他在她的生活中从不缺席。

烟渺是个有婚姻的男人，比自己大十五岁，依儿从没逃避过这个事实，但她并未因此而有丝毫障碍。因为等他儿子高考完，他的这场婚姻就会结束，他们的余生就可以幸福美满地走下去。世界只有他们俩，只需要他们俩，其他一切都不重要。

夏天来临时，烟渺送了一块昂贵的手表给依儿。

“我一直很想享受我这几十年的奋斗成果，”他抱着依儿说，“但仅仅只是形式上的享受，却不知道该怎么做，甚至没时间去了解我究竟有多想这样去做。因为遇见你，我的生命才有了质量，我才意识到我付出的所有努力已经变成财富回到我这里来，这些财富应该凝结成你我共同希望的任何形状。而你，亲爱的依儿，是世界上最有资格也最有品位去享受这一切的人。以前我只知道努力奋斗，却找不出那么做有任何目的，现在我找到了。是我创造了财富，我要让它替我换取我想要的终极快乐，我要用它来营造幸福未来，用它把你变成一个无人企及的奢侈品。”

依儿说：“我要的爱情不与奢侈品等价。”

他把她的手抬到他的唇边，她感觉到了他身体里的挣扎，突然，他用力把她淡蓝色睡袍里的身体拉了过来，几乎是崩溃一般地倒下，用力吻住她的唇，像是恨透了她所说的话，而这又像是他最渴望听到的。

他伏下身子，和她脸贴着脸，她又一次听到了他在过去一年的幽会中夜夜出现的问话，这问话总是被他极不情愿地挤出来，每次都把他不断遭受的无人知晓的煎熬显露无遗：“你会不会爱上别的男人？”

他精疲力尽地躺倒，闭上眼睛还在喘气的时候，一把将她搂到怀里，柔声但是坚决地说：“依儿，给我生个孩子，我们就永远不会分离。给我生个爱情的结晶，生个漂亮女儿，我马上就想要。我发誓一定会让我们的宝宝比所有孩子都幸福。”

她支起身子迎住他的目光，看到一双灼灼燃烧的眸子，和英俊而充满爱意的脸庞。

第十三章

礼拜三下午四点钟，空姐朱一静如约出现在博剋堂门口。

一件亮黄色雪纺紧身上衣包裹着她妖娆的身体，领口开得很低。白色莱卡七分裤箍着浑圆的臀部，脚蹬 8 厘米细高跟红皮鞋，红彩指甲很醒目地裸露着。她将墨镜推朝上架在发际线上，闪着涂过浓密睫毛膏的大眼睛，抬头看看门牌，又朝里面望望，想确认凌墨飞约的是否就是这一家。

潘宇手忙脚乱把她迎进来，说话变得有点结巴，他见到美女总是这样。凌墨飞从圈椅里探个头出来，冷冷地说：“我们上楼聊。”

今天的谈话内容不仅严肃还会很艰苦，在一楼若有老顾客进来会跟他打招呼，这会引起朱一静怀疑。他的身份是借博剋堂来谈事的国安，他已经叮嘱潘宇不能穿帮。

朱一静随他走进三楼包间，环顾一下左右，将曲线分明的身子轻倚在榆木茶桌上，“我坐哪里呢？”语调悠扬而舒缓，妩媚的表情里带着一丝明显的撩拨。

凌墨飞故意没有马上答话，绕到茶桌背后的主泡椅坐定，接一壶水烧上，才懒洋洋抬手一指，“随便坐！”

朱一静与那天相比简直变了个人，惊慌与胆怯消失了，神情淡定，步履从容，一袭及肩卷发松松散散垂着，眼神放肆而傲慢，有着美女标签的趾高气扬，彻底取代了那天的唯唯诺诺。

凌墨飞在心底快速做出了一个判断，突然发问：“我们上次的碰面你没告诉任何人吧？”

朱一静迟疑了三秒钟，摇摇头。这三秒钟的迟疑证实了凌墨飞的判断，她在撒谎。那天的谈话内容，她已找某个可靠之人咨询过，这个被咨询者不是她的追求者，就是她的情人。这个人很有把握地给了她一颗定心丸，告诉她不需要害怕，这只是例行公事的配合调查，与她无任何干系，不会牵连到她。

“我们处于秘密调查阶段，一旦消息走漏影响了办案，你要被追究法律责任，后果将很严重！”他必须尽快把她的气势打压下去。

“怎……怎么会？”朱一静果然有些慌张，“我跟好朋友说起过……但没说那么具体。”

凌墨飞一挥手打断她，“我让你想起什么细节就给我电话，怎么一直没消息？”

“因为，我实在回忆不起来什么有用的细节。”她说得气定神闲，显然有人告诉她不必惊慌，这一切都不关她任何事，她有资格不予理睬。她从头上摘下墨镜，从包包里掏出眼镜盒，打开盒子取出一块布，仔细地擦拭她的名牌墨镜。那副墨镜是Versace，包包是今年最新款漆皮苹果红LV，与她的指甲油一个颜色。

“我这人不爱唠叨，不过今天还是要再叮嘱你一遍，这个调查事关重大，即便对王前佑或者马华，你也绝不可以透露一点点细节。”

她擦拭墨镜的手忽然停了下来，并没有抬头看凌墨飞，但整个人像被忽然施了定身法，定格成一个临时的雕像。

王前佑是省国税局副局长，朱一静与他关系非同一般。马华是奔驰车昆明销售总代理，钻石王老五，朱一静目前正在向他展开追求攻势。

“你的工作是飞五天休息两天，连续飞满100小时休假一周，对吧？”

朱一静点点头，表情有些不解。

“如果飞国外，抵达后可以在当地休息两天。”

她继续点头。

“听说巴厘岛有一群专为女人特殊服务的‘沙滩男孩’，他们为外国女游客提供色情按摩，或一整天的性陪伴。经过培训的高端‘沙滩男孩’懂多国语言，按摩手法和床上功夫一等一流，还可以陪聊天、陪喝酒、帮顾客进行压力疏解。印尼新闻网站报道，这个消费市场目前正从日本妇女向中国女性转移，中国这个消费人群的主体是职业女性，并且是从事让人羡慕工作的职业女性。”

凌墨飞的话锋一转让朱一静脸色变得煞白，她的头深深低下去，眼镜布在她手里被捏成一团皱巴巴的破布。

“徐亚杰跟你的关系也非同一般吧？”凌墨飞不想让她有喘息的工夫。

“不不！”朱一静抬起头来，眼神里的慌张多了一丝绝望，“干我们这行太辛苦……我不想飞了，想调去市场拓展部工作。王局长……他给徐亚杰打了招呼，让他帮忙协调……我跟徐总，以前并不认识。”

凌墨飞暗暗点点头，徐亚杰因工作关系有求于国税局局长，就必须答应关照他的情人。他把朱一静推荐给白淳认识，一旦白淳认可，调动也就可行。他的做法很聪明，与白淳吃饭时约上朱一静，最自然不过。

“白淳对你如何？”

“他不认识我，在一起吃过几次饭，稍微熟了点……”

“你以前认识他吗？”

“我们集团谁不认识白总啊！”

“为什么？”

“大领导，大帅哥……他是集团的老资格，从基层一步一步干上来的，没有架子，从来不发火不骂人，大家都很敬重他。”

“8 月 9 号那天，也就是徐亚杰心脏病发作那天，你为什么不去跟他们一起吃饭？”

“啊……那天……我……我有事。”

“那天是你休息，上午徐亚杰就约了你，你为什么不去？”

“我……我那天不舒服……就没去。”

“有白淳参加的饭局，如此难得的机会，再不舒服你也要去的。”

朱一静的脸从煞白变成惨白，她的手始终攥着那块眼镜布，姿势僵硬，呼吸急促，虽然只穿着一件薄衣，感觉她已经被那件衣服禁锢得快喘不过气来。

凌墨飞洗好了茶，将煮沸的水冲进壶里，出汤注入公道杯，橙黄色的茶汤伴随着清香甜美的气息飘荡在房间里。他倒了一杯茶推到朱一静面前，自己也斟上一杯细细品咂，舌头在嘴唇上咂出了声响，很是享受这泡易武古树的清冽甘甜。他慢条斯理说道：“我有必要对你普及一点法律常识，如果你知道什么情况而没有如实告诉我，后果将是……”

“可是，我真的不知道会发生什么事啊！”朱一静终于扛不住了，一脸豁出去的决然，“是亚瑟打电话叫我不许去，我觉得他是因为嫉妒。我了解他的脾气，担心他闹事，给徐总和白总留下不好印象，所以……就没敢去。”

亚瑟……亚瑟……

凌墨飞的大脑飞快地旋转，既要霎时把这些混乱逻辑梳理清楚，又不能让朱一静看出来他还有很多不知道的事情。他端起茶盏一饮而尽，让自己的表情显得洞悉一切，用眼神鼓励她继续说下去。

“我不知道亚瑟怎么会忽然来中国，并且会来到昆明，我真的没想到。那天接到他电话以为是骗我，见到真人我吓了一跳。”

亚瑟……亚瑟……凌墨飞强迫自己快速接通脑回路，参照韩东亮告诉他的信息：那个外国人的全名叫 Arthur Conan，请机场海关朋友查询他的踪迹，8 月 6 号从巴厘岛飞抵昆明，8 月 9 号晚从昆明机场离境飞往巴厘岛。

“你们在哪里见的？”

“第一次见面是在麦隆咖啡。”朱一静回答得很快。

“哪天？”

“就是……就是徐亚杰约我吃饭前两天。”

“他叫你不要去吃饭？”

“不，他没这么说，只警告我如果再跟那个臭男人吃饭，他就不客气。”

“你怎么认识亚瑟的？”

“在……在巴厘岛。”

“说具体一点。谈话仅限于你我之间，我会替你保密。”韩东亮不愧是老警察，调查来的情报顿时就套出了她知道的信息。

亚瑟是一家沙滩男孩俱乐部的总管，除了管理其他沙滩男孩之外，他自己也偶尔上钟，朱一静就刚好点了他的钟。亚瑟技术精湛，功夫一流，懂中国话，善解人意。朱一静妖娆妩媚，花样繁多，二人一拍即合，缠绵甚欢，临别时竟然难舍难分了，约定一个月后朱一静飞来时再见。朱一静再到巴厘岛时，亚瑟请假单独陪她，二人度过激情飞越缠绵缱绻的假期。后来，朱一静每次飞巴厘岛都要找亚瑟，亚瑟让她爽到极致，其他男人从来没有如此满足过她。但是，她没想到亚瑟对她动了真情，居然向她求婚，甚至要求她辞职来巴厘岛生活，或者他辞职去中国生活。这吓坏了朱一静，她借口飞行线路调整，好几个月没有去找亚瑟。

尽管朱一静说得闪闪烁烁，但凌墨飞在美国时就知道关于沙滩男孩的很多情况，加上韩东亮提供的信息，很快就将她的讲述串联成了完整的线索。

“你有他的照片吗？”

朱一静从手机里调出几张亚瑟的照片，还有他俩的合影，凌墨飞挑了两张让她传到自己手机上，马上传给了韩东亮，让他比对和那个“外国人”是不是同一人。

“你回忆一下他当时怎么威胁你不要去吃饭。”

“他说：离那个臭男人远一点，再见到你们在一起我就不客气。我问哪个臭男人，他说：跟你一起吃饭的臭男人。”

“你怎么那么听他的话？你怕他？”

“我怀疑他是黑社会，我见过他凶狠的样子，非常可怕，亲眼见过他把一个不守规矩的手下打成残废。但是他对我很好，说他爱我，天天都在想我，他是真的想要我嫁给他。我有半年都没有去见他，他发信也不怎么回。那天突然出现，我害怕他是专门追过来逼我结婚的，他这人做得出来。亚瑟嫉妒心很强，那天我不敢去吃饭，就是害怕他会对他俩做出格的事。”

“这么说他一直跟踪你，知道你经常跟谁一起吃饭？”

朱一静摇摇头，“这个我也觉得奇怪啊，那天见面时间很短，他好像急着要去见什么人，没来得及聊太多。”

“在白淳和徐亚杰之间，你觉得他嫉妒的是谁？他怀疑谁是你的情人？”

“当然是白总。”

“为什么？”

“白总长得帅啊，个子又高颜值又爆，徐亚杰跟他在一起就像他的跟班随从。”

“后来亚瑟又再来找过你吗？”

“没……没有。那几天每次手机响我都害怕是他，不知道如果他再约我，是见还是不见。”

“说明你还是想念他。”

朱一静脸微微一红，“如果他不逼我结婚，我会经常都想见他。”

“关于他的家庭、父母、详细住址、历史背景，你都了解吗？”

朱一静摇摇头，“我连他的全名叫什么都不知道，因为我从来没想去了解他。”

这时韩东亮的微信过来了，亚瑟与那个名叫 Arthur Conan 的外国人是同一人。凌墨飞问朱一静要了亚瑟的电话号码和微信号，但他几乎可以肯定已经不存在了。

她准备下楼离去，凌墨飞叫住她，“你刚才说第一次见亚瑟是 7 号，你们还见过第二次？”

“没……没有再见过！”朱一静边说边急着下了楼，高跟鞋一个踉跄差点儿踏空。

潘宇问凌墨飞晚餐想吃什么，今天做饭的小红请假没来。他不想吃外卖，叫潘宇做个火腿鸡蛋炒饭，烧个蔬菜汤。潘宇很聪明，教过两回的菜就能做得有模有样，遇到有客人喝茶喝酒玩得不想离开，潘宇可以给他们煮小锅米线，煮馄饨，做意大利面或者鸡蛋炒饭。遇到口味挑剔的老顾客，凌墨飞会亲自下厨。

潘宇是宣威人，独自一人在昆明打工，自从来到博剋堂之后里里外外一把手，凌墨飞不在昆明的时候也能打点得有条不紊。今年年底他打算给潘宇一点股份，好让他安心干下去，大部分顾客都交给他去经营。他懒得跟外界的人有太多交集，想留给自己更多独处时间。

凌墨飞很快吃完了火腿蛋炒饭，味道还不错。吃过晚饭之后的这段时间忽然变得有些无聊，他希望荒冢此刻发信过来，这么想着的时候，他有些奇怪自己竟会有这种期盼，甚至萌生出发信催促他的念头。已证实了故事与昆明有关，他凭空多出一种强烈的责任感，很想知道后面怎么一步步发展成了血案。

并且，他还有一种隐隐约约的，目前还不成立的联想。

今晚博剋堂生意不错，还不到九点钟一楼到三楼都坐满了。潘宇放的背景音乐是古琴，音量开得很大，这样也好，能够把客人的喧嚣声都掩盖和稀释掉。他蜷缩在那个小角落里，端着一本陈寅恪的书在看，半小时之后发觉什么也没看进去。他又换了一本库尔特·冯内格特的小说，那些字迹在眼前飘荡，怎么也进入不了脑子去。最后他索性放弃了看书的打算，从雪茄柜里取出一只蒙特点上，凝望着窗外的月牙潭发呆。

直到博剋堂打烊，荒冢的微信都没有来。

他新拆了一包香烟，点了一根抽起来。烟在嘴里的味道不妙，但他还是抽了下去，觉得焦躁不安，然后才抽了一半就拧熄。到底是什么出了错？

究竟谁想杀白淳？动机是什么？王妍君还有什么没说出来的秘密？

他盯着留在桌上烟灰缸里的一堆烟蒂，不知道为什么这使他有了一种过敏似的忧虑感。他知道有一个始终牵动着他的线索还没有捋出来，却又觉得这线索会将他引领到一个相反的方向。

雨后的路上，车辆出奇的少，似乎整个城市里只有他孤身一人在游荡。

多年前的感觉又再度袭来，那种寂寞远远超过了此时，超过了泛着湿漉漉夜光的街道所散发出的沉寂。那是一种在荒凉的废墟中找不到任何希望的寂寞，是他在美国期间，从 28 岁开始被迫参与 MKULTRA 计划，直至脱离计划之前，一直感受的寂寞。

第十四章

一觉醒来已经是下午一点钟。

昨晚回家后，翻墙到境外各种网站浏览搜寻，睡下去已经是凌晨五点钟。手机上有韩东亮发来的微信：亚瑟的电话与微信都已注销。

亚瑟匆匆来，匆匆走，跟他朝思暮想的朱一静也只匆匆见了半小时。网络翻墙时看到过有某网站招募境外杀手的信息，莫非亚瑟是受雇来谋杀白淳的？结果白淳临时有事离开兰石，他误杀了徐亚杰，之后匆忙离去。

既然他 6 号才抵达昆明，又怎么会知道朱一静经常跟白淳吃饭呢？

只有一个解释：那个雇用他的人非常了解白淳的行踪，是那个人告诉他朱一静经常参与饭局。他早就谋划好要在饭局时候动手，所以警告朱一静不要在现场出现。

想起黄医生的检验结果，莫非乌头碱就是亚瑟使用的杀人武器？本来要用来置白淳于死地，结果误杀了徐亚杰。

但他又是用什么办法让徐亚杰没有当时毙命，而是等到三小时之后在会议室发作呢？黄医生做了五次临床试验，都无法支持这一事实。

凌墨飞进洗手间冲了个冷水澡，从冰箱里拿出两片面包，撒上蒜泥和橄榄油，夹进两片西式火腿烘烤半分钟，涂上厚厚一层黄油。咖啡煮好了，他倒出一杯，开始进行午餐。

翻了一遍手机，回复了几个老顾客来询问茶叶的微信，他起身再倒一杯咖啡，给夏若兰发了一条信："我对徐亚杰死因的怀疑正在被证实，初步判定他死于乌头碱。但有一个科学环节无法攻破：乌头碱进入血液五分钟之内即导致死亡。如果是在吃饭时候被下的毒，他怎么可以熬到三小时以后才发作？"

不知怎的，把这些话对夏若兰说出来，跟放在心里头想不太一样。

回复很快，却只是一个表情。它可以有多种解释：收到。知道了。哦。但却又只是一个简单得不能再简单的符号。凌墨飞此刻想看见她的文字，哪怕只是短短几个字。

"想听听你的分析……"他不甘心，又发了一条。

没有回音。

他开始感到后悔，后悔当中夹杂着懊丧。尽管他觉得对她毫无陌生感，虽然二人神聊了一个晚上，却毕竟是只见过一次面的女人，不该如此莽撞。她心里会怎么看待自己？会对他做出什么样的评价？

在心情不爽时立刻找一件其他事情来做是他的绝招。他快速换好运动衫来到阳台上，在组合健身器上开始锻炼，直到浑身大汗淋漓才停下来。

准备抽一支烟然后去冲澡，看见手机上有一条微信。

我试制成功了一道新菜，不论内容或形式都很惊艳。名字叫“星点东方鲀”，绝对的无敌美味，绝对的意想不到，绝对崭新的美食体验。特邀你赏光前来品尝，不要错过。

夏若兰！

凌墨飞刻意忍住没有立刻回复她，但先前抑郁的心情顿时一扫而光。天知道自己怎会被这个女人左右了心情，就只因为她与珍妮长得很像？

忍了五分钟，还是给她写了回信。

一定赴约，现在单想想就提前预支了快乐。

给韩东亮打了个电话，快速冲个澡，换好衣服出门。车子快开到博剋堂时，看见韩东亮那辆宝马车已经停在门口。

“我的判断是这样，”韩东亮听完凌墨飞的分析之后，非常有把握地说：“有人想干掉白淳，结果神使鬼差白淳跑脱了，让徐亚杰当了替死鬼。而白淳早就知道有人要做掉自己，一直以来非常恐惧，却又没法说出口。他的焦虑和恐惧情绪被王妍君感觉到，救夫心切又无计可施，所以才找了我。”

“会是什么人想干掉白淳呢？他是个从基层一步步干上来的业务干部，领导赏识，群众支持，为人低调，随和亲善，口碑出奇的好。”

“政敌？”

“政敌想搞他，只会从工作业绩、生活作风、领导评价上入手，雇佣杀手的概率不到万分之一。”

“情敌！”

凌墨飞吓了一跳，定定地看着韩东亮，心里某个地方隐隐动了一下。

“他那样的万人迷，很多女人的男朋友，很多女人的丈夫，是不是都想灭了他呢？哈哈！”

凌墨飞心头那个缠绕好几天的线头愈发松动，他犹豫着要不要告诉韩东亮，最终还是说了出来：“我隐隐约约觉得荒冢《故事》里的烟渺有点儿像白淳……”

韩东亮眼睛瞪得像牛眼睛，“老凌，你最近是不是吃过见手青？开始神经错乱了！”

“这只是我的一种感觉……”凌墨飞说得毫无把握，“《故事》里的烟渺，身材修长，容颜俊美，身居要职，热爱美食，经常飞往各个城市出差……”

“这种香艳故事里的男一号，肯定都被塑造成高富帅，这个你也信？”

“既然黄医生证实了治愈依儿母亲皮肤病的那个主任就在昆明，那么根据细节描述，烟渺带母女游览的那座古刹就一定是筇竹寺，现在只等你去调查糯嘎茶山在哪里，找到那个张主任……”

“老凌，你要时刻谨记咱们现在的工作重点是什么，不值得为一部情色小说花费那么多精力。故事发生在昆明很正常啊，因为你这位大侦探在昆明，很少有人会去跨省雇个侦探吧。”

“假如我的猜测成立，这个烟渺就是白淳，那么想谋杀他的人，会不会真就是情敌？”凌墨飞的大脑飞快地在《故事》的每个细节里穿梭，设想着谁最有可能对白淳萌生杀意，会不会是依儿的前男友……可惜荒冢发来的素材还不够多，真希望他现在马上再有故事发来。

“据我调查了解，白淳没有任何绯闻，没有暧昧对象，也没有情人，很是洁身自好。王妍君那里我专门证实过，她对自己的万人迷丈夫百分之百信任，尽管他已经很多年不与她同床共枕。”

“你俩的交流已深入到这个地步了？”

“我现在成她的男闺蜜啦，什么屁事都跟我说。”

凌墨飞哈哈大笑。

“王妍君说，白淳除了喜欢美食美酒，没有其他嗜好。好几年前有个集团副总拿他喜欢吃喝这事做文章，最终的斗争结果是那人被明升暗降调去了北海分局。白淳也不是个省油的灯，好几个与他为敌的空降干部都被他搞垮走人。王妍君还说，白淳对她的温柔体贴从来没变过，从结婚以来未发现与任何女人有过暧昧，逛街时都不会对美女多看一眼。这一点倒让我很是佩服，他这个年龄，这样的地位权力，这样的身体和颜值，哈哈，浪费了。”

凌墨飞心头那个刚刚冒出头的线头霎时被剪断了，他叹了口气，喝下一口茶。

“我还是应该飞一趟上海。”

“就为吃一顿怪哩咕咚的什么东方鲀？也太糟蹋人家王妍君的银子了吧。”

“真是当了男闺蜜就胳膊肘朝外拐了！你想，以夏若兰的性格，会凭空邀请我去吃一道菜吗？她应该是有重要信息给我。她对徐亚杰很熟悉，而徐亚杰是我们所知唯一接近白淳的人。”

“但是他已经死了。”

“死之前有可能把很多信息告诉过夏若兰。”

“哦哦，有道理！你打算哪天去？”

“替我定后天的票。”

韩东亮拿起手机很快订好后天中午十二点飞上海的票，凌墨飞把航班号发给了夏若兰。

“我在兰石等你。”她回复得很快，这令凌墨飞的心情莫名其妙舒畅起来，晚饭时与韩东亮一起喝了半瓶格兰芬迪。

今天博剋堂客人不多，十二点不到就让潘宇关门打烊。他们三个走出博剋堂，潘宇骑他的电动车离去，凌墨飞和韩东亮分别上了自己的车离开。凌墨飞从月牙潭边转出来刚刚拐上北京路，听见手机提示音，拿起来一看，《故事六》！荒冢又继续讲故事了。

他加大了油门，这个时段开车很顺畅，不一会儿就回到了家。他迅速泡好一壶茶，开始看《故事六》。

有爱情浸淫的时光过得甜蜜而飞速，转眼间他们相爱已快两年。不论见面或者不见面，一直黏稠而缱绻，每天依然有说不完的话，每一分钟都想黏在一起，熟悉彼此的每一个生活细节，知晓对方的每一桩大事小事。偶尔会有点小摩擦，烟渺总是把过错揽到自己头上，对依儿哄啊哄啊，直到她开心起来。

他不断重复一句话："依儿，我这辈子从来没有这样爱过一个人，你就是我的命。这个世界，这一辈子，就是咱们俩了！"

烟渺是世界上最好的爱人，有能力，有修养，包容，宽厚，体贴，温柔，从不要求她苛责她，永远给她最大的空间。他随时告诉她自己的行踪，不论去哪里出差都给她买礼物，每时每刻都想着她念着她。他是世上最好的伴侣，比天天在一起的爱人还要恩爱。这一辈子他们都不会分离，因为没有任何理由可以让他们分离。

“这一辈子，就是咱们俩了！”这是依儿最爱听的一句话。

这一天，从早上到中午都没收到烟渺的微信，发信他也没回。晚上依儿又发信，他简单回复了几个字：“今天一直很忙。”

依儿的工作是一家玩具公司的首席设计师，明天要与公司老总一起去新加坡参加设计年展，这个事烟渺早就知道。以往依儿出差，他总是从头天晚上就开始左叮咛右嘱咐，提醒她带齐各种物品，各种常备药物等等。

而这一次，直到快上飞机，都没收到他的消息。

抵达新加坡之后，依儿忙于参展的各种事项，中途抽空给他发了两次微信，没有答复。一直到晚上，他的信来了：“祝你一切顺利，玩得开心。”

这样的语气让依儿生气了，非常生气，在新加坡那一个礼拜没再给烟渺发信。奇怪的是烟渺也没有一个字给她。

回到上海，依儿看见烟渺依旧在罗曼尼论坛有发言顶贴，特意上去发帖告诉大家她回来了，烟渺一定也会看到。可是他没有任何反应，也没给她发信。她忍着，憋着，一周之后，实在憋不住，给烟渺发了一条信。

等了好多个小时之后，他回信了，却是她万万想不到的一句话：我们以后做朋友吧，愿各自安好。

电打雷劈，世界一片颠覆！依儿懵了，霎时间堕入暗无天日的深渊。她哭了一整夜，翻来覆去看他们的聊天记录，怎么想，怎么回忆，都无法弄明白这一切，不知道究竟哪里出了问题。

日子一天天过去，没有了烟渺的微信，没有了缠绵悱恻的呢喃，每日如同行尸走肉。她无心工作，无心吃饭，更无心参加任何活动。持续不断的痛苦纠缠于心，她日渐消瘦，形容枯槁，甚至有了轻生的念头。

有一天，她忽然想明白了原因。

烟渺的婚姻虽然有名无实，对外却是众口皆碑的完美家庭。他勤快，顾家，对儿子爱若珍宝，没有绯闻，是众人眼里的好丈夫、好父亲。

如今，一定是东窗事发了。

之前烟渺谈起过，在儿子高考之前先不让老婆知道，怕她的情绪影响儿子高考。待儿子考上大学，他再用心平气和的方式来谈离婚。

一定是老婆知道了。她坚决不愿离婚，她大吵大闹，甚至威胁要告到领导那里。他的身份太特殊，地位太特殊，正处于事业上升期，这样的事情会毁了他的前程。老婆的大闹让坠入爱河的他忽然警醒，要竭尽全力去修复关系，弥合裂痕。只有博得老婆的谅解，稳住她不大闹，才能保全自己的名声以及仕途。或许，甚至很有可能，他对老婆发誓断绝与依儿的一切来往。

这样的推演，让依儿忽然安静了下来。

一场以为是世纪终极的伟大爱情，最后幻化为这种奇怪的、荒诞的抽象，她有一种苍凉的轻松感。她努力压迫住悲恸，稳定住心神，控制住眩晕，高高把头昂起，从体内提炼出一股崭新的力量。对烟渺的深爱发自灵魂，此情此景她只能沉默，只能独自抚平创伤，不能去破坏他如日中天的事业。只要能成全他，她甘愿做一切牺牲。

这个时候，她发现自己怀孕了！

她做了一个重大决定：不告诉烟渺，重新开启一段人生。

她要把这个爱情的结晶生下来，将全部的爱倾注在宝宝身上，将他抚养大。但她不能把宝宝生在S市，不能让身边的人知道。

她开始谋划，去另外一个城市，寻找另外一份工作。

以她的设计资质和能力，凭借现在公司的简历和推荐信，重新找份工作不是很困难。她打算找份在家上班的工作，可以一边搞设计，一边专心抚养宝宝。同时她还可以继续钻研美食烹饪，继续做罗曼尼论坛的理事。

这么决定之后，依儿变得笃定且从容。

她挺住了。她能经受得住，是因为她有了宝宝，面对突如其来的打击，她拒绝让它影响到腹中的宝宝。承受苦难是一种毫无意义的行为，不属于她想要的生活，她不允许痛苦发展到悲惨沉重。她不知道怎么去定义她笃定的心理来源，但在她的内心里，有这样的一句话可以来代表：一切都会过去，烟渺最终会来找她和宝宝！即使许多个夜晚她失落空虚得只想大喊大叫，即使她恨不得失去意识，不愿接纳已经发生的不可能的事情，她都牢牢记得这句话。

烟渺是爱她的，这样的信念无论如何都动摇不了。现在的分离只是不得已，等到某一天，他一定会来找她和他们的孩子。

刻入骨髓的记忆遍布在小屋的每个角落，黑色的睡衣紧贴他修长的身体，敞开的领口露出他健康、平滑、阳光晒过的肌肤，那个日出时紧紧拥着自己的爱人并未远离。她为拥有过他的身体感到骄傲，她现在依然能感觉得到。她时刻都清晰地想起他们的那些极度亲密的举止，现在，那记忆本该很刺目才对，可却一点也不。依旧是没有后悔，依旧是拿它没有一点办法的骄傲，这感情没有力量能破坏，也没有办法能抹掉。

别当回事——一种无法撼动的坚定在她的内心不断地反复着——永远别把暂时的离别当回事。

她熬过来了，她胜利了，时间帮助了她，在面对记忆时她可以不再落泪。等宝宝出生，她就不再是孤独一人。再以后，宝宝慢慢长大，烟渺终会来找到她，一家人再也不分离。

这一天很遥远，也许是等烟渺退休时。因为到了那一天，他不再需要仕途，舆论也不再对他造成威胁。那个时候，他一定会来找她的。

这意味着她将孤独地度过很长一段人生。

但这有什么关系呢？拥有过一段刻骨铭心的爱情，心中有满满的甜蜜细节，足够用一生的时间来回味，她不会感到寂寞。何况还有宝宝跟她在一起，那是他们的孩子，是在他们最最相爱时候诞生的结晶，她已经很满足。

说不清为什么，一种令她吃惊的感觉使她意识到，她拥有一种至高无上的幸福。

故事结束了，凌墨飞安静地站在阳台上，在向漆黑的夜空看去时，他感到了震惊。那是一种深深的背叛，更可怕的是，他无法确定究竟是什么遭到了背叛。既不是他自己，也不是他的信念，他知道，是其他的什么。

他呆立在那儿好一阵才回到房间，

忽然觉得肚子饿，饿得就像一整天没有吃过东西一样。

弄了一钵蔬菜沙拉和一大碗用橄榄油和大蒜油调味的蝶形意大利面，重新换了一壶茶，边吃边想接下来会如何。

对于故事里的依儿忽然有了怜惜，一缕淡淡的感伤出现在体内某个地方，那是快速闪过的一滴痛苦，如同玻璃窗上的一点雨滴，流淌出问号的痕迹。

依儿如今在昆明吗？荒冢同她是什么关系？后面还要发生的故事是什么？荒冢如此隆重地找到私家侦探，需要私家侦探做的是什么？既是惊天血案，为何不迅速和盘托出，却选择这样慢条斯理的娓娓讲述方式。

第十五章

凌墨飞很想去找黄医生聊聊，但想到急诊科熙熙攘攘人来人往，说不上三句话就要被打断，马上打消了念头。他给黄医生发了条微信，问他今天能否一起吃晚饭。黄医生回信说刚下夜班，可以一起午餐。

凌墨飞约他来博剋堂吃，方便说话。

潘宇还没到来上班的时间，但冰柜里有丰盛的储备，是前天他俩去进行的大采购。凌墨飞亲自动手，不一会儿罗宋汤、黑椒牛扒配土豆泥、水果沙拉就端上了桌。

黄医生感慨无比，没想到他有如此好厨艺。凌墨飞说今天太匆忙，临时凑合一下，改天请你吃一次海鲜大餐。黄医生连声叫好，“但凡有美食的地方就让我有念想，老会想着再去。”

凌墨飞忽然想起上海兰石，嘿嘿一笑说：我也一样。

他把亚瑟的事情简单讲述了一遍，对这位黄医生，不但有一见如故的认同感，还有一种骨子里的信任。他们属于同类，身上有着同一个年代的烙印，有那个年代共同的思维模式，共同的理想情怀。假如有足够的时间，他俩可以聊的话题会很多很多。

“莫非亚瑟使用的杀人武器是乌头碱？他本来要用来置白淳于死地，结果白淳临时接到电话离开，结果误杀了徐亚杰。”

“我用老鼠、兔子做了五次试验，都证明乌头碱进入血液五分钟之后，就会导致毙命。能否这样推测？亚瑟不是在食物里投毒，而是给了徐亚杰一包烟，或者什么食物？”

“如果我是杀手，肯定不会采用这种无法掌控的方法杀人。再说，他的谋杀对象是白淳，估计是已经在菜或者汤里投了毒，白淳才临时离开。”

“杀手为何不阻止徐亚杰喝下那碗汤呢？”

凌墨飞回答不上来。

“我的推论是这样，”黄医生显然进入了侦探境界，一脸的兴奋，“白淳临时离开，杀手失去了动手的机会，于是就想利用徐亚杰转交一包烟给白淳。我们可以设想那是一包非常高档的烟，烟里面就含有乌头碱。”

凌墨飞饶有兴致看着黄医生，鼓励他继续说下去。

“那包非常稀罕的烟，比如说手工卷制的玉溪庄园，限量版大重九，对徐亚杰充满诱惑，他决定独享，开着会就抽了一支，然后……”

“送烟不会只送一包吧？”

“如果这包烟是试制品，非卖品，当然可以只送一包。我那里就经常有病人或家属神神秘秘送一包烟给我，加了沉香的烟，滴了茅台酒的烟，或者在滤嘴上绕了一圈纯金线的烟。”

凌墨飞点点头，黄医生这个论断有一定道理，但无法令他信服。

“我可以来做你们调查所的法医，必要时我还可以对犯罪嫌疑人进行测谎。”

“噢？你真有兴趣？”

“太有兴趣了！要知道我是看《福尔摩斯》长大的，还有《希腊棺材之谜》《东方快车谋杀案》《阿拉伯之夜谋杀案》等等。”

“一言为定，欢迎加盟！”

“有需要随时传唤，只要没有手术，我保证随叫随到。”

吃完牛扒之后，凌墨飞做了两份杧果布丁当餐后甜点，他们又聊了一阵，喝完了凌墨飞亲自泡的一壶易武茶，黄医生说他要回家睡觉去了。

凌墨飞重新泡了一壶南糯山明前茶，上了三楼。

窗外阳光灿烂，湖畔路上车辆行人都很少，他将自己舒服地靠在椅子上，脚高高搭起，正准备看几页书。可他却手握着书页停了下来，突然袭上来的安静和孤寂，把他扔回到最近一直面临的问题前，仿佛此时就是他要做决定的时候。

有微信进来，是荒冢！凌墨飞没想到他会在这个时候继续讲故事，但心里还是猛然一动，用最快的速度打开文档。他奇怪自己为何如此迫切。

上次看到依儿准备独自生下宝宝，独自抚养，现在几岁了？

故事七

在对痛苦的拒绝和对宝宝的期待中，依儿顽强地推进着她的计划。

辞职的事情办得不顺利，老板无论如何不同意依儿离开，想尽一切办法挽留她，每天派各高管找她谈话，许诺各种条件劝她留下。她是设计骨干，在业内小有名气，她设计的玩具熊在日本获过奖，在国内亦频频获奖。

依儿去意已定，很多家公司看到她的简历之后都想聘用她，她一家一家进行着比较筛选。她已选定了迁居成都，她喜欢那里缓慢的生活节奏，还有各种琳琅满目的美食，生活成本也不高。她开始查询当地的租房信息，先过渡一年时间生下宝宝，然后购买一套房子彻底定居下来。

她专注于离开 S 市的各种谋划中，心情笃定且安然。时间在不知不觉间流逝了一个多月。

这天下班刚发动车，电话响起，她盯着手机屏幕，不敢相信自己的眼睛，眼泪已哗哗流了下来。她泪眼婆娑看着电话号码发呆，直到铃声停下都没接。电话再响，她接起来时已泣不成声。

“依儿别哭，我爱你！我来了！我在我们的小窝等你。”是烟渺。

那个小窝，她已经一个月没回过，因为每个角落都有烟渺的影子，每一件家具，每一个物品都是他俩一起挑选来的，每个地方都烙着爱的印记。她不敢回去，害怕面对那里的一切，不敢独自待在那个曾经的爱巢里。

那天接下来的一切都像梦境般不真实。

从见面直到第二天，烟渺都没让依儿离开自己的怀抱。“我该死，你打我吧！狠狠打我！我爱你依儿！永远爱你！我不好，我遇到了突发事件忙于处理，没顾及你的感受。我永远不离开你，谁都不能阻止我爱你！我死都要爱你！”

他没有详细解释事情原委，只有一刻不停地爱抚、道歉、诉说，一刻不停地亲吻、呢喃、做爱，他恨不得把全部的浓情蜜意全部倾注到她身上，恨不能用全部激情将两人燃烧成灰烬。

所有的委屈瞬间成为过去，所有的悲痛都在一刹那被炽爱弥合，依儿觉得自己重新变成世界上最最幸福的人。她甚至感激有过这一场浩劫，让她对烟渺的爱如同金文般嵌入骨髓深处。她不知自己为何那么爱他，但她深深相信他是她今生不会再爱上别人的理由。

她睡在他的身边醒来的时候，已是下半夜了。城市静悄悄的，没有半点声响，小窝里的寂静似乎让生命也暂时地停止。她带着幸福的满足和精疲力尽后的轻松转过身来，懒懒地看着他。他仰面躺着，头陷在枕头里，窗外模糊闪烁的夜空映衬着他身体的轮廓。他一直没有入睡，大睁着眼睛，仿佛正在听凭难以忍受的痛苦折磨自己，紧闭着嘴巴，毫不掩饰地忍受着。

看见依儿望着他，他爱怜地面对着她，没有躲避她忧虑的目光，将她拥入怀里，柔声说："我们要度过一段不太自由的时光，不能再像以前那样无所顾忌了，需要非常的小心谨慎。但我对你的爱永远不会改变。"

他深情而用心地亲吻她，从嘴唇到脖颈，到乳房，到全身。此时的他不像一个承受着折磨的人，却像是发现了那种折磨是值得去承受的一样。他再次深深进入她的身体，带着融化她也融化自己的决然。

烟渺订了一早的飞机赶往北京开会，依儿开车送他去机场。临分别那一刻，她将已有一个月身孕的消息告诉了他。

她看到他脸部的肌肉忽然绷紧，手中的烟早已熄灭，但他依然保持着夹烟的姿势。良久，他才缓缓转过来看着她，表情里既没有惊喜，也没有兴奋，说公司面临年度大检查，接下来的几个月会很忙碌，不能经常见面了。

说完这些话之后，他一眼都没有再看她，表情、眼神忽然间判若两人。尽管他没有笑，但忽然间心事重重的神情却像是一抹痛苦的笑容。他的五官开始变形。如果是一张平凡普通的脸，这样的变形可能毫无影响，甚至让人感觉不出来。但是一张英俊完美的脸庞，是经不住丝毫变形的。他各个五官的搭配太过精致完美，稍微一点点的变形或者移位，挺直的鼻梁错位了，好看的嘴巴变形了，眉毛扭曲了，眼睛失神了，整体的平衡被打破，那张完美的脸霎时变得歪斜、古怪、畸形，成为一张诡异的脸。与此同时，他脸上的肌肉中像是有什么东西瘫软了下来。她既说不清楚是什么样的光芒在他的身体内黯淡了下去，也不知道她怎么就会想到了死亡的光芒。

从那天起，烟渺每天依然有微信过来，但只是寥寥数语，言语极其简单，一个字都没提及她腹中宝宝。他几乎不打电话了，微信上也没有了火辣爱恋的字眼，没有了浓情蜜意的呢喃，也没有了生动的表情符号。

依儿心有默契，从不主动发信、打电话，也没有提及自己一直在做离开S市的各种计划。尽管不能像过去那么无忧无虑，但他们又在一起了，现在她不再有痛苦，不再担心分离。宝宝出生还早，等下一次他们再见面的时候，再来商议。他们有的是时间来商量未来。

时间又过去一个月，在一个周四下午，烟渺发信说明天会到S市来看她。

依儿只觉一阵眩晕，一颗心几乎跳出胸膛外来。她是那么想念他，却一直不知何时才可以再见到他。烟渺说他可以从周五待到周日再离开，这肯定是他经过了精心设计后才有的见面，是一场多么不容易的幽会。因为他不再像过去那样自由了，有双眼睛时刻在监控着他的一举一动。

当她想到终于可以听到小屋门传来的钥匙转动声时，忽然泪流满面。这是她一个月来每日等待的、每日唯一想听到的声音。

她精心设计了晚餐的菜谱，都是她最近研究出的新菜，还特意准备了一瓶1990年拉图酒庄的Pauillac。烟渺可以待三天，意味着他们将度过一个爱意融融的周末。恰逢东方艺术中心有场龙猫乐队经典钢琴梦幻之旅庆典演奏会，这是他俩都喜欢的乐队，她央求闺蜜转让了两张票，因为这是需要提前一个月预订的。

忙完这些之后，她躺在那里一动不动，心满意足地休息着，只静等钥匙在门锁里转动的声响。

没想到烟渺不是一个人，还带来一个叫阿盛的男人，说是他的好朋友。他们三人一起去宝莱纳餐厅吃晚餐。

接下来发生的，就是《故事一》里那个怪诞的一见钟情。

事发后，烟渺彻底消失了，从她的视线里，从论坛上，从地球上彻底消失，仿佛从来没有这样一个人存在过。

烟渺带走了小窝里属于他的所有东西，干净彻底得就像这里从来没有过他的痕迹一样。更没想到的是，烟渺拿走了她的手机，在枕边给她留下一部全新的未拆封的手机。依儿要这个新手机有什么用呢？她与烟渺之间的所有相识、相恋、记忆、牵连，都连同那个失去的手机一起，被彻底抹掉了。

“您拨打的电话已停机”，依儿再也联络不上他，微信也注销了。当然她还有一个办法可以找到他，打电话到他办公室。但依儿不可能那样做。

爱情是存在的一面镜子，她曾经在这面镜子里看到最美好的烟渺，最美丽的自己。此刻，那个镜子里的图像虚假而丑陋，爱情彻底地死亡。死亡了的爱情就像破碎的镜子，世界在那里成为彼此不发生联系的一块块碎块，尽管最大的那一块仍属于自己，但是断绝了与烟渺的联系，也就意味着断绝了与世界的联系。

她像孤魂野鬼一般，整日里游荡在那些碎片中。在某种极端情形下，她也会游离那些碎片，聚合成为一个怪诞的存在，与现实发生激烈的对抗。一种越来越清晰的东西笼罩了她——绝望。

她跑各家医院，找每个认识或不认识的医生，开安眠药。每次最多只能开七天的剂量，她不断地积攒，不断地托人开药。她用最快的速度办妥了辞职手续，去银行把所有积蓄转到妈妈户头上。她焚烧了几大本厚厚的日记，将私人用品全部封入几个大箱子，给妈妈写了长长的一封信。

只等安眠药积攒到那个数量，她就启程去西藏，让自己在那片圣洁的土地上长眠不醒。

没想到的事情发生了。

宝宝忽然间被一种不可抗拒的意念力催动着，鼓舞着，日夜不停地在她肚子里折腾，一刻不停证实着自己的存在。她是如此通灵，如此不愿意还没见到这个世界就夭折。她要出生，她要存在，她想看看妈妈。依儿被她踢打，被她折磨，夜深人静的时候听见她在诉说，在呼唤，梦里也看见她蹒跚着朝自己跑来。

最终，依儿心碎了，屈服了。

宝宝赋予了她生命中最单纯的本质：拒绝屈服于灾难。她不能就这样撒手人寰，不能让一个鲜活的生命跟随她消亡。

她把那些好不容易积攒起来的安眠药扔进了垃圾桶，退掉飞往拉萨的机票，重新与几家公司讨论就职之事，请成都的同学替她租市区位置的公寓。她要去她那里生下宝宝，她必须不屈不挠地活下去，凭自己微弱的力量来获胜。

心已死，爱已死，今生不会再见烟渺，余生注定孤独终老，她不会再爱上谁。

关于将来某一天烟渺会来看望她和孩子的梦想，已彻底毁灭。宝宝是她的全部和唯一，她要一心一意抚养她长大，与她相依为命。

读完这段故事，凌墨飞忽然有种错觉，觉得自己如同是在观看枪痕累累的靶子上的子弹轨迹。这轨迹黯淡而悲怆，坠入爱河的依儿，眼睛退化到只能看到两侧的物体，尽管能感觉到灾难正模糊地向她席卷过来，她却无法转动她的视线，她没有任何视线可以去转动和注视。

这个荒冢，他明明知道游戏规则，为何总是出人预料地玩他自己的花样?

荒冢是个深爱依儿的痴情男吧?他面对依儿流泪的眼，滴血的心，无能为力，于是来求助于他这个侦探，要惩罚那个负心的烟渺，拯救自己心爱的女人。

凌墨飞一口喝干面前那杯茶，回复荒冢:

1. 烟渺爱上依儿是真，他的婚姻不幸是假;

2. 烟渺不可能早就决定要离婚，位高权重的官员永远不敢离婚;

3. 烟渺的真正想法是既维持自己的和谐家庭，又在千里之外有个爱巢。

4. 第一次跟依儿说分手，是因为遭受政敌攻击。他老婆并未觉察婚外情，但他担心被政敌作为武器，作出的第一反应是舍弃依儿回归家庭。

5. 因为烟渺心思缜密，婚外情又在千里之外，政敌的攻击没有实际证据。他终还是放不下依儿，决定以更小心谨慎的方式继续保持爱情，又到S市找依儿重修旧好。

6. 临上飞机前依儿告知怀孕，这消息打破了他妄想的两全其美计划。回去之后越想越害怕，处心积虑设计了“一见钟情”计谋，目的是既和依儿彻底决裂，又把留在小屋里的所有东西拿走，包括拿走依儿的手机，为的是不留下任何一丝证据。

以上是我对整个事件的推断，这是我电话号码，希望我们见面聊一聊。

发完这些文字，他看见一个窈窕瘦弱的身体昂首挺立在寒风中，冷冷的大眼睛什么都不表露地凝视着远方，只是那不屈的嘴角露出一丝痛苦。

心头残留着一个持久的疑虑，这疑虑让他隐隐不安，甚至有种很不好的预感。他希望荒家能尽快与他见面，这样他还来得及阻止不幸的发生。

第十六章

下了飞机，坐上出租车，从虹桥机场到衡山路兰石私家厨房的一路上，居然没有遭遇塞车，这让凌墨飞心情大好，想着马上可以见到夏若兰，有些暗自开心。

路上已跟她通过微信，轻车熟路来到二楼那间包房时，夏若兰正在将准备好好的茶用一个青花茶壶盛着，烧好了水开始烫壶烫杯。他进来，她抬起头莞尔一笑，那笑容渲染出一种天真的气氛，同时又暗示出像是藏着什么玄机。

是什么力量让这个三十岁的女人修炼得如此笃定，又是什么让她浑身散发着与其他漂亮女人不一样的魅力？他站住凝视了她一会儿，从那目光中读到的，不是重逢的礼仪招呼，不是场面上的致意，而是一个人在别后这段时间里并没有忘记你。

这一瞬间实在太过短暂，在她刚刚感觉到、还难以确定的时候，他已经指着茶台上的壶，用欢快的口气说："一定是我期待的茶！"

"吃饭时间还早，先来一泡十年的景迈古树。"夏若兰将一盅汤色橙黄透亮的茶放到杯垫上。上扬的香气中透着沁人心脾的芳香，他将随身背包挂到衣帽架上，非常自然地坐到了她对面，端起茶盅抿了一口，果然茶气浓郁，满嘴回甘。

这是他们的第二次见面，相距不到一个月，却觉得与她已是很熟的人了。

他闻到一股极致诱惑的香水，空气里蜿蜒着一道性感妩媚的弧线，若有若无闪烁着奇异的悸动，微妙地放大着某种魅力。这香水他绝对闻过，曾经还很熟悉，尤其那放纵而不失优雅精致的气质，但是他一时间怎么也想不起它的名字。

"你的茶都是极品啊！"茶汤滋味伴随着那一抹香水调，他变得有些恍然。心里觉得有个重要的疏漏，这感觉不可能是无缘无故的，但已知的原因又无法解释它。

"我历来只收纯料古树茶。你也是行家，入道时间比我还早吧。"

"茶道，是我太太珍妮教会我的，"凌墨飞一口喝干杯中茶，不受控制地陷入久远的过往，进入另外一个磁场。"珍妮在台湾出生长大，精通茶道、香道、花道，做得一手好菜。我们结婚后住在洛杉矶，只要有可能，我每天下班都回家吃她做的饭，那是我从小到大吃过最可口的美味。”

夏若兰静静听着，不断给他喝光的杯子里续上新茶。

“珍妮让我爱上茶道，教我学会烹饪，我从笨手笨脚成长到有声有色之后，我们就经常请朋友到家里吃饭，我俩联手做出的美食，成了朋友间传颂的口碑。我也让珍妮爱上了登山，她跟随我每年去不同的地方登山，我们的理想是到世界上所有高峰留下足迹。五年前，我俩去乞力马扎罗，没想到珍妮永远留在了那里……”

夏若兰微微垂下了头。

“我每年都要去乞力马扎罗，因为珍妮还在那里，她知道我会去找她，她能够听见我站在那里跟她说话，告诉她我是多么想她。”

凌墨飞不明白自己为何将这些从未对人说过的话，对着她讲了出来，单单因为她与珍妮长相酷似吗？

他还有没讲出来的话是：每年去乞力马扎罗山，不单单是去凭吊珍妮，而是去寻找珍妮的死因，这里面一定藏着个巨大阴谋，与 MKULTRA 计划有关。

景迈茶的味道渐渐淡了，夏若兰倒掉茶叶，重新换了一只紫砂壶和一只公道杯，用纯净水将他俩的茶盅清洗干净，拿过另外一个豆荚形状的托盅，里面盛放的茶叶显然比刚才更有年份。

“这是 15 个年头的老班章，味道浓烈霸气，正好可以把肚子喝饿，进入晚餐节奏。”夏若兰说话间故意没有抬头，看得见她眼圈红红的，还没从凌墨飞的故事里走出来。

凌墨飞的心情反而平复下来了，他很安静地一口一口品咂他最爱的老班章，没再继续说话。他很希望夏若兰能够讲点自己的故事，但她只是不断地冲水泡茶，他们之间有了一种新的沉默。奇特的是，他觉得这沉默是一种新的亲密感。

“唉……”他一声长叹打破这沉默，“五年了，我从来没跟人讲过珍妮的故事，今天真是神使鬼差！”这是真话，他刚才纯属即兴，没夹带丝毫心机。

“这个世界上，有的人擅长用语言讲故事，有的人擅长用文字讲故事。”

他忽然想起荒冢，如果面对面，他会如何讲述依儿的那些故事？

“也许文字讲出来的故事更深邃，更有内涵。”夏若兰点点头，“文字是有密码的，它可以承载叙述者很多的寓意和心结，不懂的人一扫而过，懂的人悟出很多内容。”

他的抛砖引玉并未奏效，夏若兰只想就事论事。

有服务员进来收拾走了茶盘、紫砂壶和茶盅，把雪白的餐布铺在桌上，摆上盘子、碗、如意、筷子、刀叉、调羹，刚才的茶台立刻变成了一张餐桌。凌墨飞看了一眼手表，九点钟！不过就喝了两泡茶，时间居然过得那么快！

房间里忽然漆黑一片。

凌墨飞以为跳闸了。还未来得及开口，两只通体透亮的小船出现在门口，宛若游走在粼粼河道上，一点一点朝他们行驶过来。漂移到近前，原来是推车里两艘精致的小船，船下面燃着蓝色的火焰，一股特殊的鲜香从小船中飘荡而出，引得他口水直咽。两泡茶早已把午餐消耗殆尽，此刻他饥肠辘辘，垂涎欲滴，绝对可以吃下一头大象。

灯光大亮，蓝色火苗还在燃烧，伴随着暖色调的柔和灯光，他看清楚精致小船里是一条鱼的形状，却看不出是什么鱼。他可以肯定不是普通的淡水鱼，也不像老虎斑或者其他海鱼。

“趁热吃！”夏若兰给了他一个示意的手势。

他用不锈钢调羹剐了一块鱼肉，轻轻放到餐盘里，再改用筷子小心夹起鱼肉放入嘴里。陌生的口感，陌生的滋味，美妙当中夹杂着一点似曾相识。不像斑鱼的肉那么硬，不像鲥鱼的肉那么松软，却是细腻中富含弹性，鲜嫩中蕴藏嚼劲，鲜美滑嫩是不可方物的，尤不可思议者是那独特的韧性。他接连吃了好几块，口腔中弥漫着的味道是别开生面的鲜香，欲罢不能。

夏若兰几乎没动筷，微笑着看他大快朵颐。

一条鱼很快被吃完，夏若兰将另外一只船也推到他面前。他也没客气，很快又将另外半条鱼消灭。“滋味那么特殊，我问了两遍了，你怎么都不告诉我是什么鱼？”

“迟早会告诉你，暂时卖个关子。”夏若兰让服务员把小船撤走，新上了一道荤菜三道蔬菜，外加一笼小笼包。“刚才品的是口味，现在吃的是正餐，我猜你的胃还处于饥饿状态。”

她说的没错，凌墨飞将一桌菜消灭大半，才心满意足放下了筷子，目光灼灼望着夏若兰。

她嫣然一笑，不紧不慢说出五个字：“星点东方鲀。”

凌墨飞端详着刚才用手机抢拍下来的图片，“传说中的‘星点东方鲀’，不论形式或内容，都不是一般人能够享受得起的盛情。品尝者尚未捉摸其起落始成便已朵颐入肚，激动，狂喜，继之深深忧虑，下次想念时该如何得尝……”

夏若兰脸上带着半是会意、半是神秘的神情，忽然问：“你定酒店了吗？”

“哦，还没有。”凌墨飞低头看表，忽然吓了一跳，居然已经十二点了！他怀疑今天进入了一个紊乱的时光机器，永远弄不清楚时间的真实维度。

“再吃点，没有催你的意思。三楼有两间客房，设施装备都是星级酒店级别，你今晚就住这里吧。”

“啊，不用不用，我去马勒别墅住。”

“我提这个建议是为你的安全着想，”夏若兰怪怪地看着他，话说得既轻描淡写，又目的明确，“今晚我要安排一个服务生整夜守在你房间，一旦发现你有异样，马上采取行动。”

“异样？我会有异样？”

“现在跟你揭秘吧，”夏若兰神秘一笑，“星点东方鲀其实就是河豚。你应该知道河豚有剧毒，经验再丰富的厨师也不敢保证每次做出来的河豚都安全，全世界每年死于吃河豚的人数有四千人。”她款款站起身来，“所以，今晚你不能单独一个人睡觉。”

凌墨飞看着手机上的照片，扁扁的头部，至尾渐细，背面苍黑有浓黑斑纹，腹面白而无鳞。“难怪滋味如此独特，难怪滋味似曾相识，原来是河豚！”他哈哈大笑，“告诉我还能活多长时间，我写份遗书还来得及不？”

“把银行卡和密码留下就好啦。”夏若兰笑得一脸无邪，“你没觉得奇怪今晚为何没请你喝酒吗？如果河豚有毒，喝酒会加快毒性的发作。”

“到了你这里，怎么能不喝你的好酒呢！来来，开一瓶，死活快一些。”凌墨飞起身做了几下扩胸动作，“我有个建议：不如今晚我们品酒畅聊，假如到明天早上还活着，我就买票飞回昆明。如果客死他乡，我今晚把各种该托付的事都交代给你，你一定要替我善后！”

夏若兰没答话，沉吟着望向他。

“你是我遇到过的心智最高的女人，明哲而痴心，我很需要你的帮助。”

夏若兰淡淡说：“单有痴心而不明哲，会被烧焦；有了明哲而无痴心，岂不冻死在雪山上。”

“我开始接受这样一个虽然不对，但至少是可能的事实，那就是你不愿意把你关于徐亚杰的伟大见解在今晚讲述出来。我一直认为人的性格只有在他追求快乐的时候才能真正表现出来，徐亚杰在你面前所表现出来的，一定是他最最真实的性格。”

凌墨飞说完这些话，数着沉默的时间，难以分辨出她看着他的眼神有什么样的意味，但看得出她有一种特别的注意。

夏若兰起身走到酒柜前，选了一瓶红酒，是PETRUS！凌墨飞眼睛亮了，这是波尔多目前质量最好、价格最贵的酒王。

他也起身走到衣帽架旁，从背包里取出一个用礼品纸包裹得方方正正的盒子，“一份小礼物，请笑纳。”

她也没推辞，落落大方低头去拆开包装，是一个精致的木头盒子，盖子可以从滑槽拉开，里面是一饼茶。

“勐海茶厂的7542？”她绽开笑容，取出茶饼放到鼻子下嗅嗅，又翻过来看茶饼底部，“20世纪80年代的！这可是稀有之物啊，太昂贵了，你还是自己留着吧。”

“好茶必须给懂它爱它之人，对这饼茶而言，送给你才算物有所归。必须让我表达一下谢意，你不会拒绝一个濒临生命危险的人的小小心愿吧？”

“今晚的河豚我也吃了啊！”夏若兰笑得更灿烂，“只是没你吃得多。”

“有两只船，两份河豚，万一恰好我吃的那一船是有毒河豚……”他忽然顿住话头，剩下的半截话卡在嗓子眼。

“你在暗示我正蓄意谋杀你。”夏若兰已经打开PETRUS，把红色的液体慢慢倒进醒酒器中。“我的作案动机是什么呢？”

凌墨飞的思绪已经跳跃到了另外一头，“来上海之前，我又跟黄医生交流过一次，目前可以肯定的是，徐亚杰的确死于乌头碱中毒，但乌头碱一定不是吃饭时候进入他体内的。”

夏若兰分别在两只红酒杯里倒上酒，自己先浅尝一口，满意地点点头，优雅地举起酒杯，“我在论坛专门写过这个酒，除了饱满的口感，它的稀罕之处还在于酒庄位居波尔多产区八大名庄之首，颇有王者风范，不少影视明星都喜欢收藏它。”

“记得你说过兰石有个论坛，那个论坛是商业运作吗？”

“不是属于兰石的论坛，是早期几个热爱红酒的人创立的论坛。几任版主都比较有水平，既对红酒有深入研究，又有实践经验，几年之后这个论坛变得越来越专业，也越来越具有权威性。后来，很多红酒厂家、批发商、零售商都来找到我们，论坛就变得有了经济价值，已在工商进行了注册，公司化运作，收益蛮不错。”

“你一定是其中比较权威的？”

“还行吧，目前排名第四。”

“哦哦，给我这个论坛的链接，上去学习学习！对啦，徐亚杰也是论坛版主吗？”

“他既没水平也不够资格上论坛。”夏若兰语调淡淡，听不出任何感情倾向。

“我想错了，以为徐亚杰是在论坛上与你认识的。”

“徐亚杰最后的那段日子，其实非常焦虑，”夏若兰的话锋一转吓了他一跳，“他陷入巨大的矛盾当中，不知道如何解脱。”

“因为……感情？”

“因为工作，”夏若兰起身替他新倒了一杯酒，她自己杯子里的酒还没喝完。“全国民航系统财务交叉检查还没结束，审计署又要针对他们集团进行单独审计，紧接着还有中央巡视组。依照以往的经验，财务总监要先对财务账目进行一次自我清查。徐亚杰在清查时，发现了一个天大的问题。”

“他发现的问题与他无关？”

“他是总部派到博亚航空集团的财务总监。在他到任之前很长一段时间，账目上就存在着巨大的问题，在仔细研究这些账目后，他意识到这些问题一旦被审计署查实，将是严重的经济问题。”

“严重的经济问题……涉嫌经济犯罪？”

“不是一般程度的经济犯罪。”

之前的某种不确定预感忽然得到了提示，凌墨飞兴奋起来，“既然是他来之前的账目，为何那么焦虑？”

“集团的经济运行就像一架神秘而精密的机器，一开始就有人给这架机器预先设置好了程序、代码、运行规则，后面的所有活动不过就是按部就班在进行。一开始的程序出了错，后面所有的行为都被包含在这个错误当中。”

“徐亚杰之前不知情，现在忽然意识到他其实已经参与了……经济犯罪，我姑且先定义为经济犯罪。”

“作为一名资深财务总监，他不可能不知道，自己一直在违规操作某些事情。”

“小徐是总部派来的，刚开始两人关系有些紧张，后面跟老白相处得挺好，两口子经常过来串门。老白这个人嘴馋，特别喜欢吃，小徐常带着他到处找好吃的，老白去哪里出差都喜欢带着他一起。”

凌墨飞想起王妍君说过的这段话，问道，“我听说刚开始徐亚杰跟白淳关系紧张，你认识他的时候两人关系已经很好了？”

“非常好，就像左膀右臂。”

“那就是说，徐亚杰对白淳妥协了，同意按照那架机器原先设定的操作程序继续运行。”

“来势汹涌的检查和审计吓坏了他，”夏若兰又替他倒满一杯酒，“他才 39 岁，身体健康，家庭美满，女儿刚刚考取重点初中。身处万人羡慕的大型国企重要岗位，事业正值上升轨道，前途一片光明。如果这个时候出事，后半生不堪设想。”

“他来找你倾诉，恳求你给他出出主意？”

夏若兰认真看了他一眼，“你那么聪明，你的搭档知道吗？”

凌墨飞咧嘴一笑，“我更喜欢我四岁时怀疑一切的眼光。”

“他是真的焦虑，确切说是害怕和恐惧，从小到大没那么恐惧过，却怎么也想不出一个两全的办法。”

“两全？”

“最理想的状态是把审计署和巡视组应付过去。但那帮人个个精明，个个经验丰富，那些账目很难瞒过他们。并且，巡视组权利非常大，假如你不配合检查，可以直接动用公安机关来强制执行。”

“知道应付不过去，他就只有配合审查啦。”

“他的老大要他在巡视组进入之前做好一切防范措施，这防范措施包括修改账目，做新账。”

白淳？！凌墨飞心里咯噔了一下。

“如果侥幸把审计署的财务交叉检查和中央巡视组两重关口应付过去，不但万事大吉，还借此机遇真正进入老大的核心圈，日后定会得到丰厚的回报。老大的许诺对他非常有诱惑，他深知老大的实力，不仅在集团总部如鱼得水，在北京也有过硬的关系。”

凌墨飞静静听着，想着白淳拥有怎样的实力，眼前浮现出王妍君脖颈和手腕上价值连城的翡翠。

“如果造假败露，被审计清查出来，作为财务总监他将承担第一责任，后果将是十年以上监禁。”

“十年以上？看来数目果然巨大！他刚刚开始的辉煌人生也就宣告结束了。”

“民航审计每年都在搞，他们每次都能过关，这次老大向他打包票一定能过关，并且说审计署那边有很硬的关系，只要准备充分了一定不会有问题。”

“徐亚杰陷入矛盾的博弈当中。”

夏若兰指指桌上的东西，“要叫人把这些菜拿去加热一下吗？”

“热一下小笼包就好。”凌墨飞果然觉得肚子咕咕叫，今晚没吃主食的缘故。他看了一眼手表，凌晨两点钟！难怪饿了。

夏若兰走出门去，不一会儿一个睡眼惺忪的小伙子进来拿走了小笼包。凌墨飞歉疚地一笑，“我害得这小伙子觉也不能睡。”

“我安排他今晚监护你。”

“河豚毒几小时以后发作？”凌墨飞一咧嘴，“应该这样问，我还能活几个小时？”

夏若兰看了看手表，“两个小时。”

“你是说我的生命还剩下两个小时？”

“五小时之内不发作，你就没有生命危险。现在已经过了三小时。”

“给我对一下时间，我的表怎么停了。”凌墨飞说了句谎话。

夏若兰把手腕朝他伸过来，他仔细看了一眼，慢吞吞说：“此时此刻才知道，生命最后的时光如此短暂，如此珍贵……”他已经看清楚，她戴的是格拉苏蒂手动上链镂空腕表，这款至臻展现顶级制表艺术的金银丝细工镶嵌手表，属于限量版级别，戴在她白皙圆融的手腕上，仿佛量身定制般。

小伙子把加热好的小笼包端进来放桌上，刚才的睡眼蒙胧已经不见，重新变得精神抖擞，“夏总，需要给你煮碗面吗？”

“不用了。等凌先生吃完你带他上客房休息，在凌晨五点以前你不能睡觉，每隔十分钟看看他……还有没有呼吸。”话没说完小伙子就呵呵直笑，退到门边垂手站着。

凌墨飞心里一阵失落，他原打算聊个通宵，夏若兰这是下逐客令了。

在认识的女人里面，只有和她才能无障碍交谈。这是一个他尊重的女性，一个堪称对手的人。但在他俩之间，总有一丝说不出的距离感，那种大门关闭的感觉。她的言谈举止当中有一种超乎人性的东西，拒人千里之外。

“你打算明天乘几点钟的飞机回去？”

“醒过来的时候看吧，假如还能醒过来的话。”

“上飞机前发个信息——如果你还活着。”夏若兰站起身来，已经是一副要离开的样子。凌墨飞只好把最后一个小笼包塞进嘴里，也站起身。

夏若兰下楼，他跟着小伙子上楼。今晚的一瓶红酒几乎被他一个人喝完，睡意忽然袭来，澡都没洗就睡着了。

第十七章

在一个怪诞的梦中，凌墨飞清晰地生活在德州的一幢 house 里，院里的杂草已经除了一半，他躺到躺椅上休息一会儿，闭着眼听一曲乡村音乐.

有两个穿黑夹克的人走到面前，他都没发觉。

…………

梦中的某一瞬间，他想起了自己 20 岁到 30 岁那段时间的名字：斯蒂文。八年的记忆如同泄洪般铺天盖地潮涌而来，清晰且明确，容不得他有丝毫乐观的怀疑。

星点东方鲀的毒素重新激活了之前被掩盖的记忆，冰川、教堂、中东、沙漠……十年来梦中经常出现的地方，开始和新生长出来的记忆一一挂上钩。但是还有许多不知道的细节无法呈现，比如在他作为

MKULTRA 计划的一分子，受到长达八年的严格训练之后，是如何获得了超常的体能，不可思议的肢体防御能力，优于常人的思辨智力和网络攻击技法。他们怎样通过定制梦境来激发人体机能的潜力，甚至修改或者创造记忆。后期他们发明了一个名为美杜莎的梦境控制器，怎样通过探针来改造皮层，灌输绝对的意志。

八年的时间并不短，在八年极度严苛的强化训练下，足以培养出一批强大且可控的特工，其中便包括他自己。他清晰记起第一次去参加任务的前一天晚上，自己对明天要做的事情感到兴奋无比，次日非常精准地完成了任务。之后，他执行了数不清的计划，杀过很多人，直到遇见珍妮，爱上了珍妮，他就坚决不愿意继续充当这个机构随心所欲的工具。

他们同意了，但在一夜之间那八年的记忆消失得无影无踪。他们通过迷幻药、催眠术、微波、微生物等媒介进行定向刺激，彻底删除了他脑海里关于那些年的所有内容，甚至修改或者创造了那些年的记忆。

今夜，那些被删除的记忆，被星点东方鲀的毒素霎时激活了。

但仅仅只是支离破碎的一小部分。他努力地想留住某些记忆，但它们快速且无力地褪了色，再也唤不回任何线索。

…………

凌墨飞彻底睁开了眼，揉揉太阳穴，确认自己不是在梦境中，但那些记忆闪回让他很莫名。

一眼看见个小伙子趴在床对面的圈椅扶手上睡着了，他很奇怪在自己睡觉的地方怎么会有一个陌生人。几秒钟后，一切都回想起来了，他放电影般过了一遍昨晚的场景，心头一动，明白自己意识到了什么。

他轻手轻脚进卫生间洗漱出来，小伙子依然没醒，看来他是一直坚守到夏若兰规定的时间之后才入睡的。

提着双肩包带上门出来，时间只是早上七点钟。值班老头替他打开大门，他走到正街上了出租车，用手机预订了上午九点二十分从虹桥机场飞昆明的机票。一路上没有遇到塞车，抵达机场时尚早，不慌不忙去麦当劳吃了一份早餐，再慢悠悠进安检。

飞机准点起飞，他要了一杯橙汁，把脑袋靠在座椅靠背上，闭上眼开始仔细梳理各种线索。

单从徐亚杰飞上海的频繁程度，就知道他对夏若兰的迷恋有多深。以自己跟夏若兰的两次接触，可以判断出她对徐亚杰的杀伤力有多大。如果有可能，徐亚杰会情愿天天守在这个女神身边。

昨晚话里话外透露出来的信息，徐亚杰对她是无话不谈。紧要关头，面对两难选择的徐亚杰，只会对她倾吐实情。尽管夏若兰并未给他任何承诺，甚至没给过他任何亲昵的可能，但夏若兰在他心里绝对是最值得信任的人。

以夏若兰的智慧，如果愿意替他出主意，一定会是一记高招。

那么，夏若兰最终给了他一个什么锦囊妙计呢？

凌墨飞凝聚心神，把自己变成徐亚杰，从内至外都换作身临其境的徐亚杰。

几分钟之后，他做出这样一个选择：表面上答应白淳，积极配合白淳把有漏洞的账目重新做一遍，做出一套经得住审查的财务报表，然后销毁原账。私下里，徐亚杰提前拷贝下过往那些账目，存放到某个安全地方，万一审计出问题，就拿出原始证据，洗刷自己的清白。

不对，那样的话他依旧脱不了干系。

凌墨飞继续深刻透彻地把自己当作徐亚杰。

如果要彻底撇清责任，就应该在审计署和巡视组到来之前，就把那些原始账目寄给他们。这样他就算重大立功，不会有任何责任。这样做的唯一风险，是白淳有足够能量摆平审计署与巡视组，最终的审计结果是什么问题都没有。万事大吉之后，他将沦为可耻的叛徒，彻底出局，但仅仅是出局而已，边缘化而已，不会有牢狱之灾。而此番来势汹涌的廉政风暴，会让徐亚杰更倾向于做这样的选择。

凌墨飞喝了口橙汁，重新换个坐姿。他替徐亚杰做出另外一个更极端的选择：侠肝义胆挺身而出，拍着胸脯对白淳表态：出了问题我担待着！这样做，他唯一的赌注就是依靠白淳的能量，是否能摆平审计署和巡视组。

如果徐亚杰做了这个选择，他还会死吗？

“各位旅客请注意，我们的飞机现在开始下降。请收起小桌板，调平座椅靠背，打开遮光板……”广播里传来的声音打断了他的思路，没想到时间过得那么快。

他忽然想起上飞机前没给夏若兰发信息。也好，一会儿下飞机发，正好可以再问她几个问题，只是不知道她是否愿意回答。昨晚聊到关键时刻，她忽然下了逐客令，是故意打断谈话，还是有意想隐瞒什么？

记忆被河豚毒素恢复一部分之后，凌墨飞感受到自己的体能在短短几个小时里得到了不可思议的提升，甚至连那八年超常的肢体御敌记忆也逐渐苏醒。回忆起每次去登山时的超强体能，面对压力时的超级意志，几次在烧烤摊上与韩东亮以少胜多击退小地痞的壮举，他自我赞许了一下。

想起那些经常出现的噩梦与记忆闪回，他对一直以来的自我焦虑释然了，自己的孤僻性格其实是早已驯化成型的。值得欣慰的是，他并没有变得极度敏锐和富有攻击性，也没让魔鬼侵蚀灵魂，这得益于普洱茶的滋养吧。因为爱茶，品茶，做茶，性格当中那些尖锐的部分慢慢变得舒缓柔和，圆融通达。

“登机前怕打扰你休息，现已安全抵达昆明。昨晚的美味河豚，绝品红酒，叨扰你到深夜，这笔账你来昆明时让我加倍赔偿。”

“连利息一起算上，赔偿额很高哦！”夏若兰回复得很快，现在已是中午一点钟，估计她已经到餐厅了。

“我们可以做个严肃的约定，绝无戏言！”

“一言为定！”夏若兰后面带上一个顽皮的表情。

“想问一句，徐亚杰性格里有侠肝义胆的成分吗？”

“他优柔寡断。”

果然证实了猜想，凌墨飞又问，“我想知道他把那些东西寄出去没有？”

“不知道。”

夏若兰不会再回答任何问题了，但她显然知道自己说的“那些东西”是什么。凌墨飞暗暗点了点头。

今天早上从醒来脑子就没闲着，居然忘记叫韩东亮来接机！打出租车一来要排队，二来昆明机场出租车贵得离谱，他决定坐地铁。

拨韩东亮的电话，想让他来北京路地铁站口接，转念一想挂断了，重新拨了一个号码。“黄医生，你在医院吗？”

“在啊，今天我上白班。”

“我想来找你，只耽搁你半个小时，可以吗？”

“可以可以，现在是午休时间，我在办公室。”

“我还在地铁上，估计一个小时以后才能到。”

黄医生瞪大眼睛看着凌墨飞，努力想从他说的那番话里找出一个最准确的答案。

“乌头碱五分钟就致命，河豚在吃下去五个小时之内随时可能发作，我缺乏系统药理知识，无法用科学方法来进行论述。但是我忽然有一种强烈的感觉，说不清楚的感觉，所以一下飞机就急着来见你。”

“河豚毒素是一种化学结构独特、毒性强烈并有广泛药理作用的天然毒素，其毒素主要集中在卵巢、肝脏和胆囊等处，即使加热也难以破坏，而河豚体内其他部位并无毒素。”黄医生边说边起身在书架上翻出一本书，“河豚毒素对人体纳粒子通道有暂时的阻断作用，但必须超过一定剂量才会致命。”

凌墨飞拨通韩东亮，“你马上到省人民医院来接我，我俩去一趟兰石，了解 8 月 9 号那天他们是否吃过河豚。”

“徐亚杰体内并未检测出河豚毒素啊。”黄医生在办公室来回踱了两步，忽然一拍大腿大叫，“我想起来了！”吓了凌墨飞一跳。“我安排一下手头的事，下午就去法医研究所实验室！你等我消息，等我消息！”

“我能跟你一起去看实验吗？”

“不行！那个实验室不准外人进入。”他走到门口又折返回来，“你上次托我找何主任打听的事问到了，送她女儿一套莎士比亚英文版全集的人，是白淳。”

凌墨飞的心朝下猛坠了一截，眼睁睁地看着黄医生转身离去。他就这么被丢在了办公室里面，像一件无人认领的行李。韩东亮一时半会还到不了，他起身出来，下了楼，在医院里面信步闲逛。

除了深夜时分，医院的每个时间段都人潮涌动。天底下竟然有那么多的人得了这么多各式各样的病，每天、每时、每刻穿梭在这里，排队、挂号、诊断、缴费、化验、照片、住院。他不知道是否有一个权威的统计数字，测算一下进到医院来就诊的人里面，有多少是被医治好的，多少是自己拖好的，多少是无法治愈自生自灭的。

电话响，韩东亮到了，他很奇怪凌墨飞没叫自己接机却跑到医院来了。

“上次让你查糯嘎茶山的事情有眉目了吗？”

“哦，正准备告诉你呢，”韩东亮一脸的漫不经心，“滇西的确有这么个茶山，距昆明 350 公里。我好不容易拐弯抹角，才找到一个当地派出所的兄弟，通过他找到了张主任。这个主任说茶山接待过的客人实在太多，五年前的人根本回忆不起来。”

凌墨飞狠狠瞪着他，像要吃掉他一样。韩东亮用目光与他对峙了十秒钟，忍不住扑哧笑了出来，“我靠，在你心中我就那么不靠谱吗？真是的！尽管我不赞同你多管闲事，但对于你交办的每一桩事，哪次不是有始有终？而事实证明，只要我想认真做的事，都会带来意想不到的收获。”

“别卖关子，快说！”凌墨飞给了他一拳。

“虽然张主任不记得是否接待过你那个什么烟渺、依儿，但是……”他几步走到凌墨飞前面，猛一转身，伸出食指指着凌墨飞鼻子，“他说，他接待过大名鼎鼎的博亚航空副董事长兼总经理——白淳同志！”

凌墨飞猛拍一下巴掌，牙齿咬得咯咯响，“果然是他！”

他们开车朝翠湖方向走，凌墨飞半路叫他停车在肯德基买了个乡村牛肉汉堡，狼吞虎咽吃下去。韩东亮哈哈大笑，“不通知我接机的后果就是午饭只能吃垃圾食品！”

去了两次上海兰石，来到翠湖边的兰石，凌墨飞竟凭空多出一份亲切感。

他站在门口，仔细打量这幢民国风的古朴宅院，不论气质还是风格都与上海兰石迥异。因为它属于夏若兰，他理所当然地将二者强行搭配在一起，有点像穿衣服时候的混搭，横看竖看都觉得蛮般配，尽管他明白那不过是心理作用。

这会儿四点钟不到，院子里冷冷清清没几个服务员，也没有什么声音。

好在小燕在，韩东亮来过好几次，小燕跟他已经很熟，很热情地打着招呼。他们来到上次的那个包间，小燕说现在还点不了菜，因为厨师还没来上班。凌墨飞说我们不急，正好找你聊聊，你还回忆得起来徐总他们那天中午点的菜里面有河豚吗？

“河豚？”小燕眼睛睁得老大，“没听说过。”

“你们兰石没有河豚这道菜吗？星点东方鲀有没有？”

小燕摇头，“从来没有！”

有人在门上咚咚敲了两下，小燕毕恭毕敬喊了一声“韩经理！”，一身黑西装的韩潇潇无声地站在门口，把他的三星大屏手机交给小燕，小燕接过来转身递给凌墨飞。上面写着：“有什么问题尽管问我，夏总交代我全力配合你们。”

小燕替他们三人倒了茶，关上门退了出去。

“刚才小燕说你们从来没做过河豚。”

韩潇潇摇摇头。

“星点东方鲀这道菜你听说过吗？”

韩潇潇在手机上写道：“上海兰石有，我们没有。”

“8 月 9 号那天的菜谱你还能查到吗？”

韩潇潇做了一个稍等的手势，起身出去。韩东亮悄声说：“这家伙今天换了个人啊！我来几次他都傲慢得很，爱理不理的。”

“这叫懂规矩，没有老板的吩咐绝不跟外人乱搭讪，尤其对你这个假警察。”

韩潇潇重新回来，递过来一张复印纸，一看就是从结账单上复印下来的。凌墨飞仔细看上面的菜：兰石养生汤、兰石秘品牛排，水晶百合、煮虾头、香煎鲫鱼、蟹黄豆腐。他问：“兰石养生汤是什么样子？”

“每人一个紫砂壶，一个小盅。”

"上面写的是三份。"

"白总喝完汤才离开。"

"他后来再也没来过兰石？"

韩潇潇摇头。

从兰石出来，凌墨飞拍拍韩东亮的肩，"咱俩进翠湖去走一圈，然后一起回博剋堂，我让潘宇买点海鲜来给我们做海鲜饭。"

"那我现在得打电话跟老婆和女儿请个假。"

二人沿唐堤走到湖心亭，韩东亮听完了凌墨飞从夏若兰那里了解来的情况，神色忽然变得很忧郁，一个人坐到湖边木椅上闷着头大口吸烟。

"你是不是觉得很对不起男闺蜜这个角色？"

"她出那么大一笔钱，让我们保护她老公，到头来把她老公变成了嫌疑人，这……这也太狗血了。"

"所以我才约你进来散散步。现在情况变复杂了，黄医生和你的调查，都证实了白淳就是《故事》中的烟渺，是那个想杀他的情敌先误杀了徐亚杰？还是白淳先杀了徐亚杰，然后情敌又要来杀白淳？"

韩东亮挠挠头，"头绪乱啊！两拨杀手，两个谋杀对象。现在死掉一个徐亚杰了，剩下的被谋杀对象，究竟应该作为我们的保护对象呢，还是作为要制裁的罪人，我头都被搅晕了！毕竟我们什么证据都没有，一切全凭猜想。”

“我从来不做救世主，也不是除暴安良的侠客。白淳要真是谋杀徐亚杰的罪人，那是谁也救不了他的，不是这样吗？”

“那王妍君怎么办？她是无辜的。”

“你当了二十年警察心肠还那么柔软，真是一个奇迹。”凌墨飞揉揉他的头发。

“白淳落马，她下半辈子的生活将一落千丈。她是个善良的女人，不应该遭受这样的报应。”

“你真是名副其实的男闺蜜啊，为她把心都操碎了。你想怎么办？”

“脑子里乱麻麻的……”韩东亮把烟蒂扔进垃圾箱，马上又点燃一支，“你确定白淳真是那个故事里的烟渺？搞了那么轰轰烈烈一场婚外恋，孩子都搞出来一个，王妍君居然一点都不知情！她还出钱请我保护他！笨女人、傻女人啊……”

凌墨飞一直凝望着那池湖水默不作声，韩东亮忽然将烟头狠狠一扔，站起身来，“回博剋堂，我想吃海鲜饭啦！”

第十八章

手机忘记关静音，还在梦中的凌墨飞被急促的铃声吵醒，摸摸索索从枕头边找到手机时，电话已经挂断。还未来得及查看，铃声又响起来，是黄医生。

“你还在睡觉哇？我们必须见一面！我有重大发现！”

“好的好的！什么时候？”现在是十点钟。

“刚下夜班，等查完房我就可以走，要不还是去你的博尅堂？”

“没问题，中午就在博尅堂吃饭！”挂断后他立刻拨潘宇电话，叫他马上去买条鱼，买两只螃蟹，买几样蔬菜。

瞌睡已经彻底醒了，凌墨飞飞快地起床冲了个澡，边刮胡子边设想着黄医生有了什么重大发现。

昨晚上网搜寻到凌晨四点钟，巡视组已进驻博亚航空集团两周，却并没传来任何异常消息，说明一切正常。徐亚杰到底比人家晚了一步，还没来得及把材料交出去就一命呜呼。现在人死了，即便巡视组查出问题，都可以推给徐亚杰，说那是财务总监渎职。三个月或者半年之后，报纸上、网络上、电视上会出现一则轰动新闻：徐亚杰因经济问题畏罪自杀。博亚航空集团经过全面清查整改，重新认命新的财务总监，一切尘埃落定，齿轮照常运转。

凌墨飞开车朝博觊堂方向去，不塞车，十点半钟的北京路笔直而舒朗，散发着强大而骄傲的气场。这条城市中轴线的雏形，开始于遥远的唐朝南诏国时期一条三百米长的小路。滇越铁路改变了它的命运，外国洋行纷纷进驻之后，源源开辟的商埠让这条路一夜之间兴旺起来，道路不断拓宽、延伸，各具气质的法式洋房、天主教堂、石头房子、朱氏小楼、谊安大厦、法国领事馆、震庄等等沿街矗立，颇像上海静安寺路的一段。

一路畅通的感觉让心情无比舒畅，像他这样昼伏夜出的人真好，省却了早高峰时候的拥堵和烦恼，也免去晚高峰时的焦急与无奈。他是这个城市的异类，典型的边缘人，表面上看已被主流社会所抛弃，实际上藏身于黑天鹅绒幕布的后面，冷眼打量这个畸形的社会舞台，活得比任何人都清醒。

看见潘宇正在路边停他的电动车，后架上堆满了刚买的菜，他满意地点了点头。这个小伙子做事雷厉风行，从不拖沓，再带两年就可以把博剋堂交给他去管理经营。

凌墨飞把全部窗户打开透气，潘宇带着小红在厨房开始准备午餐。音箱里翻涌着勃拉姆斯钢琴曲，别人从音乐中得到什么他不知道，但他从勃拉姆斯这里得到的是道德勇气，只是从未对人直白地说出来。

他烧水泡茶，认真梳理一遍这段日子调查整理出来的白淳发家史。

他来自昭通贫困地区的一个农民家庭，有一个姐姐两个弟弟一个妹妹，母亲死于妹妹出生时的难产，父亲悲恸之下把妹妹送了人，独自一个人拉扯他几个，靠几亩地艰难度日。

白淳从小喜欢读书，是这些孩子里唯一读完高中的，且以优异成绩考取了云南立信财经商务大学。父亲无力供他上大学，他在床边跪求了整整一夜。三天后，父亲把相亲邻里和各远房亲戚请到村里的打谷场，拉着白淳给大家跪下，老泪纵横恳求诸位帮衬白淳把大学读完。有人借了钱给他们，有人送了些粮食，有人默默离去。不识字的父亲让白淳逐一给每个人写下欠条，欠条上写着日后加倍偿还，还摁了红手印。他相信这个儿子定会有出人头地的一天。

在云南立信财经商务大学的四年，白淳是全班最刻苦的学生，也是成绩最优秀的学生，每个学期都拿奖学金。但他是全年级生活最艰苦的学生：不看电影，不参加娱乐活动，晚上不跟同学出去吃烧烤。他年年如一日穿行在教室、图书馆和宿舍三点之间，经常一天只吃一顿饭。

大四开学，很多同学开始忙于找工作跑关系，既无背景也没人脉的白淳两眼一抹黑。这时他听说了学校的新规定，考生哪里来分配到哪里去，他最终还是得回到昭通去工作，这对于一心出人头地的他，是当头一棒。

在那个学期，白淳开始追求王妍君。

白淳在学校里其实很得女同学青睐，因为他身材高挑模样英俊，成绩优异，会唱歌，会弹吉他，会拉二胡，暗送秋波的女同学众多。王妍君长相平平，却有着高干子女的清高孤傲，拒人千里之外，没有男同学追她。

白淳很快成功了。

他对王妍君是淋漓尽致的好，每天早晨王妍君还没起床，他就买好早点送到她宿舍。中餐晚餐都让王妍君待在宿舍，他一个人去食堂打饭回来两个人一起吃。他包揽了王妍君的所有脏活累活，帮她打扫宿舍卫生，帮她洗衣服，洗床单，帮她完成教室值日项目。考试前，他帮着王妍君一道复习功课，让历来成绩很差的王妍君告别了补考。从没谈过恋爱的王妍君接纳白淳以后，整天浸泡在蜜罐里，变成了名副其实的公主，那是她少女心田中憧憬的幸福生活。

王妍君与父母及全家进行了不屈不挠的斗争，甚至以死相逼，最终逼迫父母不但认可了他们的恋爱关系，还逼着身为省委统战部主任的父亲，动用关系将白淳留在了昆明，分配到最好的单位——博亚航空集团。

王妍君的姐姐和妹妹因为门当户对的婚姻，生活得很优越。弟弟娶了多金女之后也阔绰显摆得很，唯独她过得惨巴巴。虽然父亲动用各种关系让白淳分配到博亚航空集团，但老爷子的能量也仅仅到此为止，无法辅佐他一日千里飞黄腾达。白淳只能从基层干起，从最艰苦的工种干起。

自结婚以后，王妍君就彻底告别了大院的优越生活，一头扑进柴米油盐的算计和斤斤计较的煎熬当中。伴随着儿子的出世，生活变得越发艰难琐碎。生性清高倔强的她不会对父母诉苦，更不会要他们接济。她很少回娘家，默默咬牙支撑着，坚持着，她相信白淳会为她争光，让她在姐姐妹妹面前昂首挺胸。

很长一段时期，白淳一门心思扑在工作上，他必须比常人更加倍地努力，更加倍地奋斗。除了家庭孩子之外，多病的父亲需要尽快医治，姐姐弟弟的家庭等着他每月寄钱救济，父老乡亲手里还拿着有他红手印的欠条。他必须成功，他比任何人更盼望衣锦还乡那一天。

凭自己的坚韧，刻苦，聪明，高情商，以及各种手段，他终于一步步奋斗到了位高权重。

他终于衣锦还乡了。那些借过钱给他的人家，得到了十倍甚至百倍的报偿。没有借过钱的人家，每到春节也会收到丰盛的礼物。他帮村里很多孩子在城里找了工作，他替患重病的乡亲邻里免费寻医问药或住院治疗，他出钱资助村里贫困户家的孩子上学……白淳成了老家方圆百里有口皆碑的大好人。

苦孩子，穷孩子，从小深深感受过贫穷的可怕，终于功成名就手握重权的时候，拼命攫金的可能性极大，尤其当制度和权位给了他这种便利的时候。当然，寻找爱情滋润的可能性也极大，他急需情感上、性爱上、灵魂上的补偿。

但他为何要取人性命？凌墨飞从感情上不愿意认为他杀了徐亚杰，但理智的声音越来越大。

他想到了韩东亮昨天的纠结，王妍君知道丈夫一直在攫金吗？她莫非不知道那些上百万的珠宝不是白淳的正常收入所购买吗？

如果白淳与她之间的感情一直很好，如果她始终对自己的丈夫坚信不疑，该如何让她面对接下来即将发生的一切？他和韩东亮又应该如何扮演其中的角色？

黄医生风风火火进来了，浓密的头发被风吹得热烈而奔放，像个交响乐团的指挥家。

“查完房刚要走，又被一个晚期病人家属缠着问这问那。那人只有不到一个月时间了，我不忍心丢下她走开，花了点时间劝慰她。”

“唉！生与死之间只存在一个稀薄的边界，凡人除了认命之外别无选择。但如果用超出法律和道德所允许的手段来确定生死，就是另外一个范畴的问题了。”

“走走走，我们上楼去说！”黄医生也不等他带路，自己咚咚先上楼梯，凌墨飞端起一壶刚泡好的茶跟随而上。

“我做了两组实验，具体过程是纯医学范畴，不跟你赘述，直接告诉你实验结果。根据大量的数据检索，世界上还没有服用后一个小时以上不发作的剧毒药物。若单独使用乌头碱，被害人呈现剧烈的当场反应，加害者无法脱身。但是，”黄医生端起茶一饮而尽，也不等凌墨飞，自己再满上一杯，“如果同时使用乌头碱和河豚毒素，就可以完成完美犯罪。”

凌墨飞站了起来，瞪大眼睛看着他。

“河豚毒素是小分子量、非蛋白质的神经性毒素，其毒性比剧毒的氰化钠还要高 1250 多倍，0.5 毫克即可致人于死命。河豚毒素对肠道有局部刺激作用，吸收后迅速作用于神经末梢和神经中枢，阻碍神经传导，从而引起神经麻痹而致死亡。河豚毒素中毒潜伏期很短，短至十到三十分钟，长至三至六小时发作，如果抢救不及时，中毒后最快的十分钟内死亡，最迟四到六小时就死亡。中毒后即便发现也缺乏有效的解救措施。”

凌墨飞冲下楼又冲上来，他去拿来一包烟，递给黄医生一支替他点上，自己也点燃一支。他的音调因为兴奋而提高了几度，“这么说，凶手同时使用了乌头碱与河豚毒素？”

“微量的河豚毒素是不会导致死亡的，鉴于这个特性，如果将二者同时服用，因为河豚毒素对人体纳粒子通道有暂时的阻断作用，就可以使乌头碱的毒性发作延缓数小时，服用者在凶手离开数小时后才会发作，症状极其类似急性心梗，如果解剖，只会伴有轻微的心脏部位出血。”

黄医生又喝干一杯茶，继续说：“当河豚毒素阻断钠离子交换时，乌头碱会在一段时间内不起作用。但是当河豚毒素的代谢降低到一定值的时候，乌头碱开始起作用。这种反应类似在人体内安放一枚定时炸弹。”

凌墨飞忽然想起很久以前看过的一篇报道：一个日本人连续死了三任妻子，每次都是心脏疾患。保险公司在第三次的时候拒绝支付巨额保险金，但警方无法立案。经过多方协作，琉球大学法医学专家和东北大学的生物化学专家联合参与破案，最终发现日本人使用的就是河豚毒素。那次试验也是世界毒理学史上绝无仅有的。

潘宇叫他们吃饭了，黄医生说还是端上来吃吧，咱俩好聊天。他显然意犹未尽，还有很多话要说。

潘宇果然好手艺，清蒸鳜鱼，咖喱蟹，蔬菜汤，螺丝辣炒土豆丝，韩国泡菜。凌墨飞每样尝了尝，满意地点点头，看来这小子出师了。黄医生大呼小叫，说这些菜比医院周边所有馆子做的都好吃，比起高档酒楼也毫不逊色。

“潘宇很聪明，教了他几次就做得像模像样了。”

“原来是得了你真传啊！做菜绝对是一门艺术，在建筑、音乐、绘画、雕塑、诗、舞蹈、电影之外，烹饪应该列为第八大艺术！一道菜从开始就凝聚了创意、搭配、组合的元素，这好比设计师在进行构思。在完成一道菜的过程中，又凝聚了技法、火候、轻重、缓急，就像舞蹈家在跳舞。而装菜选用的容器，各种配料的颜色搭配，就好比画家在绘画。吃到嘴里的滋味、感受，完全可以用诗歌和音乐来描绘！”

凌墨飞哈哈大笑，“黄医生，你那么感性，不做艺术家真可惜了！”

“是啊，本来应该拿画笔的手却举起了手术刀！左一刀右一刀上一刀下一刀，”他夸张地在空中比画几下，深深叹一口气，“最终把所有的情趣都切割完毕。”

“医生是个神圣的角色，超越富贵贫穷权利卑贱而独立存在着，我非常尊重医生，尤其像你这样兢兢业业的医生。”

“唉，像我这样的老八股早就跟不上时代了，你看那些刚进来不久的小年轻，没有临床经验，没经历过重大疾病的跟进，没治愈过疑难病患，但是一个个硕果累累，动辄在国内外重量级刊物上有论文发表，评职称、晋级、提拔，都赶在我这样的老家伙前啊。”

“我很明白所谓重量级刊物发表论文是怎么回事，那是人为可以操控的，也是一种金钱交易和权利交易。”

“拼爹的年代，自愧不如啊！”黄医生苦笑，“我如果像他们一样会来事儿，怎么会被安排在又苦又累又没钱赚的急诊科当主任……”

“啊？我一直以为急诊科是一个医院最重要的科室呢。”

“之所以叫‘急诊科’，当然很重要，人命关天呢。但是，急诊科是全医院最寒碜的清水衙门，一方面要负责处理各种各样的紧急病例，一方面却无法与病人建立长期友谊，既没有钱赚，也难以出名。但凡在急诊科的医生，不是没有关系背景的，就是遭排挤打压的。”

凌墨飞拍了拍黄医生肩膀，“你下午没事的话，我们喝一杯？格兰杰如何？”

“拿来喝！”

“乌头碱和河豚毒素容易搞到吗？”凌墨飞取来威士忌，给两个杯子分别倒了两盎司，递了一杯给黄医生。

“乌头碱和河豚毒素都是很容易入手的东西。乌头碱在川乌、草乌、附子里面都有，河豚毒素也叫TTX，具有镇痛、降压、抗心律失常、局麻、戒毒及抑瘤的功效，可以买到。人们一直认为河豚毒素为河鱼所独有，直到1964年在渍螈中发现了TTX，才改变了这一看法。之后，又相继从蟹、鞘等生物中检测出了TTX。河豚毒素广泛存在于河豚等多种海洋脊椎动物、无脊椎动物及海底沉积物中。”

“我猜想你又做了一次徐亚杰的血液化验？”

黄医生点点头，“小剂量的河豚毒素用普通检测方法很难检测出来，我和我那老同学一起，尝试使用了薄层色谱法、柱后衍生高效液相色谱检测法来检测，果然发现了 TTX！”

一对年轻人走上楼来之后，径直进入他们的包房，显然是想找个他们想要的清净空间。潘宇尾随其后，女的看了一眼他俩满桌的菜，惊喜地瞪大眼睛，“你们家除了喝茶还可以吃饭？”潘宇说是的，我们有简餐，还有各式茶点。男的问有没有咖啡，潘宇故意提高语调说：“这条街所有酒吧的现磨咖啡都没有我们的好。”凌墨飞暗自一乐，看着潘宇带领两人进到另外一个包房里。

那女子洒了很浓的香水，虽然进来出去不到一分钟，那味道像浑浊的飓风充满了整个房间。凌墨飞皱了皱眉头，心念忽然一动，鼻翼间悠然苏醒过来。他回忆起一股曾经的香氛气息：香调蛊媚，性感，蜿蜒着妩媚的弧线，闪烁着微妙的欲望，最大限度放大着魅力与诱惑。

毒药！夏若兰使用的香水是 Dior Poison，中文翻译是毒药！这个带有强烈视觉冲击力的名字，在上海的那个夜晚怎么也无法从记忆里释放出来，而现在却忽然想起来了。

夏若兰使用这款有着强烈挑战意味的香水，绝对不是偶然，其中定有她深邃神秘的深意。

这个女人太不一般，她知晓太多的秘密。

黄医生举起酒杯，凌墨飞与他碰了碰，二人一饮而尽。

“那天中午，徐亚杰他们的菜谱里面有个养生汤，每人一壶一盅那种，我猜河豚毒素和乌头碱就放在那壶汤里。”

“很有可能。河豚毒素不易溶于有机溶剂，但放入热汤里很容易被人体吸收。”

凌墨飞向黄医生绘声绘色演绎 8 月 9 号那一幕：

兰石包间的餐桌上，总共上了三壶养生汤。白淳掏出车钥匙，叫徐亚杰去车上给他拿个充电器来，这时间足够亚瑟把乌头碱和河豚毒素放进徐亚杰的汤壶里。

之前他们三人应该是从不同方向来的，徐亚杰特意没开车，时刻准备在白淳喝了酒之后替他开车。等徐亚杰取了东西回来交给白淳，白淳刚刚喝下一口汤，极力赞美那味道，于是徐亚杰毫无顾忌地喝完了自己那一壶汤。这时白淳的电话忽然响起，他走出去接听了一阵，回来说：“有急事我必须马上回去，你们俩慢慢吃，小徐你替我招待好这位客人。”

大约四十分钟以后，白淳用办公室座机打来电话，通知徐亚杰立刻赶回集团开会。此时午餐还没结束，徐亚杰让亚瑟慢慢吃，他先去收银台结了账，然后乘坐出租车朝集团赶。他原本打算吃完午餐后悠悠缓缓准备上海之行，被通知开会很不爽，一路上跟夏若兰发微信抱怨着。

去到会议室时，其他人都已经到齐，在白淳主持下开始开会。那其实是一个无聊的甚至可开可不开的会议，徐亚杰不断跟夏若兰发着微信，憧憬着晚上的上海之约，期待着早些见到他的女神。这个时候，河豚毒素的阻隔作用消失，乌头碱的毒性大发，徐亚杰猝然倒地。

黄医生听完之后半晌默不作声，凌墨飞下楼重新泡了一壶茶端上来，黄医生长叹一声，“这是一个道德底线彻底丧失的世道，什么事情都有可能发生，为财，为官，为色，甚至什么都不为，就为个不高兴，就可以杀人。”

“这就是如今的世相，加入浸染其中太深，要么深受其害，要么郁闷难当。所以，要么做个像我这样的边缘人，要么，像你这样一心钻研学问，两耳不闻窗外事。”

“你这个边缘人让我很佩服，居然把我几个月想不透的东西一语道破了！你真是个天才，怎么就想到了河豚毒素？”

“其实，我是偶然吃了一道河豚做的菜，才猛然醒悟过来……”不知为何，凌墨飞不想在这个时候说出夏若兰。

他忽然间思绪万千，很想一个人单独静一静，想些事情，整理清楚一些思路。黄医生正好也起身道别，要回家补瞌睡去。

凌墨飞一直把他送到门口，看着他的车开远。

第十九章

今晚来了几个外省客户，要求分别品饮三款不同山头的年份茶。

因是长期合作的大客户，此番又是专程来买茶，凌墨飞只好一直陪着，待收拾完毕离开博剋堂时都凌晨一点钟了。开到世纪俊园停好车，走进电梯那一刻，他突然觉得自己是这个城市最后一个回家的人。

觉得很累，却丝毫没有睡意，他冲了个澡出来，从书架上抽出一本《素履之往》，躺到床上边翻看边等待睡意降临。

叮咚，有微信进来，是荒冢。

好几天没有他音讯了，那故事既像结束又不像结束。今天居然那么晚发信，就像是知道他刚刚夜归似。

已证实了白淳就是其中的烟渺，他对接下来的故事充满了想读下去的迫切。

故事八

依儿已搬回母亲家来住，烟渺买的那套房子她再也没踏进去半步，那里的一切，连同那个男人的一切，永远埋葬在记忆的最死角。

她一边等待成都同学租房的消息，一边开始收拾行囊，向母亲编了一个工作调动的谎言。妈妈舍不得她离开身边，依儿谎称说只是去一年，一年之后就回来。

爱情已死，断绝了爱情也就意味着要断绝与这个世界的所有联系。

虽然怀孕只是三个月，但辞职后的依儿已经深居简出，与周围所有人断绝了来往。手机被烟渺拿走了，她并没有立即补办新的电话卡。这样所有人都无法联络到她，她可以每日像孤魂野鬼般浸淫在时间的碎片中。

她买来各种宝宝健康书籍，买来各种保胎营养烹饪书籍，每日在家炮制各种营养餐，为了让自己和腹中宝宝吸取足够的营养。每天傍晚她都出去散步一个小时，她要加强锻炼，她要保证宝宝能够顺利出生，如今这是她全部活着的理由。

这一天晚饭过后，她照例出门散步。出家门后穿过两条马路就可以走到公园，那是她每天散步的区域。

过完一条马路之后，她在人行道上缓缓行走，打算从前边的斑马线再过一条马路。有个男子拦住她，很礼貌地，“请问现在几点钟了？”

依儿低头看表，忽然感觉一块毛巾捂在自己脸上，随后就什么都不知道了……

凌墨飞忽然不想继续往下看了，他起身去煮咖啡。六神无主站在咖啡机旁，看着水汽如何将咖啡侵袭，闻着空气里飘荡出来的咖啡香，他的心情阴郁得像要滴出水来。

这一杯双倍意式特浓，不加糖，苦烈的滋味从咽喉一直滑向五脏六腑。喝完咖啡之后他重新坐回书桌边，深深吸了一口气，继续朝下看。

重新苏醒过来的时候，依儿发觉自己躺在医院病床上，一脸泪痕的妈妈守在床边。

她不清楚发生了什么，也不知道自己昏迷了几天，很久之后，才在妈妈哭哭啼啼的絮叨当中还原事实。

她失踪了整整三天！

昨日清晨，她被人发现躺在母亲家门口的花园里，身上裹着一张质地良好的崭新毛毯，显然有好心人担心她夜里被冻坏。

散步那天她身上什么都没带，身上唯一值钱的东西是烟渺送的那只昂贵手表，这只表是那段情殇唯一的存留纪念，她打算一直戴到生命终结时分。但此刻，那只价值不菲的手表完好无损戴在手腕上，右手背上却多了个被胶布贴着的针眼，就像刚刚输过液那样。

依儿如坠五里云雾，无法用逻辑解释这一切，既然不是劫财，莫非遇到了色魔？但是色魔怎么会知道她的家？怎么把她送回家来，居然还替她裹了一床毛毯？

她感到了精疲力尽后不断加剧的疼痛，似乎说不清楚究竟哪里在疼，直到突然的剧痛让她顷刻间意识到了身体某一部位的存在。之前的侥幸立刻被强烈的恐惧代替，她感到毛骨悚然，因为那疼痛终结在她最最担心的部位。她逼着自己再次去仔细感受——她感觉到的不是错觉，而是越来越被证实的恐惧。

检查结果成为她一辈子的噩梦——她已经被做了人工流产！腹中孕育了三个月的宝宝，那个她全部生命的寄托，已经变成了血淋淋的碎片！

因为这场粗暴的流产，她以后不会再怀孕。

这噩梦发生在三天前，2013 年 11 月 23 日！

故事到此结束。即便没有结束，凌墨飞也不想继续看下去了。

直觉早就告诉他这个故事绝非虚构。但为什么当他已证实男主角身份之后，这样的结局才以虚构的姿态劈头盖脸涌来。

荒冢的叙述是一种乞求，接下来他会明确说出他的乞求吗？他感觉到体内有一股阴暗灼热的气流在涌动，一直以来他不允许自己有怜悯，冷冷的、没有感情的、丑陋的怜悯。但此刻他感到了深切的疼惜，以及不可遏制的怒气，如同他竭力压抑着情绪要喊出来的声音：为什么依儿要去相信白淳那些扭曲的谎言？为什么要接纳他虚假的情感？为何要扛起这无望的重负？

五年前，白淳以最残忍的方式，抹去了婚外情的所有证据，让自己变得清清白白。五年之后这个叫荒冢的人来找他，是因为知道司法程序无法制裁他，无法让依儿受到的伤害得到补偿。而私家侦探之所以有生存土壤，就是因为当事人无法从正规法律渠道获取帮助。

这位荒冢是来请他为依儿复仇的，下一个微信，他就会发来烟渺的各种信息资料。他是否知道烟渺的真实身份？还是他早已知道烟渺是谁，却奈何不了他的位高权重，所以才来求助于自己。

但为何这个复仇等了五年之久呢？

凌墨飞从窗子望出去，都市喧嚣的霓虹灯熄灭后，天边变成了深黛色，这座城市终于进入静谧安详的时段。睡意全无，他思忖着是上网浏览一下呢还是找部电影看看，反正昼伏夜出才是他的正常作息时间。

突如其来的电话铃吓了他一跳，是韩东亮，这个作息非常有规律的家伙居然那么晚还没睡。

“什么？你再说一遍？”凌墨飞有点不敢相信耳朵。

“王妍君撤案了，她说白淳不再需要我们保护，他安全了。”

“他安全了……理由是什么？”

“没见面，是她打电话来说的，聊了好几个小时，刚刚这会儿才收线。她说白淳不再焦虑，也没有了恐惧担忧，对她比以往任何时候都温柔体贴，还包揽了很多年不做的家务。所以，王妍君认为白淳彻底安全了，我们派去保护他的人可以撤了。”

似乎有一个沉重而空荡荡的东西在身体里轰然倒下，能同时感到那巨大的重量和宏大的空虚。凌墨飞明白，这是失望，但他奇怪的是为什么如此黯淡和丑陋。

迅速打开电脑，果然，审计署的检查工作已顺利完成，巡视组也圆满完成了任务，没有提及博亚航空集团有任何违纪行为，更没用徐亚杰来顶罪。

这里面有几种可能，一是白淳用他的能量摆平了所有关系，人家睁只眼闭只眼，让他过关；第二种可能，查出问题了，但全部推在徐亚杰身上。但现在人已死，白淳用这个理由撇清了所有罪责，请人家不要再去追究一个死人的责任，让逝者安息。

还有一种可能。

白淳是一个成绩优秀的财经专业毕业生，一直在财务领域工作，担任总经理之后也一直分管财务部门。即便徐亚杰死前尚未完成那些假账，他完全有能力自己动手来完成。王妍君说徐亚杰死后他从来不出去应酬，经常加班，回到家就把自己锁进书房，其实他是在夜以继日完成那些账目。移花接木之后，巡视组没有查出任何问题。

“老凌，你还在吗？”韩东亮半天没听到他的声音，在电话那边问。

“在！”凌墨宇的声音变得很微弱，窗外的深黛色变成了灰色，焦躁感跟随黑夜越来越浓郁。血液在轻微地发烧，皮肤底下说不上哪里在疼，无论如何就是找不到疼痛点，却又无法阻止它的疼痛。

“我主动提到退款，王妍君说不用退了。她说一来我们耗费了不少时间精力，二来以后有家人朋友会有事找到我帮忙。”韩东亮清清嗓子，愉快地说：“现在，我们可以结案休息了。”

“白淳就此平安无事了？”

“老凌，我们不需要扮演卫道士或者法官的角色，也不必煞有介事去伸张所谓的正义。你我是活在边缘地带的族群，只要灵魂与精神是自由的，生活就可以无拘无束。想吃什么可以吃，想去哪里可以去，比绝大多数人幸福。拿人钱财与人消灾，我们不必与谁为敌，也不必刻意去与谁为友。”

“比绝大多数人幸福？”

“是啊，尤其你，比我幸福。我还有老婆孩子捆绑着，要为稻粱谋，要为孩子升学去求人。而你没人约束，不求任何人，是真正的自由者。”

“那么道德呢？”凌墨飞忽然打断他。

“什么是道德？”

“分辨是非的判断，看清真理的眼光，以此行动的勇气，对善的奉献，不惜一切恪守善行的正直。”

“老凌，你不要钻牛角尖好不好……”

一个突如其来的想法让他从椅子上蹦起来，但与此同时，他刹住了这个动作和差点脱口而出的话，这个想法是他不想此刻就对韩东亮讲的，因为他还没有专心去琢磨它。但是在此刻潮水般涌动的思绪中，这个念头的前身正在渐渐清晰，而且已经在他的脑子里很久了。

他站在屋子中央，叉着腰，以一种渐渐变得古怪的表情对着手机说：“任何人可以自由，但白淳不能自由！”他的声音里没有感情色彩，却冰寒彻骨，像一架机器在残酷地向外挤压，像复仇一样用难听和受罪的语调，把这句话恶狠狠地讲了出来。

“啊？什么情况？”韩东亮大叫一声。

第二十章

韩东亮摁门铃的时候，凌墨飞已经洗漱完毕，刚刚沏好一壶老班章。

他已经连续五天没走出过家门，这五天的时光就像一个世纪，腮帮上布满密密的胡子茬茬，眼睛周围一圈黑晕，头发也变长了。

但他的神色是亢奋的。

他从冰箱里拿出面包和鸡蛋，问韩东亮要不要一起吃点，韩东亮一声叹息。

“哪可能饿到现在才吃啊！周一到周五，不论刮风下雨，我每天七点钟必须送女儿去学校！每天送完她以后去豆腐厂吃一碗焖肉米线，一百年不变。”

凌墨飞嘿嘿一笑，“幸福的有家男人。”

“幸福什么，可怜的囚徒！我倒希望回到单身汉年代，风一样的自由啊。快说，你闭关五天不见踪影，今天叫我来是发现什么了？”

“一个你绝对意想不到的发现！”凌墨飞把煎好的鸡蛋夹在两片面包中间，大口吃了一嘴，指着电脑，“你先看完！”

韩东亮莫名其妙坐下来，屏幕上是凌墨飞整理好的《故事一》直到《故事八》。他之前看过一些，所以很快就浏览完毕。

“我这五天里没有浪费一分一秒，白淳就是烟渺，烟渺就是白淳，为了消除隐患，他亲手杀死了自己的孩子。”

“说‘疑似’可以，说百分百是他，你得拿出证据。就因为一个来历不明的‘荒冢’，用两万元钱请你读了八个故事，就硬生生把男主角和白淳硬扯在一起？”

凌墨飞把面包煎蛋吃完，慢条斯理说：“黄医生证实了白淳送给何主任女儿一套《莎士比亚全集》，你证实了糯嘎茶山张主任接待过白淳，这都是故事里的情节不假吧？”他打开一个页面：罗曼尼红酒论坛。“这个网名雨如烟的人就是白淳，五年前他是论坛的版主，粉丝很多，无数人在他文章下面跟帖评论。但从 2013 年 9 月以后，他没有再更新。”

韩东亮看完了这些页面，没有说话。

凌墨飞又重新打开一个页面，是新浪博客。他轻车熟路搜索到某处之后停下鼠标，“这个雨如烟的博客是白淳的，作品上千篇，还有不少他的照片，也是最近五年没再更新过。给你看一首诗，他的大作之一，与《故事三》里面送给依儿的诗一字不差。”

我给不了你踏实明媚的星语
唯有星空下的思念
我给不了你春风十里的光辉
只有艳阳下的担忧
你是我心头蹒跚的寸草春晖
一生都不离不弃
遇见你，我是幸运而圆满的
知足地拥抱天际
舐犊情深的光辉永驻万里
却远没有你的壮丽
若枝头春意浓浓的雨露
如微风维和心灵的温馨
云烟渺渺
云烟渺渺
灵犀你的心意
承载你翱翔枝间叶绿
愿你每日

都享受拂晓的心意

韩东亮长长叹了口气，“这厮还真是个文艺青年啊，居然写了上千首诗。难怪当初能追到王妍君。但是他说谎了，他肯定说谎了！”他满脸愤怒站起来，“他和王妍君的感情从来没有破裂过，架都没吵过，又温柔又体贴，绝对没说儿子高考完就离婚？现在儿子上大学了，两人还是恩恩爱爱的啊！他们还约了几家人在澄江买了块地，说是等退休后建个庄园一起养老。只有依儿那种痴情傻女，才相信了他编的鬼话。”

凌墨飞淡淡道：“不管怎么说，他也曾是个性情中人，对依儿也曾是真爱，如果没有出现危及他仕途的巡视审查，如果没有政敌举报，如果他一直顺风顺水，他和依儿可以一直相爱到老。以他的智商情商，绝对有能力既瞒过老婆，又把依儿宠成一只幸福快乐的小猫咪。但是，他骨子里最最看重的，终究还是地位和权利。他最爱的人其实是他自己，苦寒出身的他不能失去已经拥有的一切，谁阻挡了他就必须除掉谁。”

韩东亮定定望着他，一脸的忧心忡忡。他忽然站起身来，

“就算你的推演成立，就算白淳就是烟渺，这个情色故事和我们的案件有什么关系？都撤案了，你干吗还在研究他？”问完一连串的问题之后，韩东亮好像有点累，一屁股坐到了沙发上。

“这是我推演的时间模型，精准度 95%。”凌墨飞递给他一张纸，“看完之后，我俩再来谈论这个故事与我们的案件有没有关系。”

2011 年 10 月，白淳得到依儿。

2013 年 1 月，中国民航开展全系统干部作风大审查，由中央巡视组不定期进行督导抽查，欢迎广大群众积极举报，反映问题。

2013 年 9 月，白淳通过内部关系，知晓有人写信举报他生活作风问题，害怕之下发信给依儿说分手。

2013 年 10 月，举报之事暂无风波，白淳终是难以割舍，再度与依儿幽会。临别时依儿告知已怀孕，这消息打破了刚刚建立起的侥幸心理，令他非常不安。

2013 年 11 月，反腐风声鹤唳，举报信增加，纪委领导私下找白淳谈话。他胆战心惊不敢再心存侥幸，制造了“一见钟情”，拿走依儿手机销毁记录，彻底清空摆放在依儿家里的所有私人物品。随后，雇人做掉依儿腹中孩子。

至此，一段婚外情的痕迹彻底抹掉，白淳松了口气。

十八大召开后的两年来，中共中央不断加大反腐力度，有超过 18 万名党员干部被处分，56 名“老虎”落马，《人民日报》称之为“习式反腐”。2014 年 11 月 14 日，《人民日报》推出的《“新设计师”习近平·反腐篇》，习近平用行动证明，不管是谁，只要违反党纪国法，一样严惩不贷。“习式反腐”力度震撼四野。

2018 年，博亚航空集团等五家航空公司，被列入财务审查重点抽查名单，中央巡视组除了各项财务检查之外，还同步进行干部作风、贪污腐败、人情关系网、公款吃喝、请客送礼等等方面的检查，来势汹涌，力度很大。

气势如虹的反腐让徐亚杰如坐针毡，他流露出的担忧、害怕、不坚定，让白淳萌生杀意。

韩东亮缓缓地用手捂住了眼睛，嘴角浮现出一丝酸楚，仿佛他是和什么东西进行了一场吃力而毫无价值的战斗，而现在他正拼命要把这东西消灭掉。他扭头看着凌墨飞，一字一句道："如今大审查已经过关，巡视组已经撤走，他已经万事大吉，你拿不出任何证据裁定他为灭口而杀了徐亚杰，更无法去审判他五年前的出轨。"

"审计能够过关的原因，是因为他早就从高层关系那里听到风声，甚至听到了针对他的不利舆论。他在焦虑和恐慌之后，很快做好了一系列充足的准备。抛弃依儿是准备之一，"凌墨飞特意放缓语速，"杀死她腹中的孩子是准备之二，做假账是准备之三。徐亚杰之死是系列准备之四，实属万不得已的最后一搏。"

看着韩东亮大吃一惊的模样，凌墨飞喝下一大口茶，"你那位闺蜜动辄跟你聊几个小时，有说起过她和白淳之间还有夫妻生活吗？"

"十年前就没有了，分房睡。起初她觉得不对，有疑虑，后来慢慢也就习惯了，多年后自己也渐渐没了欲望。但她从不怀疑白淳有外遇，因为他的体贴顾家从来没变过，没发觉有任何可疑行为，何况白淳的工资卡历来都在她手里。”

“上缴工资卡能说明什么？他那个位置的官员，基本不需要用自己的工资。你看他为依儿在上海市中心买套150平方米的房子，眼睛都不眨。”

“上海？你怎么知道《故事》里的S市是上海？”

“你查来的飞行记录告诉我的，”凌墨飞冷笑道，“白淳不愧是学财务出身，心思缜密，做事滴水不漏。他出轨依儿期间，用的绝对是另外一部非实名手机。那般频繁的飞行约会，肯定每次都找好了无懈可击的出差理由，所以王妍君一年多来没有丝毫觉察。”

韩东亮眉头紧锁，“从法律上讲，现在就算依儿站出来实名举证，也奈何不了他。”

“我浏览完了他博客上的所有文章和诗歌，白淳的内心其实很孤独。他对文学的热爱，对浪漫的向往，对美食美酒的追逐，都找不到知音来应和。王妍君并不是他真正爱的女人，他一直在寻找精神家园，这也是他在博客上，在论坛上如此活跃的原因。功成名就之后，这样的渴望更加迫切。遇上依儿这么优秀的女子，尘封太久的感情闸门轰然打开，他是真的动情了，倾心了，付出了，他下定决心要投入地爱一次。从她对待依儿的态度，给她买房子，买名贵手表，买各种奢侈品，都可以看出来。这位依儿漂亮、知性、有品位，身边肯定不乏追求者。假如没有感受到白淳的真心付出，是不会倾其一生去爱他的，更不会心甘情愿牺牲自己去成全这份爱情。”

“最深爱我的人，却伤害我最深……”韩东亮很悲情地唱道。

“我绝对肯定是白淳雇人杀死了徐亚杰，用的是乌头碱加河豚毒素，就放在 8 月 9 号那天中午的养生汤里。”

“亚瑟是从哪里找来的呢？”

“我给你看几个网站，”凌墨飞点开几个窗口，韩东亮一脸迷惑，因为那些网站全是英文的。“这里既可以招募各种杀手，也有各种杀手等着被招募。亚瑟踊跃应聘的原因，是因为杀人地点在昆明。”

“他迷恋的朱一静在这里，正好可以来找她。”

“亚瑟 6 号抵达昆明，7 号去兰石踩点，那天白淳故意约了徐亚杰和朱一静在兰石吃饭，为的是让亚瑟记住徐亚杰的长相。亚瑟看见了朱一静。”

“所以，亚瑟当晚就迫不及待找了朱一静，警告她远离凶杀现场，免得被误杀。”韩东亮一脸恍然。

“他俩其实见了两面。9 号中午亚瑟完成了任务之后，同朱一静在机场宾馆幽会过，然后才飞离昆明的。”

“这肯定是你找朱一静谈话时看出来的破绽。他千里迢迢来一次，怎么也要跟她多享受一下鱼水之欢，朱一静也求之不得。”

“杀徐亚杰的方法白淳自己想不出来，也不敢亲自下手。这是典型的专业公司做派，”凌墨飞继续道：“为了确保执行万无一失，喝汤的时候白淳在场，看着徐亚杰喝下去之后才借故离开，然后适时打电话把徐亚杰召唤回去开会。”

“有道理，继续。”

“这些年来，白淳在官场积攒下不少人脉，从内部得知这次来势凶猛的廉政风暴不像以往那样走走过场，这回是玩真格的。觊觎他位置的人很多，政敌们随时虎视眈眈。所以他第一个想到要消灭的隐患就是依儿。因为在中国，要搞垮一个干部，往往先从他的私生活入手。不久之后，他又觉察出徐亚杰这个左膀右臂有了动摇和背叛的迹象，只有除掉他才可以消除隐患，一旦查出问题还可以栽赃给他，于是动了杀机。徐亚杰死后，他继续着徐亚杰没有完成的工作，每天弄到深夜。其实做假账的工作徐亚杰早在一年前就开始了，这是夏若兰传递给我的信息。”

韩东亮眉头深锁，“白淳手上有两条人命，徐亚杰的，那个孩子的。但是我们拿他毫无办法，公检法也拿他毫无办法，因为推理不可以成为证据。即便那个依儿站出来举报，事情都过去五年了，她的举证也不能成立。”

“我怀疑这个依儿，很可能是我认识的一个人……”这个念头在凌墨飞脑中盘旋很多日子了，他极不情愿去证实它的真实性。

“谁？”

房间里一片沉默。

“王妍君怎么办……”韩东亮忽然自言自语，“收了人家那么一笔钱，应该对她有所作为……”

凌墨飞奇怪地看着他。

“老凌，我太了解你了，你把自己与世隔绝五天，绝不会就此罢手。我只是希望……能保全王妍君下半生的安稳生活。”

凌墨飞脸上不是他熟悉的表情，不是那种放松的肌肉、悠然的嘴唇和目空一切的傲慢。他面孔上的线条紧绷，使他有一股特别的纯净，分明的轮廓看上去利落而年轻。他的嘴唇紧闭，微微向里收拢，线条看得更加清晰。只有他的眼睛是模糊的，下眼皮肿胀了起来，眼神中流露着愤恨和痛苦。

“王妍君最容易攻破的点是什么？”

“外遇！她宁可容忍犯罪也绝不会容忍外遇！”

凌墨飞将一摞打印好的《故事》递给韩东亮，“这个故事对你的闺蜜而言，是绝对致命的打击，她肯定会崩溃。但最终的结果，是对她的救赎。”

第二十一章

清晨，凌墨飞带着严重宿醉醒来。感觉好像有根铁丝贯穿了他的脑袋，从左耳到右耳。那根铁丝烧得烫红，还有人不断在拨动。他喝了杯浓咖啡，感觉好了一点，不过也只有一点而已。

脑海里纠缠的碎片翻腾了十几秒钟，昨天大醉之前的画面才逐渐清晰起来。

…………

昨日，晚餐，就他与黄医生二人。

听完他的想法，黄医生眼睛瞪得有铜铃大，没有回答，没有声音，没有动静。黄医生呆愣着，脸上的惊诧像是被炸弹突然的爆炸所引起的，他盯着凌墨飞看，像在看个玩点燃的导火索的人。

“我是经过深思熟虑的，”凌墨飞一脸自信，“河豚毒素可以把消失十年的记忆激活，就一定可以把尘封十年的技能激活，我有百分之九十五的把握。”

“不行不行！坚决不行！”黄医生一只手将蓬乱的头发揉搓得愈发蓬乱。

“只有在你的帮助下，我才有机会能够像自己希望的那样。”

“万一撞上那不可预知的5%呢？不能冒这个险！”

“所以才要在你的监护下进行啊，一旦情形有变，你马上实施抢救。”

“你说得倒轻巧，知不知道河豚中毒的死亡率是55%？”

“第一，小剂量河豚毒素不会中毒；第二，即便中毒，我们还有45%的胜算。这样的概率绝对值得一搏。我会事先写下情况声明，万一出事你不承担任何责任。”

“绝不冒这‘万一’的险！”黄医生一脸决绝。

凌墨飞下楼拿来一瓶麦卡伦，这是黄医生的大爱。“别急别急，你听我讲完所有的故事，再做决定。”

待故事讲完，两人也喝完了整整一瓶麦卡伦！

之后的事什么都不知道，包括他怎么回的家。

单一麦芽的醉和高粱酒、玉米酒的醉不一样，起初毫无醉意，却在毫无知觉时，瞬间被它拉入沉沉的黑夜。但是醒来之后不会伴随头痛、反胃、浑身瘫软等症状，浑身像历经过一场细胞分裂，有全新的复活感，醉酒之前的所有思维无比清晰。这也是他钟爱单一麦芽的原因之一。

凌墨飞起床，咕噜咕噜喝下一大杯茶水，洗澡，刮胡子，吹干头发，去冰箱里拿出黄油涂抹在面包上，又在两片面包之间夹上一片西式火腿和一片奶酪。不论起床多晚，他都要吃早餐，若这顿早餐不吃，午餐就不会有胃口。

他一边吃面包一边拿出个双肩包，将一套薄款纯棉睡衣装进去，把洗漱用具装进去，想了想又塞进一本书。

拨通韩东亮电话，“老亮，你现在来接我，我俩去兰石吃个午餐，然后送我去医院。”

“兰石？医院？”听见韩东亮在嘟囔，但马上开车出门了。对凌墨飞这位大神他早已习惯不刨根问底，因为他的每个决定最终都令他心服口服。

并不塞车，他俩很快就到了翠湖边，韩东亮轻车熟路把车子停在距离兰石最近的一个巷子，两人走着过去。

韩东亮说：“我敢打赌，因为徐亚杰，白淳今后再也不会来兰石吃饭了。”

远远看见兰石那个院落了，凌墨飞忽然觉得哪个地方不对劲，但又说不出来具体哪里不对劲。等走到跟前，他终于知道什么不对了。大门紧紧关闭着，原先门口石墙上那块写着“兰石私家厨房”的牌子不见了，取而代之的是一张房屋招租广告。

照着广告上的电话号码打过去，是一家房屋中介公司，地点就在这条街上。他说想看看房子，中介公司说 5 分钟之内过来开门。

大门打开，之前的水景、假山、造景、石臼统统不见了，连竹子和兰花都不见了，仅仅就只是一座空院子，仿佛它从来就是这个样子。原先作为迎宾兼总台的地方张着一个空洞的大口，里面空空如也。

走上楼梯，原先的一个个包间还在，但里面没有了桌椅，墙上的字画不见了，造型独特的灯具统统换成了简单的白炽灯，让人怀疑之前那一切不过是自己的幻觉。

“这里之前是做什么用的？”凌墨飞故意问。

“是一家高级餐厅，签了三年合同，据说生意很好哦，不晓得为啥子只开了不到一年就搬走了。”中介公司来的是一个三十出头的四川女人，说话快得像打机关枪。

“什么时候搬走的？”

“两个礼拜不到。”

十天前他刚刚从上海回来，还来这里找过韩潇潇。之后与夏若兰一直都有微信联系，怎么没听她说要撤走昆明兰石？

凌墨飞自嘲地笑了笑，这是人家的生意，凭什么要对我汇报呢？

“你刚才说，他们签了三年合同？”

“是噻，因为提前退租，他们押了半年房租，假如我们不能马上找到新租户就作为违约金。其实呢这里的房子不愁租，他们的违约金也不会损失。再说啦，他们当时租金便宜，现在房租涨了一倍，还是我们赚，我们也不想为难他们。”

“他们有没有说为什么要提前退租？”

四川女人奇怪地看着凌墨飞，“我说你是来租房子呢还是打探消息呢？怎么老问人家这啊那的？”

“呵呵，妹子你不要误会啊。我也想租了搞餐饮嘛，想了解一下是什么原因让他们做不下去。”

四川女人笑了起来，“是这样啊？莫得事莫得事！他们生意很好哦，客人都是高端大气上档次的，不会是因为生意不好退租。估计是因为其他方面的问题吧，反正就说要退租了，愿意承担违约赔偿，押金我们什么时候租出去什么时候退赔给他们，爽快得很。”

“是不是一个哑巴来办理的手续？”

“哑巴？没见过啥子哑巴啊，是一个瘦瘦高高的上海男人，戴副眼镜。”

凌墨飞与韩东亮对望了一眼，两人装模作样四处看看，问问价格，留了四川女人的电话，离开了那里。

“我知道翠湖边有一家西餐不错，我们走着过去。”韩东亮边说边迈开大步。

“我们回博剋堂！”凌墨飞一把将他拽回来。

此刻正是昆明的午间高峰，韩东亮边开车边对前边乱插队的车子骂骂咧咧。一路上凌墨飞都没说话，心情非常不好，一层迷雾堵在胸口挥之不去。兰石的突然关门让他的心被掏了一个洞，这个洞漏着风，暂时无法找到东西来填补。他急着回博剋堂，他要给夏若兰发微信问个究竟。

接了个顺丰快递电话说有个包裹，会不会是夏若兰寄来的材料?

“照这种蜗牛速度，我俩开到博剋堂，和在翠湖边吃了饭再回去的时间差不多。”车子一点一点朝前挪，比走路都慢，韩东亮的口吻有些埋怨。

凌墨飞拍了拍他肩膀，没说什么。这个老同学虽然嘴不饶人，但性格非常随和，尤其对他是百般迁就。抛开那段生死之交不说，单性格脾气他俩都知根知底，他在这座城市里没有比韩东亮更亲密的朋友了。

终于回到博剋堂，韩东亮一进门就嚷嚷着喊潘宇弄东西来吃，凌墨飞则迫不及待去吧台找到那个包裹。

不是夏若兰，是景迈山一个茶农朋友寄来的样品。他暗暗自嘲：她凭什么给你寄包裹?

午餐上桌，凌墨飞建议开瓶百富来喝。

“中午喝酒……老凌你这是唱的哪一出？”韩东亮眼珠一转，“莫非，是庆祝我们结案？”

凌墨飞白了他一眼。

韩东亮嘿嘿一笑，“兰石关张了，你也没什么念想了。这件事虽然从法律和道义的角度看是缺失的，但从程序上说我们结案了，是该庆祝一下。”

“喝酒为我送行，下午我要去住院。”

“住院？！你身体比豹子都强壮，住哪门子的院？”

凌墨飞取过两个杯子，分别倒了两盎司，“吃完饭你送我去医院，黄医生要给我做个医学实验。”

“医学实验？”韩东亮瞪着他。

“哈哈，就是体检而已。”凌墨飞不想让老同学担心，撒了个谎，“王妍君那边什么反应？”

韩东亮抿了一口酒，“我想了想还是不能把依儿的事告诉她，对她打击太大。毕竟人家待咱们不薄，20 万定金也没退。”

“你如果真为她着想，真为她好，就必须全部告诉她，越早越好！”

韩东亮一脸不情愿，“不是已经结案了吗？”

“你认为结案了？”凌墨飞一脸冷酷，“在我这里，它结不了案。”

韩东亮简直不敢相信凌墨飞的眼里竟然出现那么剧烈的一缕光，这目光说明他绝不是信口雌黄，而是要说干就干。

“但……一切都只是我们的推理，没有证据啊！”

“一个人只要做了的事，就一定有痕迹。只要有人想找，就一定有证据。”

“你……你想出了什么高招？”

凌墨飞没答话，低头给夏若兰发微信：今日去兰石吃饭，怎么关门了？

喝干第三杯酒时，韩东亮忽然一拍桌子，“一个善良、柔弱、退了休的女人，一旦白淳真被你掀翻，她就一无所有了。没有了家，没有了钱，甚至连现在住的房子都保不住，后半生连生活保障都成问题……不行不行，我必须告诉她提早做准备。”

“男闺蜜就是男闺蜜。”凌墨飞哼了一声。

韩东亮一仰脖子喝干一杯，“白淳从精神到肉体都背叛了她，她凭什么还要待在他这条破船上！”拿出手机开始发微信。

凌墨飞第三次翻看手机，依然没有夏若兰的回复。

他下楼把潘宇叫到外面露台上，低声叮嘱：“我从今天下午开始要出差一段时间，这里全权交给你，不要给我打电话。如果真有特别特别要紧的事，非找我不可，打另外那个手机号。”

潘宇有些诧异，自己这位老板以往也经常出差，但从未如此叮嘱过他，更从未不准他打电话。但他没说什么，点点头，将满心疑虑吞进肚子里。

他没想到的是，再次见到老板，居然是十天以后。

第二十二章

凌墨飞时隔十天再次出现在博剋堂大门口时，新招聘来的茶艺师小菊正在泡茶，黄医生边喝茶边低头看着手机。韩东亮一本正经地在发表点评，小女孩一脸认真地频频点头。韩东亮总能在一切场合，在一切非专业领域，表现得比专业人士还专业，比如：聊 F1 方程式，侃世界杯，评价欧冠、意甲、西甲、德甲，点评各类美食，讨论日餐烹饪方法，论证咖啡文化……他就有这个本事，一通神侃能把做这个行当的人都当场唬住。

潘宇叫了一声凌哥，所有人齐刷刷望向门口的凌墨飞，像在看一个外星人。

他面无表情走进来，大咧咧朝椅子上一坐，先看向潘宇，“你小子不错啊，一次骚扰电话都没打给我，最近的生意是什么情况？”

潘宇也不答话，将一张报表递过来。

凌墨飞快速看完，不易觉察地点点头，递回给他。扭过头看着黄医生和韩东亮，“请二位上楼，听我汇报工作。”

阳光满满洒在三楼的每个角落，从落地窗看出去是清澈粼粼的湖面，几只小船在湖面上荡漾，初冬的天空万里无云，一片湛蓝宛若仙境。

一壶黄澄透亮的茶已经泡好，凌墨飞分别给他俩面前的茶盏斟满，自己端起茶盏一口饮尽，美美地咂咂嘴，再次将沸水注入紫砂壶，又冲出一泡茶汤。

“我成功地侵入了白淳的电脑。”这没头没脑的开场白让黄医生和韩东亮一愣。二人对望一眼，随后一起看着他，谁都不说话。

凌墨飞叹了口气，“网络技术是一项划时代的革命，不但彻底颠覆农耕文明的序列，彻底颠覆人与人之间的连接，地区与地区之间的连接，国与国之间的连接，还将世界变成一个大村落。表面上看起来，现代人更独立更自由更洒脱了，其实，他们被一个叫作大数据的魔鬼牢牢掌控了，隔着一个小小的电脑屏幕，你的一举一动，一言一行，你的经济往来，人情社交，癖好偏爱，都被悉数掌握。你自以为私密的电脑，自以为从不离身的手机，里面的文档、资料、图片、视频，只需一个黑客，就可以被轻易获悉。”

“你失踪十天，去当黑客了？”终于还是韩东亮沉不住气。

凌墨飞点了点头，又给他俩斟满茶。“虽然白淳的电脑设置了高级别的防火墙，但凌某人还是成功侵入了他的世界。”

“这就是你逼迫黄医生给你注射河豚毒素的动机……”韩东亮一字一句说。

“当我的现实技能无能为力的时候，只好借助于潜能，黄医生用实验证明我的潜能是无穷无尽的。”

凌墨飞永远不会告诉他俩，自己所谓的潜能，其实来自那八年的魔鬼训练。

八年严苛而残酷的千锤百炼，他获得的是不可思议的肢体防御能力，超于常人的体能状态，黑客级别的网络攻击技法，电光石火的集中思辨能力。

还有太多不知道的细节，比如他们如何通过梦境来达到控制自己大脑的目的。相比电影《盗梦空间》中充满绅士风度的意识改造手段，MKULTRA 的做法相对野蛮——他们同样会让你做梦，但同时还会通过药剂、环境、微生物等媒介进行定向刺激实验，通过定制梦境来激发人体机能的潜力，甚至可以修改或者创造记忆。还使用了一个名为美杜莎的梦境控制器，通过探针来改造皮层，灌输绝对的意志。

当他决意要退出 MKULTRA 组织时，他们再次通过药剂、微生物、梦境等媒介，抹除和修改了他的记忆。

10 天前。

他恳求黄医生在最最严格和完善的医疗保障环境下，给他注射小剂量河豚毒素。

因为夏若兰的一道星点东方鲀，居然将那段被抹去的记忆瞬间激活，那8年的零星片段也在脑海中若隐若现。虽然恢复的部分只是冰山一角，凌墨飞却坚信可以一点一点扩大记忆的体积。

他凝神屏气，心无旁骛，将全部意念力都集中在网络攻击技能上，在黄医生的密切监护下接受了注射，躺在抢救室床上进入休眠状态。

休眠十二小时后，他安然无恙地醒来。黄医生站在面前仔细观察着他，仿佛在那段不知多久的时间里一直在看着他。

凌墨飞不知道这一觉睡了十二小时，他像是被猛然带到了另外一个世界的意识当中，然后又猛地回到了他自己的意识里。从昏睡中苏醒之后，他对自己的大脑极有感觉，但身体的其他部位却轻飘飘的，仿佛躺在一个充满阳光的笼子里，彻底放松地在空气中飘浮，留在意识里的是现实里从未感受过的无与伦比的自由。他默默对自己说：毒素果然激活了那个危险的秘密。

他无法对任何人进行描述，大脑在刚刚经历的十二个小时里如何疯狂驰骋，如何一发不可收。

他迅速收拾物品出院，迅速回到家，隔绝与外界的一切联系，把自己关了起来。

十天的与世隔绝，他白天睡觉，晚上守在两部电脑和一堆器材前。在书桌台灯的圆晕之外，房间内的黑暗和外面的夜色紧紧交融。书桌以及上面堆放的东西，仿佛一叶小舟在半空中飘荡，把他禁锢在一块无人打扰的地方。时空如此旷寂，思想可以随意来去，可以四处荡漾。他并不是被莫名的力量盲目地拉进一片未知之中，他体验到的是最美好的一种存在感：那些被遗忘的、八年魔鬼训练成就的技能，又重新回来了。

当他终于从电脑边站起身时，发现身体的感觉如同在矿井里干了漫长一年的累活儿，手脚瘫软，纯棉运动衫被汗水浸得软耷耷的，满脸长满了胡子，眼眶深陷。他的脑子和心里都空空如也，除了两者残留的唯一感觉：庆祝他要求自己所取得的最大胜利——成功侵入了白淳的电脑。

这里记载着白淳的另外一个世界，他看得无比仔细，没放过一点蛛丝马迹，结果看到了一个令他大吃一惊的人。

在凌墨飞心目中，白淳的形象非常可憎，但又有抵挡不住的诱惑力。他是个彻头彻尾的干连，一个为达目的不择手段的钻营者，但与此同时又气质舒朗，光彩夺目，情意绵绵。他高大英俊，情趣高雅，智商情商皆高于常人，上下通达左右逢源。同时，又是一个欲壑难填的贪官，心狠手辣的凶手。

在浏览过电脑后，白淳，是一个他想重新评估的人。

五年前，反腐气势如虹，网络实名制监管日益严苛，他的博客、论坛都从那时起停止了更新。

这部电脑里，有他的工作笔记和会议纪要，他的发言稿，他的收藏夹，他建立的各种文档，他经常浏览的网页，他的邮箱，他注册过的社交网站等等。最意外的是，他居然保存着从大学到工作以来写过的海量的诗歌和散文，文艺青年的梦始终没褪色。

他心思缜密，又多少带点强迫症，因为对文字那种近乎偏执的热爱，事无巨细都喜欢记录下来。最近的一则备忘录：

礼拜一，二大伯外甥女到学校报到，安排人接。总部李处长抵昆，安排晚餐。

礼拜二，秦书记参会，发言必须先谈三号议题！在发言结尾还要再次强调。

礼拜三，赵总生日，安排送礼。为鹏鹏联系实习单位。

礼拜四，到财政厅开会。为孙安排体检。探望王。

礼拜五，例会快结束时提议杨的任命，王副来不及反对。约孙晚餐。

礼拜六，游泳，约赵打牌。

礼拜日，游泳，起草经济分析报告。

假如能够与依儿进行对话，哪怕只有短短几分钟时间，凌墨飞第一句肯定是问：你真正了解白淳吗？

当你初认识一个人时，会从他的相貌、言行渐渐深入他的内心，然后用语言给以归纳：英俊、潇洒、真诚、慷慨、无私……可是，所有这些都是他与其他人分有的共性，属于他独有的那种真相，你能直观却永远无法表述，但这并不妨碍你与他继续交往下去，继续探寻真相。正是这种探寻的渴望奠定了友谊或爱情的基础。人们认识一个朋友或爱人，常常到死都不能完全真正了解他，反倒是当人们自以为完全真正了解了对方的时候，友谊和爱情便中止了。

一棵苍郁繁茂的大树，长成之前经历过多少挫折、扭曲和死去活来，很少有人知晓。

依儿见到的、爱上的白淳，是已经拨开迷雾、走出泥沼、脱胎换骨、凤凰涅槃之后的白淳，是粉饰过的白淳。他已经让所有人忘记了他的寒苦出身，他的奋斗血泪史，他煞费心机的进阶手段。他呈现在世人面前的，呈现给依儿的，是温文尔雅，博学多才，爱好广泛，情趣高雅，用情至深。

文字是带着密码的，一个人在用文字表达自己的时候，会流露甚至泄露潜意识里很多东西，也会将自己的出身、学识、品位、价值观流露出来。

他出生于寒苦山区，毕业后通过王妍君父亲的关系留在省城，进入博亚航空集团。白淳业务能力很强，大学时期就是学霸，工作后始终没中断过学习，电脑里存着他在各种专业进修班、财务研习班的结业照，属于典型的业务干部。二十年卧薪尝胆的个人奋斗，他一步步获得升迁，从主任科员到科长，到财务总监，最终坐上副董事长兼总经理宝座，收入、平台、品位、格调，完全摆脱了农民子弟的痕迹。

在努力做好本职工作之余，他非常用心地经营人际关系网。在他的备忘录里，记录着各级领导的生日，包括他们家属、孩子的生日和家庭重要纪念日，当年他靠这些关系网向上攀爬，如今靠这关系网维持平衡。刚刚有举报信，关系网中就有人提前通风报信告知了他。民航系统财务大检查的消息，中央巡视组要来的日期，他也提前得知了。即便徐亚杰不愿意配合他修改账目、做假账，白淳凭借自己的业务能力也可以独自完成。王妍君不是说他整天把自己关在书房里吗？在徐亚杰死后，白淳先是销毁了徐亚杰电脑里所有资料，然后自己一手完成了所有账目的篡改、补充、新做。之后，顺利通过了审计署和巡视组的审查。

白淳有强烈的家乡情结，对出生地念念不忘，对老乡充满感情，每逢春节都安排人送很多年货下去，亲戚邻里家有红白喜事一定寄钱回去。但凡有家乡人来昆明，一律是他安排食宿。他有很大一部分时间、精力和钱财，都用于年复一年替家乡人的各种安排上，比如就医、上学、就业、做小本生意等。这些琐事，他都用诗的形式记录下来，非常享受，非常有成就感。

曾经嫌弃甚至鄙视过他的岳父一家，在他蒸蒸日上的这些年，家道中落一年不如一年。生意上的事、仕途上的事、人情往来的事，大姨子、小姨子、小舅子开始频繁来求助于他，央求他帮打通关系。他没有记恨这家人的过往，对他们慷慨相助，鼎力扶持。这些事都记录在了他的诗歌里。

白淳母亲在生最小那个妹妹时难产去世，父亲一怒之下把妹妹送了人，这在白淳心底留下深重的阴影，很多年以来一直耿耿于怀，每次母亲忌日写诗怀念时，都提及这个妹妹。五年前，他费尽周折终于找到了这个妹妹，替她的孩子在昆明安排了工作，又费尽周折让父亲与妹妹言和，这才了却一桩心病，写诗抒发了无比释然的心境。

白淳喜欢热闹，热衷于在博亚航空集团营造大家庭氛围，他就是那个家长。他电脑里有个备忘录专门记录着下级骨干的生日，会准时安排蛋糕店送去生日蛋糕。逢年过节他组织大家郊游、聚餐、游园活动，还组织大家去看新电影、看画展。难怪朱一静说他在博亚航空口碑极好，如鱼得水，不论领导还是员工都对他交口称赞，大家都千方百计想博取这位前途无量的上司的青睐。

谁会不喜欢这样一个人呢?

电脑里存有白淳很多的工作照、旅游照，他的确长着一张迷人的明星脸，身材颀长，瘦劲有型，有一头浓密而微微带卷的头发，浓眉宽额，眼睛细长，笑起来嘴角翘起个很迷人的弧度。他喜欢摄影，会弹吉他、拉二胡、吹口琴，每年的职工联欢晚会都登台表演。

他早期的诗歌很灰色低沉，近 10 年来的诗歌风格大变，吟诵春花秋月，陶醉山河美景，看得出对现状是非常得意的：事业有成，仕途光明，家庭和睦，儿子成器，人际关系良好。但他的诗歌中，总不经意流露着一份失落的情愫，那是情感世界的缺失，精神诉求的落空。他没有真正的朋友和知音，他没有经历过真正的爱情。大学时期写的诗，工作以后写的诗，都没有爱情的影子。爱情一直缺席，他渴望刻骨铭心的爱情。

前半生都致力于事业打拼，现在他最需要的，是满足精神境界的诉求。

恰在这时，罗曼尼论坛为他打开了一扇窗户，这是一个崭新而刺激的新世界，他用“雨如烟”的网名，活跃在论坛上，每日发帖、浏览、点评，乐此不疲。他把经营社交关系的手法如法炮制到这里，为论坛提供赞助，给坛主赠送礼物，这些事只需动用他手中一点点特权就可以办到。很快，他成为论坛版主，成为论坛的红人，拥有了另外一种话语权，圈粉无数。

初涉仕途时，他为直言不讳、坚持原则、公正廉洁而付出过惨重代价。二十多年的体制生涯里，他被打磨得小心谨慎，三缄其口，察言观色，工于心计，步步为营，除了工作拼命之外，他耗重金花血本经营关系，才抵达了现在的高位。网络这片亦真亦假的天地，忽然释放了他压抑太久的人性。在这里，他可以嬉笑怒骂，可以指点江山，可以装疯卖傻，可以同千百名粉丝互动，这样的体验给予他无比自由、无比宽敞的空间享受。网络这片虚拟的世界，以某种特有的方式，将之前二十年的苦行僧缺憾弥补了回来。

论坛的氛围令他如痴如醉，乐此不疲，工作之余的所有精力都投入在这里。五年前的历史记录，显示白淳每天有四五个小时泡在罗曼尼论坛上。

依儿作为罗曼尼论坛的资深版主，第一时间吸引了他的注意。她写的那些文章令他欣赏不已，崇拜不已，每个帖他都评论且转发，还下载到电脑里收藏。他身边从来没有出现过这样的女性，他是真心仰慕她，由衷欣赏她。见到有攻击她的言论立刻挺身而出，英雄救美。

论坛在上海开红酒品鉴会时，恰逢博亚航空集团召开经济工作会议。为了能见到依儿，他不顾一切订了联程机票，下午飞沪次日一早返昆。那天晚上依儿崴了脚，他彻夜在医院陪伴，凌晨送依儿回家后直奔机场，赶回昆明参加经济工作会议。

遇见依儿是他生命历程的新纪元，是上天为他干涸已久的爱情荒野洒下的如饴甘露。他的世界霎时打开了一扇窗，他是千真万确动了真心，也是千真万确堕入了爱河。他如痴如醉沉湎在爱情里，胸中澎湃着赴汤蹈火的激情。他假借出差之名频繁地千里幽会，他买了房，筑了爱巢，梦寐以求与依儿相伴终生，认真打算退休后与这个女人共度余生。

聪慧的心灵是有感知力的，以依儿的学识和心性，若未能感受到白淳的倾心真爱，是不可能相信他关于婚姻已实际死亡的表白，不可能爱上这个已婚之人，更不可能相信他的海誓山盟。

那个时候的白淳，被爱情冲昏了头脑，爱得太过轰轰烈烈，爱得太过张扬无忌，开始有风言风语在传播，被有心之人捕捉到了蛛丝马迹，写在举报信里。在得知有举报信时，他同时知晓中央巡视组即将到来，来势凶猛不同以往。

当年为了能够步步升迁他花费了重金血本，在担任财务总监期间他就开始做手脚捞金，做到副董事长兼总经理位置后他并不清廉。如今这样级别的廉政风暴对于心中有鬼的他，宛若灭顶之灾。爱情的火焰霎时被恐惧浇灭，他面临前所未有的压力，不敢心存任何一丝侥幸。要想平安度过这一劫，必须痛下杀手了结干净。

白淳对诗歌的热爱从大学时代一直沿袭至今，始终没中断过写诗，身边发生的各种琐事，心里萌发的任何感慨，他的理想、奋斗和对未来的憧憬，他对家乡的关注，对儿子的爱，都源源不断用诗歌记录下来。

以他的浪漫多情，热恋期间一定诞生过很多诗歌美文。但遍寻所有，都没有发现与依儿有关的只言片语。

只有一种解释：他删除了。

殚精竭虑设计那个“一见钟情”的圈套，又灭绝人性做掉胎儿，为的就是消灭一切痕迹与证据。心思缜密的他怎么可能冒险在电脑里存留诗稿。

在白淳的电脑世界里遨游得越久，凌墨飞对这个男人愈发熟悉起来。以他的浪漫的心性，以他追求完美的性格，不会把某些东西删除得一干二净。

果然，在一个塞满工作档案的文件夹里，找到了三首诗。

虚无

虚无的梦境早已分离
如茵的芳菲已然破碎
打碎迤逦的秋心
这叆叇的天啊
如何聆听泠泠的衷情

一览无余

真理似乎懈怠无疑
缠绵早已喧嚣难抑
脑里骚动难免的蛔虫囚禁了言语
因为是你
所到之处一览无遗

没有你的世界

雕刻时光的，终也被时光带走
剩下一具空壳游荡在灯红酒绿的码头

滴血的手指微微颤抖
但愿一切都是幻影

我不是迷途，我只是孤独
这样的孤独，在一亿光年以外
请告诉天边的你，我乘白鹤去了
你我相遇的雨季并未虚度
记忆中的花朵，是你遗留的话语
在没有你的世界，继续爱你

这些诗的创作时间，恰是抛弃依儿的那段日子。

那是一段他生命最最黑暗的岁月，灵魂被孤独撕咬，被罪恶感审判，也被往昔的爱情回忆所折磨。他无比深爱的灵魂伴侣，他憧憬向往的与子偕老，被无情的现实彻底碾碎。对前程与仕途的贪恋，让他最终必须回到孤独无情。

有几个文件夹，是他专门用来收集博客和论坛文章的，所有他认为精彩的、有价值的文章，都被下载或复制粘贴了下来。最近五年来，他没发表过任何一篇博客和论坛文章，但却一直没有停止过下载与收藏。凌墨飞在读一期一期的收藏文章时，看见一些没头没脑的短句。读这些文字和句子时，心似乎被什么牵动，有种似曾相识的感觉。

他苦思冥想，忽然灵光一闪，将文章中的句子、关键词逐一输入百度，搜索引擎居然指引着他看见一个意想不到的发现！

…………

“老凌，这些细节回头慢慢说，我问你，攻入他电脑发现造假账的证据没有？”韩东亮不耐烦地打断了凌墨飞的讲述。

“他那般心思缜密做事严谨的人，怎么会把假账留在电脑里。”凌墨飞喝下一口茶润润干涩的喉咙，“不仅如此，连徐亚杰的电脑都被他彻底清理过。我也侵入了徐亚杰电脑，文件用 360 进行了彻底粉碎，无法复原。”

“那说到底，你还是拿他没办法。”

“我若那么无能，你还会一遇到棘手案子就来求我入伙吗？”凌墨飞斜着眼睛看他。

“好吧，你牛！赶快说！”

“我在他电脑里安装了木马，”凌墨飞眼睛眯缝着，“今天是礼拜五，我的小木马将在礼拜一开始行动。”

韩东亮与黄医生面面相觑，他正待开口再问点什么，凌墨飞忽一摆手，“火速帮我订张今天飞上海的机票。”

“今天？”

“对，今天！”

第二十三章

看一个人的电脑、手机，足够了解一个人了，不是人际交往间的那种了解，不是职场官场的那种了解，也不是爱情友情里的了解。那是一种剥去外壳、深入骨髓、纯粹人性层面上的了解。

善与恶原本并不存在，善恶对任何一方都没有独立存在的可能，它们相辅相成谁也离不开谁。每种道德都是对人类自然天性的一种强制，但谁也说不清人类的哪种天性应该被强制，哪种天性不应该被强制，这种疑惑构成了人类在道德评判上永恒的矛盾与冲突，人类的道德困境也由此而产生。

白淳并非天生十恶不赦，也并非骨子里天然充满邪恶。他曾经是善良的，纯情的，他对父母兄弟姐妹的爱，对家乡父老的爱，对儿子的爱，都是发自肺腑的。他对依儿的爱，起初也是至真至纯的。

他电脑里藏着这样一段无头无尾的文字：

爱是男人对自我最高价值的回应，爱情这种行为促使一个男人裸露他的灵魂和躯体，接受他真实的自我作为他的价值标准。他总是会迷恋于可以让他看到最真切的自己的女人，这样的女人对他的依顺能够令他体会、意会到一种自尊的感受。对自己的价值抱有骄傲的肯定的男人，会想着去努力得到最极致的女人，是那种他所倾慕的，最优秀、最极致的女人，因为只有拥有这样的绝代女子，才能给他成就感。

凌墨飞忽然想起那句经典的话：所有的罪恶都始于清白。

他按时间顺序将白淳的人生重新做了排列，这句话属于现在，那个曾经清白的灵魂属于偏远的大山深处。

到机场的一路上，给夏若兰发了三次微信，都没收到回复，这突如其来的冷漠是因为对他的失望吗？

待见了面，听他讲完一切，她一定会为曾经误解了他而满心歉疚，会为他所做的一切满心释然。

这么想着，凌墨飞不禁有点儿小得意。

候机的时候，他还是决定给她打个电话，不打招呼就登门造访总是不太礼貌。

“您拨打的电话已停机。”

什么?

凌墨飞不敢相信自己的耳朵，又拨打一遍，那个单调却不容置疑的声音再次告知已停机。

停机……停机……不是关机，是停机!什么情况?出了什么事?什么状况下会停机?

起飞时间尚早，他在候机室里躁动地走来走去，不停地看手表。

现在是下午时分，懒洋洋的太阳透射在候机室的玻璃上，那玻璃反射着冷冷光芒的样子，仿佛是人类的勇气被冻僵后的形状。他奇怪阳光居然也会令人感觉到冰冷，手中的登机牌被揉成了一团，他的目光毫无焦距，眼前只有一片白花花的光。

广播里通知登机了，才恍然惊觉双脚已站得发麻。他朝着登机口走去，用力甩了甩脑袋，万千个念头在脑海中飞闪而过。

下午五点，眼看着太阳就要被上海特有的灰沉乌云遮盖住时，凌墨飞已经坐在从虹桥机场驶往“兰石”的出租车上。司机操一口上海普通话跟他絮絮叨叨，他懒得接茬。以往乘飞机不论时间长短他都可以睡一觉，但今日两个半小时的飞行却没有丝毫睡意。两次上海之行的每个细节在脑海里逐一闪回，他真希望飞机变成火箭。

车子驶入衡山路时，竟觉得心跳骤然加快了半拍。再有一个路口就到东平路，距离“兰石”只有几分钟路程了。他忽然叫司机靠边停车，剩下这几百米他想步行着过去。

英伦风小洋房映入眼帘，折线形屋檐上的金叶依旧，坡度陡峭的屋面承接着落日的光芒，南立面底层券廊上的大平台上，隐约看见几桌正在喝咖啡的客人。凌墨飞吁了口气。一切都和原来一样，砖红色外墙在夕阳的光晕散发着熠熠清辉，石墙上那个写着“兰石私家厨房”的方形铜门牌依然挂在那里。

走进巨大的橡木实木门，一个穿旗袍的迎宾笑吟吟走过来，“请问先生有预订吗？”

“呃……没有预订。”

“请问先生是几个人，想在一楼呢还是二楼包房？”

“我……我找你们夏总。”

“夏总？”迎宾小姐皱起好看的眉毛，“我们这里没有夏总。”

“就是你们老板娘啊，夏若兰。”

“我们老板……是男的。”

心霎时沉入湖底，有种喘不过气来的窒息感。他尽量让自己和颜悦色，“美女，能麻烦你带我去见见你们老板吗？我是……我是兰石的老顾客。”

迎宾踯躅了几秒钟，说声稍等便转身离去，抛下他独自一人站在敞阔的门廊里。

他左右环顾，花岗岩地板，水晶吊灯，柚木墙板之间以金色铜条镶嵌，杉木镂空隔断，半矮柜上布置着雅致的盆景，中式风格当中混搭着欧式元素，装修、摆设、墙上的挂画，一切都与他前两次来时看到的一样。但隐约间似乎有什么感觉不太一样，一时间说不出这种不一样的感觉是什么。

“这位先生，我们肖总来了。”迎宾来到身边，顺手一指，一个身穿藏青色西装，中等身材微微发福的男人朝他走过来，脸上是一团和气的笑容。

“欢迎您到兰石用餐，我姓肖，有什么需要我做的吗？”

“不好意思，打扰了！”凌墨飞接住他伸过来的手，那手掌厚实而温暖，“以前我经常到兰石吃饭，特别喜欢你们的秘品牛排，每次都是夏总亲自替我安排。”

“哦，是这样，”肖总依然笑得一团和气，“你说的那位夏总出国定居了，现在兰石是我在经营，厨师还是原班人马，你一如既往可以吃到以前喜欢的口味。”

他感觉到嘴巴在抽搐，如同一记耳光不让他顺着原来的思路继续想。

“出国定居？”凌墨飞的声音依旧保持着刻意的从容，但这种从容已经是在破裂的玻璃物体上绷紧的一块布，时而可以看见锋利的边缘从上面穿过，“什么时候的事？我们上两周还……还有联系。”这句话等于在肖总面前暴露出他与夏若兰其实没那么熟，否则不会不知道这么重大的变故。

“具体时间我也不知道，餐厅转让手续是她的助理跟我办理的，我只见过她两次面。”

转让手续？转让？这么说“兰石私家厨房”已经不属于夏若兰了！

肖总气定神闲的表情，经过他面前的服务员毕恭毕敬的态度，肯定了他的猜想。

“先生今天是几个人用餐？自己点菜还是我给您推荐？”

哪里还有心思坐下吃饭！他恍惚身处超离现实的另一座空间里，冰冷的寒意向他的小腹蔓延下去。

不论情理上还是面子上，他此刻都不能转身离去，硬着头皮被迎宾带到大堂角落的一个小餐桌就座，就像一个没有屏蔽的开阔地，迎接着所有吹来的风，而最终的结果完全依赖偶然。

服务员用一个青花瓷杯给他倒了一杯茶，把菜单摆在桌上。随手翻开，菜谱不再是象牙东巴纸上书写的娟娟小楷，换成了富丽堂皇的硬质过塑本，一幅幅富丽堂皇的菜肴照片，底下配着黑色电脑字体的菜名和价格，典型的高大上餐厅菜谱，流露着不可方物的骄傲，却少了一种情怀。

端起茶杯喝一口，他重重叹息了一声。满口跑香的普洱茶韵呢？回味悠长的甘甜气息呢？这仅仅就是一杯抓把散茶扔进茶壶之后泡出来的大碗茶，粗粝、随意、潦草。他甚至怀疑茶都没洗过就直接泡出来了。其实有哪家餐厅会先洗一道茶呢？哪怕是五星级酒店里的餐厅。

心情沦陷到极致，胃口也丧失得无影无踪。他不想尝试之前与夏若兰一起吃过的任何一道菜，更不想吃秘品牛排。他烦躁至极地来回翻看了五遍菜谱，最终点了一份鲍汁捞饭和一碟萝卜皮，三下两下扒拉下肚，匆匆走出兰石，拦下一辆出租车直奔机场。

时间还不到七点半，昆明人这个时候还在露天打羽毛球，陪孩子玩遥控汽车，带狗狗扔飞碟。而上海的天色已经完全黑了下来，各色霓虹灯闪烁在繁华街头。回头看兰石那幢英伦小洋楼，窗棂间透出的灯殷红而宁静，像映照出的火光。不是那种热烈的火焰，而是即将熄灭，阻止已嫌太晚的余烬。

他打开手机查询返昆的航班是否还能买到票，如果订不到票，就订明天最早一班，今晚在机场附近找家桑拿度过一夜。此时此刻的心情，一秒钟都不想在这座城市停留。他烦躁至极，沮丧至极，只有立刻回到昆明，回到博剋堂，或者家里，他才能够集中精力去思考和判断。

出租车蜗牛般爬行在车海里，一点一点朝前挪。此时的他就像被抽干了精髓，吸走了魂魄，彻底放弃了思维的能力。他不明白上海还有哪个时段不堵车，对能否赶上九点半钟的航班毫无把握。此刻如果有摩托车他一定毫不犹豫弃车，而出租车司机一脸司空见惯的麻木表情，更增添了他的烦躁，却又无从发作。

当他的身体终于随着飞机升上黑黢黢的高空时，棉花团一般的烦躁才渐渐平息下来。他系好安全带，将身子蜷缩在椅子里，用副墨镜将自己与机舱里的一切隔离开。

在平静和空虚中，他原谅了自己之前表现出的焦躁和脆弱。遥想那个在安妮葬礼上痛不欲生的男人，最终还是带着未愈的创伤，带着遭受重创的灵魂，继续生活了下来。

隐藏在墨镜后面的思绪，重新恢复到理性轨道上：

第一次到上海兰石，夏若兰招待他几款精巧菜肴，一瓶极品 Loupiac 红酒，餐后一泡 20 世纪 90 年代老茶头。次日，尝兰石秘品牛排，喝古德大帝酒庄蒙罗丝干红，餐后一壶老班章。

第二次到上海是夏若兰发出邀请，品尝星点东方鲀，配波尔多昂贵酒王 Petrus，二人聊到凌晨一点钟。安排他睡在餐厅楼上，派人整夜守着他。

…………

所有这一切都不是随意的、随性的，而是一场精心的安排。目的只有一个，给他足够的暗示和提醒，引领他朝事实真相的方向走。

初次谋面的交谈，夏若兰就对他有了信任，认为他足够聪明，足够智慧，无须多言一点即通。她坚信他可以拨开层层迷雾直抵真相中心，以为他可以为她报仇雪恨。

但是，他终究还是晚了一步。

巡视组鸣锣收兵，白淳安全过关，徐亚杰之死盖棺定论……功败垂成，此恨绵绵，她内心是怎样一股凄凉。失望至极的她先关掉昆明的兰石，又卖掉上海的兰石，然后远走他乡，远离那座留下累累伤痕与斑斑血泪的城市，永远不再归来。

在她心目中，凌墨飞是个满足于拿一笔可观佣金就草草收兵的伪劣侦探。

飞机忽然剧烈颠簸起来，广播里提醒乘客遇到了气流，叫大家回到座椅系好安全带，洗手间暂停使用。

如今的夏若兰正在世界的哪座城市里游荡？那里此刻是黑夜还是白昼？她用出走天涯的方式，能够彻底删除记忆里那段伤痛吗？她真舍得下苦心经营的兰石私家厨房吗？

他看见她用手背抵住双眼，竭力挡住一直抑制着的绝望的发作。她从来不知道这绝望有多大，也几乎不知道在这抑制当中，她还剩下几分忍耐力。

此时，只要能有办法联络到她，凌墨飞愿意付出任何代价。

假如联络到她，他会大声告诉她，不是这样的！不是你想的这样！

在他们之间，已经竖起了一道死寂而没有答案的篱笆。绝望是一道细而坚韧的绳子，永远束缚住了她，她永远无法知道，他礼拜一就要付诸的行动。

她为什么那么不相信他？为什么就不能再多等几天！

第二十四章

韩东亮的电话，把凌墨飞从凌乱的梦境中吵醒，他费了几秒钟让自己醒过来，又费了几秒钟明白自己身在何处，然后才接起电话。

“发微信不回，打电话不接，现在是十二点半，你居然还在睡觉！”

“唔……我今早八点钟才睡下。”为确保明天的行动万无一失，凌墨飞从上海回来后，在电脑前苦熬了一天两夜。

“还不快起来给我开门！”

听见韩东亮这句话的同时，凌墨飞才意识到门铃一直在急促地响着。他一骨碌爬起，奔过去打开了房门。

“彼此彼此，我昨晚也熬了个通宵，陪着王妍君。”

“哦？你那闺蜜什么情况？”凌墨飞倒了一杯水喝下，还是觉得晕晕的。

“昨天从下午到晚上都待在我办公室，眼泪都哭干了。”

“这么说……”凌墨飞精神一振，瞌睡醒了一大半。

“从头至尾，原原本本，我都告诉她了……当然是隐去了女主角的真实名字。”韩东亮忽然压低声音，“老凌，你究竟凭什么确定夏若兰就是依儿？”

“白淳告诉我的。”凌墨飞的声音忽然冰冷下来。

白淳电脑里那个特殊的文件夹，收藏着一期又一期没有署名的红酒文章，还有一些无头无尾的段落、短句。在读那些文字时，他忽然有似曾相识的感觉。文字是自带密码的，任何人在写下文字的时候，都会经意或不经意地，将自己的信息与磁场留下来。于是他想到一个方法：截取文章中的句子、关键词，逐一输入百度搜索引擎，结果，它们的指向统统去到两个共同的地方：一是罗曼尼红酒论坛；二是兰心若然的博客。

第二次去上海兰石，我与夏若兰有过一段对话：

“我在论坛专门写过这个酒，除了饱满的口感，它的稀罕之处还在于酒庄位居波尔多产区八大名庄之首，颇有王者风范，不少影视明星都喜欢收藏它。”

“记得你说过兰石有个论坛，那个论坛是商业运作吗？”

“不是属于兰石的论坛，是早期几个热爱红酒的人创立的论坛。几任版主都比较有水平，既对红酒有深入研究，又有实践经验，几年之后这个论坛变得越来越专业，也越来越具有权威性。后来，很多红酒厂家、批发商、零售商都来找到我们，论坛就变得有了经济价值，已在工商进行了注册，公司化运作，收益蛮不错。”

“你一定是其中比较权威的？”

“还行吧，目前排名第四。”

“哦哦，给我这个论坛的链接，上去学习学习！对啦，徐亚杰也是论坛上的人吗？”

“他既没水平也不够资格上论坛。”

凌墨飞并没花费太多力气，就证实了罗曼尼就是夏若兰说的那个论坛，同时证实了夏若兰是罗曼尼的理事兼资深版主，笔名兰儿。兰心若然是她的博客名，那些文字的风格、修辞、语言习惯和携带的密码，与荒冢完全吻合。

夏若兰的文笔非常优美，她的文字散发着清新的仙气，闪烁着满满的智慧，也充满了灵动与情趣。最初，白淳是被那些文字迷住的，同时也被那张美丽高雅的头像迷住，才开始了与夏若兰的频繁互动。

但凡夏若兰发的文，他每帖必顶，从不缺席。不是简单点个赞，也不是简短点评，都是几十字甚至上百字的评论。白淳活跃于罗曼尼期间，充当着夏若兰的护花使者，一见到有人出言不逊，或稍有言语冒犯，他必定发火开炮，言辞犀利火爆，不吝粗暴交锋。

正因如此，年轻的夏若兰对他充满好感，还隐约有种依赖，这个男人从一开始就令她充满安全感，那晚的见面更是加分满满。当夜遇上崴脚住院，白淳堪称完美的表现简直就是一名骑士，这为他日后展开攻势奠定了坚实基础。

“所以，你认为荒冢就是夏若兰的化名，特意把故事发生地上海，写成了S市，为的是引着你读完一个伤痛故事。”韩东亮满脸狐疑，“但是证据呢？我听下来一切都只是你的推测啊。”

凌墨飞起身，从抽屉里拿出一摞材料递给他，“老亮，如果我手头这些实证，告诉你白淳给夏若兰买的房子在上海长宁区保利阳光5幢801号，告诉你夏若兰被绑架是在静安区中心花园哪个地段，告诉你这里有她去上海医学院附属医院的检查报告复印件，你还会怀疑她不是故事中的依儿吗？”

“你真行啊老凌，去上海的两趟不光是吃吃喝喝。我代表人民警察向你致敬！”

唉……凌墨飞无言地叹息一声，如果夏若兰能晚走几天……

“王妍君对这个故事完全相信。一来时间地点确凿，二来她记得这些年来白淳出差的时间段，也记得很多细节，有段时间白淳飞上海特别频繁，这是编不出来的。”

“你能肯定她对白淳没再心存幻想？”几十年来王妍君从未怀疑过

白淳的忠诚，从恋爱到结婚白淳历来表现良好，体贴入微，工资全部上缴给她。

“你听我讲个细节，就明白我为何如此肯定：从十点钟开始白淳就在给她打电话，她始终不接。临近十二点的时候，白淳的电话又打来，王妍君从来没有那么晚不归家的记录，他大概是真担心了。这个电话王妍君接了，接电话时她忽然就没哭了，一字一句对着电话说：我妈妈心情不好，今晚我不回去了，要在这里陪着她。然后就关了机。”

“如此英明神武？真看不出来啊！”

“接完白淳的电话之后，一个通宵，她只做了一桩事。”

“对着你哭诉？”

“哈哈，睡懒觉果然会降低智商啊……整整一个通宵，她都在跟我商量如何离婚。准确说，商量如何进行一场让她的利益最大化的离婚。”

“啊呀呀，真是小觑了这个女人，人家不玩一哭二闹三上吊，只抓本质。”

“因为彻底伤了心。具体办法我请个大律师来与她对接，核心就是抓紧时间，在发生变故前，保住她自己应得的那部分财产。”

“唉……”

“你叹什么气？”

“毕竟是大院里出来的，关键时刻拎得清，不糊涂，深明大义，高瞻远瞩！”

“白淳打死也想不到后院会起火，这下有热闹看了。”

“你要叮嘱她沉住气，没收到号令之前，千万不要打草惊蛇。一旦打草惊蛇，变数就太大。”

“啊？这个我没想到！”

凌墨飞来到博剋堂的时候是下午三点钟。

潘宇正在指挥两个工人卸货，是这个月订的酒。最近两个月图赫黑啤和单一麦芽威士忌的销量陡然增大，有一个奇怪的现象，不单单喝茶的人会买茶，第一次来博剋堂喝酒的客人，在结账时也会买点普洱茶，说是拿去送人。凌墨飞对这种消费模式颇感好奇，派潘宇私下打听，才知道如今外界关于博剋堂有个盛传：茶原料血统纯正，杜绝混采拼配，坚持纯料制作。这样的口碑下，博剋堂变成了集品饮、收藏、送礼价值为一身的品牌普洱。

他颇感欣慰。这五年来，不论如何拮据如何艰难，他始终坚持品质第一。如今，这个一直坚守的原则，终于将博剋堂带入彰显价值的时期，尽管目前还处于资金周转困难时期，但他坚信会迎来一轮爆发式的增长。

“凌哥，吧台上有个你的快递。”潘宇搬着一箱啤酒从他身边走过。

包裹不大，四十厘米左右的方盒子，感觉很沉。凌墨飞看了一眼寄件地址，心脏忽然一阵收缩。上海!

他用茶刀三下两下打开纸箱，里面又有个小一号的纸盒子，用三层泡沫纸很仔细地包裹着，似乎里面是极易碎的东西。他找来剪刀一点一点剪开胶带纸，终于撕开盖子，露出一个非常精致的褐色皮质盒子，质地柔软的皮面上赫然烫着一排金色花体字：Glashutte Original。打开皮盒，一块格拉苏蒂手动上链镂空腕表安然躺着，玫瑰金镶边镂空表盘，至臻至美的金银丝细工镶嵌表链。

这是夏若兰戴的那只表！他绝对记得。

心跳有些加速，谁把她的手表寄过来的？她在哪里？她出什么事了？

盒子底部有个折叠成小方块的纸，他小心翼翼把纸方块打开，一行熟悉的娟秀字迹映入眼帘：“请代保管几日，等我信。”

凌墨飞静心凝神，将短短一行字看了一遍又一遍，依然无法弄清楚是什么逻辑。

这块表，百分之百是白淳送给夏若兰的定情之物。

王妍君也戴着一块格拉苏蒂手表，是玫瑰金满钻的格拉苏蒂小夜曲，价值与夏若兰这块等同，都不低于五十万，应该是白淳去瑞士考察的时候，同时买的两块表。还真是一碗水端平啊，老婆情人谁都不亏待。

经历过那么多的劫难，依照夏若兰的心性，即便不将手表扔掉，也会永远封存起来。但她却每日戴在手上，这是为什么？今天为何突然寄来让我保管，她在表达什么？

他是在跟三个人打牌，却不能邀他们到同一张桌上来打。

一个谜套着一个谜，为了不受干扰，凌墨飞三步两步来到三楼包房，关上门点燃一只雪茄，坐到靠窗的藤椅上，闭上了眼睛。不论从哪个角度，哪个方向，哪种思维，他都无法理解夏若兰此举的含义。

“请代保管几日，等我信。”

等她信，什么信？莫非让我代交还给白淳？五年时间过去了，她怎么可能在五年过后把表还给白淳？

“请代保管几日。”她既不是说“请代为保管”，也没有说“请代保管一段时间”，她说的是几日。博大精深的中文，“几日”的意思绝对不会是一年，也不会是半年，理论上也不应该是几个月。“几日”的概念是不超过一个月，甚至不超过一个礼拜，应该是三五天，否则就应该是“一段时日”。几日……几日……几日过后她会来一则什么信呢？她应该是得知中央巡视组撤走，白淳安然无恙了，在准备出国前寄出这个包裹的吧。

今天是周日，博剋堂生意爆好，一楼、二楼和外面露台座位全部客满，三楼的包间也有人来订，他只好让出来。很久没出现过这样的火爆场面了。他下去跟几个老客人打个招呼，吩咐潘宇把赠送他们的果盘和茶点送上去，泡了一壶老班章躲进三楼那个小办公室里。

慢慢呷一口茶，打开电脑，心情有些抑郁。他心烦意乱握着鼠标在电脑上戳戳点点，双击那个写着“夏若兰”字样的文件夹，里面是《故事一》到《故事八》。当初这个女人是怀着怎样一份苍凉的心情，将不堪回首的往事整理成故事，以这样特殊的方式对他讲述出来。那需要多大的勇气，多大的承受力！她一定是曾经满怀期望的，一定是对他充满信心的，可是……

鼠标停留在《故事八》上面，心情愈发低落。如果说这是一个完整故事的话，《故事八》就是最悲怆的段落，也是戛然而止的结尾。受尽爱情摧残的女主角原以为尘埃落定，心灰意冷，不料又遭遇人生最凄惨不堪的一场迫害。故事在这里戛然而止，留给读者无尽的痛心唏嘘，顿足悲怆，悲剧色彩笼罩一生。

《故事八》之后，夏若兰是怎样度过这五年的时光，如何变成了今天这个样子？

第二十五章

礼拜一清晨八点钟，韩东亮就按响凌墨飞家的门铃。他要来目睹凌墨飞如何实施木马行动。

凌墨飞打开房门，把涂满黄油的最后一片面包塞进嘴里。他喝了一大口咖啡，熟悉的苦味中泛着牙买加独有的阳光气息。他给韩东亮倒了一杯，韩东亮去厨房拿来方糖放了两块，呷一口，皱着眉又放入两块方糖。

房间里的气氛有些凝重，韩东亮小声嘟囔了一句："你的木马行动有几成把握？"

"让人投降的办法只有一个，"凌墨飞声音清冷，"就是让他感到罪恶，用他已经承认了是罪恶的东西。如果他认为自己罪恶太少的话，我们就必须造一些出来。他不会为自己申辩，不会觉得申辩对他还有什么用处，也不会顽抗。除非，他是一个我行我素、问心无愧的人，这样的人我斗不过。”

“行动……几点钟开始？”

“已经开始了。”凌墨飞端着咖啡坐到电脑前，脸上的肌肉渐渐变成一个满意的笑容。

…………

上周，审计署和巡视组都完成工作返回了北京，白淳亲自去机场送行。

徐亚杰的后事已全部处理完毕，在白淳的特别关照下，他的家人和小孩受到单位的高额抚恤和妥当安排。审计和巡视过程没有出现任何异常情况，一切谣言猜测都终止平息。一切仿若重生，白淳重新变得意气风发，俊朗迷人的面孔愈发潇洒神气。

他迈着矫健的步伐走进办公大楼，一路同遇见的人和蔼亲切地打招呼。新的一天在等待着他，很多工作在等待他处理，很多人等着要见他，他将比以往任何时候都兢兢业业地工作，也会比以往任何时候都廉洁自律。今后的岁月，他不再有贪念，不再有违规，也不再会为情所困。他才 50 岁，只要按照既定的轨道前行，似锦的前程还有很大空间。

秘书已为他泡好了茶，他舒服地坐到大班桌前，打开电脑，按照往常惯例先浏览一遍局域网内的会议通知、重要事件通报、行业内动态等等。

但是，电脑没有像往常那样跳出 Windows 开机画面，而是被一片漆黑的底色覆盖着。在这片黑色当中，缓缓跳出一行接一行缓缓滑动的字迹，字体很大，很醒目的白色，他不用凑近屏幕也能把它们看得清清楚楚。

爸爸，我是你的女儿，今年五岁了。

五年前的今天，怀着我的妈妈从家里步行去静安区中心花园，她每天都要去那里散步，为的是锻炼好身体，顺利把我生下来，然后独自抚养我长大。

她怎么都不可能想到，心机毒辣的你早已安排人跟踪了她，掌握了她的生活规律，已决定在今天对她下毒手。

歹徒用麻醉剂掳走了妈妈，拖到一个阴暗的诊所，把即将出生的我血淋淋从妈妈子宫里剥离出来，然后把昏迷的妈妈抛回家门口的花园里。

爸爸，你怎会如此狠心，如此绝情！妈妈原本已下定决心吃安眠药自杀，她辞了职，到银行把所有积蓄转到外婆户头上，焚烧了全部的日记，还给外婆写了一封长信。

是因为我，改变了她的决定。

我多么想出生，多么想来这个世界看一看，多么想见到你啊。我在她肚子里拼命扭动，用力扑打，狠狠踹她，每天跑进她的梦里呼叫她。妈妈终于被我感动了，她把好不容易花了好长时间积攒起来的一整瓶安眠药扔进了垃圾桶。她退掉飞往拉萨的机票（她原本是打算去长眠在西藏），她重新与几家公司讨论就职之事，请成都闺蜜替她租了房子，她要去那里生下我，在那里重新开始生活。

因为你的背叛，她心已死，爱已死，万劫不复，今生注定孤独终老。她不会再爱上谁，也不会再见你。幸运的是她有我这个宝宝，她要一心一意抚养我长大，我们相依为命地生活。关于将来某一天你会来看望我们的梦想，已彻底毁灭，她要彻底忘记你。

可是，爸爸，你怎会想出如此歹毒的计划，怎会对你深爱过的妈妈下此毒手？你怎就忍心让我还没出生就死于非命？

你知道吗，人是有前世今生的，有灵魂命宫的，我的灵魂不舍得马上离开妈妈，我要一直陪伴她，安抚她，守卫她。

我的灵魂留下来还有一件最最重要的使命：一生纠缠你，一生不放过你，直到你跪在妈妈脚下向她忏悔！否则，我永远阴魂不散。

…………

白淳起先是惊恐、震惊、不敢相信，随后的第一反应就是去鼓捣电脑，想关闭那些文字。但他发现自己不论做任何努力，如何摆弄鼠标，如何敲打键盘上的键，这些文字都不管不顾、周而复始地轮动播放。

万般无奈的他只好关机，却发现已无法正常关机。

焦躁之下的他只好强行关机。但是一分钟过后，电脑自己又重新开机，屏幕上再次出现这些文字，幽灵一般轮动播放着。

惊恐万状的白淳急忙拔掉电源，电脑终于消停。

…………

凌墨飞看了韩东亮一眼，见他正盯着自己，缓缓说道："我有三点把握：第一，这些文字内容对白淳而言，既惊悚却又有着不可抗拒的魔力，他无法阻止自己去读完后面的内容。第二，白淳不敢将电脑拿去找人清理，陈冠希修理电脑闹出艳照门；四川省公安局局长落马的诱因是电脑里藏了百余部黄片；广西烟草专卖局局长韩峰因电脑中的日记泄露，不但让自己被停职审查，牵扯出一大批涉嫌行贿受贿的人员，还将数名情人大白于天下；恩施副县长邓国建因日记门爆出与煤老板勾结谋私共享二奶的丑闻……这些轰动天下的电脑泄密事件，白淳不可能不知晓。所以，他绝对不会把电脑拿去给任何人杀病毒木马。但博雅航空集团是网络化办公，他的工作必须每天使用电脑。于是他今天只能临时用笔记本电脑代替着。但是，我依然可以再度入侵他的笔记本电脑，依然可以连续不断发送这些心惊肉跳的文字。第三，也是最核心的一点，白淳从惊恐当中镇定下来之后，会认真思考谁是敌人，这个敌人掌握了一些什么，他才好决定对策。所以，他必须重新开机，仔细看完剩下的内容。”

…………

爸爸，你一定花了好长时间研究 LSD。

LSD 会让服用者变得百依百顺，任人摆布，进入一种令人愉快的麻醉状态，想象力突然变得异常丰富，价值观发生巨大变化，对周围世界的感知瞬间发生变化，眼前具有万花筒般的鲜艳色彩。以前被忽略了的物体突然变得生动起来，身边的任何人都变得可爱可亲，连桌椅板凳都似乎有了生命，听到的每个声音都像是投在平静水面上的一颗石子，让眼前这些奇妙的色彩产生一圈圈涟漪。

爸爸，你是通过怎样的渠道认识并找到了 LSD？在你和妈妈约好去东方艺术中心听龙猫乐队经典钢琴梦幻之旅庆典演奏会之前，偷偷放进了她的杯子里。可怜的妈妈喝下 LSD 之后，完全按照你之前的策划，对第一次见面的阿盛一见钟情，顺从地单独跟着他去衡山路喝咖啡，之后毫无知觉地与阿盛躺在了一张床上。

狠心的爸爸，你如此精密的策划，目的只有一个：先让自己看起来像个清白无瑕的受害者，然后顺利抹掉你留在妈妈这里的所有证据和痕迹。你如愿以偿了，装作受伤发怒的样子，拿走了你放在妈妈家里的所有东西，一根线头都没有留下，包括她的手机。你脑袋里想的只是如何保住你的官位，你的仕途，你的所谓清白，你在领导和同事面前的形象。你脑袋里，丝毫没有顾及这样做之后，可怜的妈妈是死是活。

那个时候我已经在妈妈肚子里，我看见了这一切，看见了你的罪行。

若不是我极力阻止，妈妈早已了结自己的生命。为了我，她最终坚强了起来，决定远离上海，远离与你有联系的地方，独自去成都抚养我长大。

万万没想到，你还是没有放过她。

你卑鄙的脑袋里只想着一件事，就是如何保全你自己。你害怕我的出生，害怕我的血脉暴露你的秘密，所以你必须斩尽杀绝，即便牺牲我和妈妈的生命，你也在所不惜。你毫无人性地雇凶手向妈妈下手，穷凶极恶地剥夺了我的生命。

至此，你完全彻底地消除了后顾之忧，婚外情，举报信，流言蜚语，猜测传闻，都因查无实据而灰飞烟灭。你顺利度过了一劫，前程依然似锦。

但是，你没想到还有更大的一劫在等着你。

…………

“今天是礼拜一，肯定有很多下属来办公室找他签字、审批、请示工作什么的，这电脑……”韩东亮忽然哈哈大笑。

“他一定是房门紧闭，满头大汗。除非大领导召见，其他人一律不见。”

…………

爸爸，不用我说，你一定知道更大的一劫是什么。

全国民航系统财务交叉检查还没算过关，审计署又要针对你们集团进行单独审计。与此同时，中央巡视组来了。

依照以往应对大审查的经验，财务部门要预先进行一次自我清查。徐亚杰在清查时发现了你的一个大秘密：

这么多年来，你一直利用手中职权在谋取私利，利用博亚航空的资源，高额收取靠航空吃饭的企业和老板们的费用，然后做假账入账，将侵吞的巨额公款转移到新加坡、中国香港、瑞士、美国。你每次利用出国考察机会，批量购买高档红酒，大肆挥霍公款，购买豪华珠宝首饰，顶级奢侈品，送给妈妈的那块手表也是你用公款购买的。你利用手中职权，在昆明以及全国各地，一掷千金经营各种各样的关系网。这么多年来，你瞒天过海，一手遮天，长袖善舞。你没想到徐亚杰居然识破了你，也没想到这个唯唯诺诺看起来俯首帖耳的财务总监，忽然表现出不愿与你沆瀣一气。

你一方面安排他销毁账目，制造假账来蒙混过关，一方面自己夜以继日亲自做假账，以防徐亚杰不配合。最最重要的是，你已心生杀意，因为徐亚杰已成为你的威胁。

罪恶的爸爸，剩下的细节还需要由我来说吗？精心设计的午餐，远道而来的亚瑟，神不知鬼不觉的乌头碱……你可真下得了手啊！徐亚杰三十几岁的生命，就这么被你亲手夺去了。夜半时分，他的鬼魂一定会来勒住你的脖子。

看到这里，你负隅顽抗的内心一定在说：没有证据，你们又奈我何。徐亚杰死了，一切痕迹都抹平了，审计署定案了，巡视组走了，你们说得再多都是在造谣诬陷，我的前程依旧远大。你每周六陪打牌的赵领导已承诺过你，不久之后将有一次提拔。

你自以为天衣无缝，死无对证了，是吗？

有句话你一定听说过：人算不如天算。

徐亚杰虽然在配合你一起做假账，但他提前给自己留好了退路。

他经常去上海你应该知道，他告诉你是去探望生病的远房亲戚，你很恩宠地允许他以公务之名报销一切费用，就像你平日里经常用小恩小惠来营造下属对你的忠诚爱戴那样。你以为徐亚杰真是去看望亲戚?

徐亚杰在上海有个最信任的知己，他把全部财务旧账进行拷贝复印后交给了这个人，并且将事实真相原原本本告诉了这人。他这样做的目的，是万一你们共同制造的假账被审计署识破，他就用这份材料证明自己是被你胁迫威逼的。

他还告诉这个最信任的人，万一他遭遇不测，就将这份材料交给中纪委。

爸爸，在你看到这里的时候，徐亚杰的材料已经在中纪委领导的办公桌上了。

假如当初妈妈知道你的真实面目，冰清玉洁的她万万不会爱上你!

假如妈妈在被你抛弃时，知道你曾经贪污公款、行贿受贿、买官卖官，她一定不会伤心欲绝，也不会萌发轻生念头。

爸爸，你给了我生命，我是在你和妈妈最最相爱时诞生的结晶。我曾经那么爱你，那么渴望见到你，与你相偎相依。当我眼睁睁看着你对妈妈下毒手时，当我知道你贪赃枉法罪不可赦时，当我知道你心如毒蝎杀死徐亚杰时，所有的爱立刻变为鄙视、唾弃与憎恶。

我发誓绝不让你逍遥法外。

拷问和鞭笞你的日子才刚刚开始，我有的是时间，有的是办法，也有的是杀气。我无所不在，无所不能，你去哪里我就跟到哪里。我没有吓唬你，也没有骗你，我的灵魂滞留人间不去投胎，是为了与你形影不离。我要向世人揭露你的真面目，我的魂魄要死死缠绕着你，直到折磨你至死。

这些罪行，可以出现在你电脑上，也可以每天出现在你的领导和同事的电脑上，手机上，还会出现在网络上，所有人都会知道你是个什么禽兽。

…………

韩东亮手机响，接听之后笑道："那位大律师和王妍君完成对接了，她说离婚方案等我看过之后再确定。"

凌墨飞一咧嘴："你这名副其实的男闺蜜，告诉她在礼拜三下午两点钟，向白淳提出离婚。"

到礼拜三，这些内容在电脑上已循环播放了三天两夜，礼拜三的白淳正处于心急火燎、寝食不安、六神无主的时刻，他无法确认集团的其他人是否也看到了同样内容。他变得疑神疑鬼，他觉得每个人看他的眼光都怪怪的。他害怕有领导找他，哪怕找他是谈公务也会觉得话里有话。

他私下拜访电脑高手，旁敲侧击询问解决办法，却不敢说是自己的电脑，否则那些正愁没途径讨好他的电脑客，立马就会去他办公室帮着检查电脑。他去网上搜寻各种解决方法，依照着做无数种尝试，但最终他会非常崩溃地发现，遭遇的这个黑客实在太厉害了，常规手段根本对付不了他。

也许他想过彻底销毁这台电脑。但电脑里的各种工作文件怎么办？这么些年积累下来的各种文章资料怎么办？承载他心路历程的那些诗歌散文怎么办？他无法在短时期内果断作出决策，取舍之间，绞尽脑汁，耗尽心血。

恰在这时王妍君提出离婚……

白淳是万万想不到王妍君会提出离婚的。

他花了那么大心思，费了那么多周折，下了那么大狠心，就是想把出轨的一切痕迹抹平，将所有后患都杜绝。万万想不到风平浪静的五年之后，王妍君居然知晓了他的艳事，还知道他有过一个孩子。他不会立刻同意离婚，他会绞尽脑汁想哪里出了差错，煞费苦心在王妍君面前狡辩、掩盖，甚至卑躬屈膝地哄劝、安抚，祈求王妍君回心转意。

凌墨飞有种猎人的快感，猎比杀更有趣，更过瘾。

目标就在聚焦范畴里，就在瞄准镜里面，而对手根本不知道他的存在。白淳的一举一动都是聚光灯下的表演，仓皇、狼狈、一览无余。他需要的是耐心和等待，等待猎物作出行动，只要他开始行动了，就一定会犯错。而他要等的就是他的犯错。

韩东亮在房间里来回踱步，“目前的行动，说到底还是没有真凭实据，包括那所谓的徐亚杰拷贝资料，都是子虚乌有。假如白淳在急火攻心之后冷静下来，以不变应万变，什么都不做，你又该怎么办呢？”

“我会实施第二方案、第三方案。告诉你闺蜜，谈离婚一定要态度坚决，暗示白淳，若不同意离婚就爆料他的艳事和贪污行为。”

“对，只暗示，不说出具体内容。还要警示白淳她已经找好了律师，什么都告诉了律师。”心念忽然一闪，一股危险的气息扑闪而过，凌墨飞刷一下站了起来。

是谁知道得如此详尽？谁把真相爆料给了黑客？徐亚杰的拷贝资料交给了谁？以白淳的心智，他萌生出的第一念头，是想尽一切办法找出这个事件的策划人，从根源上消灭这个知情者。夏若兰绝对是他第一时间就想到的人。

此时此刻，他或许已经安排人手去找夏若兰了，甚至再次雇用了杀手！既然可以杀掉徐亚杰，再杀一个夏若兰也并非难事。

凌墨飞惊出一身冷汗，策划木马行动时根本忽略了白淳会去找夏若兰灭口。他暗暗自责，经历专业训练的大脑，不应该出现这样的疏漏！

幸亏夏若兰出国了，否则将再次遭遇白淳毒手。

王妍君提出离婚时，白淳是否也第一时间想到了夏若兰，怀疑是夏若兰告诉了王妍君一切?

白淳开始后悔一件事，后悔得要命，当初除掉她腹中孩子的时候，怎么没连她一起做掉！内心深处还存有的对夏若兰的爱、愧疚和忏悔，此时此刻全部化为乌有。他恨得咬牙切齿，恨得青筋暴露，恨得杀气腾腾，他发誓定要清除一切危及他仕途的隐患，不惜一切代价。

第二十六章

白淳的电脑信号忽然消失了。

凌墨飞试了无数种方法，都没能检测到他的电脑信号。他推测，白淳已销毁了那台电脑。就像一枚定时炸弹，白淳不可能冒险留着它。

如果再等一天查不到信号，他就要启动第二行动方案。

此时韩东亮正坐在他对面，讲述着王妍君的事情。

白淳官运亨通之后，工资卡都是交给王妍君拿着，不但从没向她要过一分钱，出国还经常为她和儿子买回各种礼物和奢侈品。身居要职的丈夫在日常生活里是不需要花自己的钱的，因为有灰色收入，这一点王妍君心知肚明，从来不过问。

在韩东亮告知她白淳的婚外情之后，她以迅雷之势做了三桩事。

第一桩，请韩东亮用他的名字在银行租用了一个保管箱，她快速赎回了在银行购买的各种理财产品，全部取成现金，放入这个保管箱中。

第二桩，将几套房产更名过户到儿子名下。她很意外，过户时白淳并没有追问她理由，非常配合地签了字。更觉意外的是，白淳主动将他们购置的一套商铺的产权证上，自己的共有人身份去除掉，因为这套商铺目前还办理不了过户手续。

第三桩，将存放于家中的金银、钻石珠宝、手表、翡翠等，悉数转移到了母亲家。

…………

听完这些，凌墨飞叹了一声道："这个女人看似平庸，实则精明无比啊！关键时刻懂得抓重点要点，且行动敏捷，闪电出击，每一桩都办得如此干脆利落。"

韩东亮嘿嘿一笑："人家毕竟也是财经大学毕业的，而且一直在银行工作，对财产概念很敏感。"

"她对你这个男闺蜜可真是无条件信任啊，就不怕你见财起意？"

"跟我签过君子协议的！再说啦，我韩某光明磊落行侠仗义，天下谁不知道啊！"

凌墨飞斜着眼睛看他一眼："这下不担心你闺蜜后半生衣食无着了。"

"岂止后半生，三生三世都衣食无忧！我没想到他们家真可谓富可敌国啊……难怪出手就是 20 万定金，撤案也不要求退款。"

凌墨飞面色阴沉："从道义上讲，那都是不干净的钱，应该……"

"行了啊老凌！"韩东亮急忙打断他，"你答应过我只追究白淳，放过王妍君！大丈夫要说话算数！"

凌墨飞轻轻叹口气，端起茶默默喝了一口。

韩东亮咳嗽了一声，打破房间里短暂的尴尬："离婚的事，她一直没向白淳提。刚开始是故意不提，担心白淳不配合她办房产过户……"

"为什么转移完财产之后还不提呢？"

"她说万没想到白淳实在太顺从，也太配合了，整个过程没问过半个字。他还主动交了几万美元现金给她，说是出国考察没用完剩下的……"

"于是她心又软了？"

"是啊……白淳是她这辈子唯一的男人，结婚后从没有过大的矛盾。这几天她不断来探口风，问白淳的事究竟严重到哪个程度。"

凌墨飞左眉刀疤跳了一跳，忍住没插话。韩东亮继续说："我告诉她，徐亚杰是白淳杀的，这下她被吓坏了……"

凌墨飞忽然打断他："以白淳的精明，不会不知道王妍君过户房产的用意，甚至早知道了她在转移财产，为什么还如此配合？"

"这个礼拜他们之间从没交谈过，白淳每天早出晚归，回家又把自己关在书房里了。"

"白淳被木马行动搅得心烦意乱，的确无暇顾及王妍君做的这些事。

但他也不应该如此配合呀，他会不会是对她的离婚企图心知肚明，在故意推动进程？”

韩东亮一拍桌子：“是呀，一个心烦意乱的人，主动把自己的房产共有人身份除掉，主动把几万美元交给王妍君，是有点说不通。”

“明天如果还监测不到他的电脑信号，我就执行第二方案。”

“会不会他找人破解了木马？”

凌墨飞望向窗外，目光寒凉：“在昆明这座城市，还找不到能破解我木马的黑客。”

韩东亮咧嘴一笑：“也是啊，那是米帝国主义培训出来的尖端技术……”

凌墨飞投给他一个严厉的眼神，韩东亮脖子一缩，翻个白眼，极不情愿地咽下后半截话。

潘宇火急火燎冲上楼来，头发散乱，脸部因激动而泛着红光，使劲挥舞着手中的手机：“凌哥，订单……这么多订单！”

刚刚结束的茶博会上，博剋堂的特制老班章获了金奖。一夜之间各省的订单纷至沓来，各种新老客户发来微信、短信，打来电话，要订购这款茶，同时也希望博剋堂能给个优惠价格。凌墨飞手机一直处于静音状态，此刻拿起一看，十多个未接电话，几十条微信。潘宇被这突如其来的好事震懵了，他从来到博剋堂从未见过这么多订单。

普洱茶的品质好坏与当年的气候、雨水、日照时间、土壤结构密切相关，人力完全无法掌控。凌墨飞好几年没碰到品质那么好的茶料，生态好，树龄长，山野气韵强烈，百分之百的纯料。清明时节去收茶时他欣喜若狂，倾囊而尽包了整座山头的茶。他花重金请来勐海茶厂退休的老茶艺师，严格按照传统工艺进行杀青、揉捻、压制，制作成本非常高。

他如此下血本孤注一掷，放手一搏，一心想做一款博剋堂的王牌茶。

这货真价实的纯料老班章，不论茶料、品质、工艺都堪称完美。稍稍将茶饼凑近鼻翼，立刻能闻到突显的古树茶特有之香。开汤品饮更是绝伦，汤色金黄明亮，茶气强而持久，香气缓缓下沉，口腔与咽喉充盈甘甜和滑润，久久不散。但凡喝过的人都赞不绝口，他自己也爱极了它，坚信这款茶定有人识它爱它拥有它。

但是，因为成本高、价格贵，货走得很缓慢，几个老班章发烧友来买过一批之后，几乎就没出过货，一直囤积在仓库里，这批茶让凌墨飞身陷资金周转的窘境。

有个广东老板想低价趸收了这批货，他没同意。康乐茶城最大的批发商黄总要把这批茶抬过去，他依然没同意。他的拒绝不仅仅因为对方给的价格低，更重要的原因是舍不得把精心制作的王牌茶就这么批发出去。

资金占用的压力越来越大，假如再过半年依然销售不出去，他要么去贷款，要么只能用批发价卖掉一批，那是他最不情愿的。

这个金奖来得如此意外，如此及时，令他有点儿迷信是不是自己做的什么事感动了上苍。如果世间万物真存在因果报应，如果真是苍天有眼，那么上苍在他濒临财务绝境时送来这个大奖，就一定是因为他不顾一切地要将白淳追杀到底。

这个念头一起，凌墨飞立刻坚信不疑地认定就是这样了。

韩东亮刚一离开，凌墨飞立刻带着潘宇及全部店员，进入陀螺一般的忙碌节奏。

他们整整忙了三天三夜，盘点库存，联系物流公司，分别给不同交情的客户核算不同的价格，给有特殊要求的客户定制包装盒……他们没有好好吃过一顿饭，要么叫盒饭，要么吃方便面，要么吃个面包。

好茶不但经得起岁月检视，也经得起市场检视。真正热爱普洱茶的人追求的是生态、树龄、香型、气韵、口感，缺一不可，他们不会因为价格低廉而入手一款茶，也不会听信广告、宣传、忽悠而盲目购买。真正的爱茶人一定要亲自观看茶饼，嗅闻香气，开汤品饮，让自己的味蕾来决定是否购买。但最终决定是否购买的，价格因素占很大比重，老班章价格确实很贵。

那些固定的老客户纷纷来电说这个金奖是实至名归，他们是凌墨飞首先要满足供货的。而茶博会金奖的头衔，让踯躅徘徊的人毫不犹豫打开钱囊，觉得物超所值，甚至害怕迟一步就买不到了。

将雪片似飞来的订单基本处理完，已是第四天黄昏时分。凌墨飞伸个懒腰，活动一下酸胀的颈椎和肩膀，感觉肚子饿得厉害，突然间很想吃小锅米线。记得韩东亮说博剋堂附近新开了一家老昆明小锅米线店，好吃得不行。得问问他米线馆叫什么名字，具体位置在哪里。

拿起电话，才发现韩东亮来过三条微信。

“老凌，出大事了！”

“你肯定想不到是什么事。”

“我现在电话不方便，微信联系。”

看发信时间是一个小时前。他回信问：

“什么大事？是你闺蜜还是她老公？另外，你说的附近那家小锅米线店在哪里？”

今天距木马行动已过去一周，这个老班章金奖打乱了他的节奏，估计白淳已将电脑彻底销毁。不能再耽搁，今晚得开始执行第二个行动方案了。

十分钟都没等到韩东亮的回信，实在饿得不行，对潘宇说订德胜豆花米线吧，小吃他只信任自己吃过或者朋友推荐的。扭头一看，潘宇正在奋力吃着一碗热气腾腾的方便面。

“那个东西里面满含山梨酸钾，你中午吃的那碗需要一个月时间排毒，现在又吃一碗，又需要一个月时间排毒。”

潘宇哧溜哗啦一口面进口，口齿不清地回答：“方便面好吃！我百吃不厌！”

“赶快给我订米线，要大碗！”方便面的香味里虽然带着他反感的味精气息和浓烈料包气息，但在这饥肠辘辘的时候，依然引得凌墨飞垂涎欲滴。

负责做饭的小红跑出来说：“晚饭还有半小时就做好了，今晚吃小炒肉、麻婆豆腐、丝瓜汤。”店里三天没开火做饭，他不知小红今晚居然做饭了。

“等不及了，我快饿死了。”凌墨飞回头看，潘宇不知跑哪去了。他大叫两声，应答声从卫生间传出来。

“我正在帮你下单。”

凌墨飞又给韩东亮发了条微信，依然不见回音。想打电话最后又忍住了，韩东亮很少有接电话不方便的时候，他特意交代，一定是真不方便了。

他说出大事了会不会与电脑信号消失有关，莫非白淳那边采取了极端手段？

这事情总有个答案，一定有。但答案是什么，他却猜不出。他努力寻思自己有哪里做错，或者碰巧可能出错，都没有想出来。

如今的白淳很像一只困在迷宫里的老鼠。有心理学实验室做过一个很可爱的小实验，他们抓一只训练过可以走出迷宫的老鼠，把它放在一个没有出口的迷宫里。那只老鼠试了一切方法，却没有一个管用。然后那只老鼠困惑不已，最后坐在一个角落，开始啃掉自己的脚。

豆花米线很快送达了，现在的外卖服务真是便捷啊。但是有个极大的问题，米线装入塑料盒，经过十几分钟的路途时间，吃起来味道远远不如坐在店里吃的滋味。他三下两下扒拉下去，恰好小红的晚饭也做好了，便又跟着他们吃了一碗米饭，喝了碗丝瓜汤，方才觉得胃部踏实而满足。

今晚客人不算多，他和潘宇把最后一批订货单弄完时，已是晚上十二点。奇怪，韩东亮居然没有一点音讯，莫非又接了个大案子?

开车回家路上，夜风凛冽，寒意萧萧。凌墨飞故意没关车窗，任由寒风吹进来，刺得头皮一阵阵发紧。他想让头脑保持在一种非常冷静的状态里，换个位置，把自己假想成白淳。

一个苦寒出身的少年，凭借婚姻才好不容易留在了都市。进入博亚航空集团的他，曾满怀理想抱负，意气风发；曾吃苦耐劳，埋头苦干；曾敢想敢说，一腔赤诚。其间甜过苦过，笑过哭过，被碾压过，被蹂躏过。其间历经了无数次痛苦的蜕变，也掺杂了各种见不得光的暗箱操作，才一步步奋斗到位高权重。这时的他已是羽翼丰满，长袖善舞，知道如何扮演角色，明白孰轻孰重。他懂得如何讨好上级，怎样笼络下级；他一次次把空降干部排挤走，一回回粉碎政敌的阴谋；他应对过一轮又一轮的检查审计，他对自己信心满满，有把握随时立于不败之地。

从大会小会上大谈廉政建设、反腐倡廉，到公款奢侈消费，跨省包养情人；从仅仅是想消灭婚外情证据，发展到杀死腹中孩子；从贪污公款，发展到谋杀徐亚杰……其间，他经历了怎样的心路历程，是否有胆量自我检视并接纳走到这一步的自己？

他经历过太多的政治风浪，化解过无数次政治危机，如今再次面对一场新的危机，他会怎么谋划？又会如何来化解？

第二十七章

雪山上，一切都已融化了。凌墨飞带着沉重的目光，在周围徒然地寻找着痕迹或形状。那些熟悉的山坡，脚下踩着的道路，和残酷的面容，都没有了。他绝望地望向天空，用力寻觅着她的身影。但是这片寂寥空旷的空间，除了看见自己的孤独，在他的身体之外再也找不到她了，甚至什么都找不到了。在一个拐角，忽然看见珍妮猩红色羽绒服的一角，凌墨飞努力克服着脚下的阻力，奋力朝那个方向跑。讨厌的电话铃声响个不停，他很不情愿地拿起接听。

“老凌，开门！赶快开门！”

“开什么门？”说出这句话时，他陡然惊觉自己是在梦中，神志既清醒又恍惚。

“我在你门口，给我开门！”

是韩东亮的声音，凌墨飞意识到自己正躺在床上，寻找珍妮的场景依然停留在脑际，他从来不相信珍妮在雪山失踪，它更像是一场阴谋。

叮咚的门铃声一下比一下急促，他一个骨碌爬起，抓起浴袍随便披上，几步跨到门口。

韩东亮头发蓬乱，眼睛里布满血丝，但两眼亮晶晶忽闪着，满脸透着亢奋。他不等凌墨飞说话，自己径直走进屋里，手里挥舞着一个裹成卷的纸筒，也不坐下，在屋子里来回踱步。

“你昨天怎么不回我微信……”

韩东亮一摆手打断他，将那个纸筒递过来：“你以为我危言耸听？自己看看出了什么大事！”

凌墨飞展开那个纸筒，是一份报纸，仔细一看，是昨天的《博亚航空时报》。他心头一怔，抬头看韩东亮，那家伙已进卫生间去了。

《博亚航空时报》很厚，大约有十几个版面，想直接问韩东亮，见他已从洗手间回到客厅，坐在沙发上点燃一支烟，跷起二郎腿故意不朝他看，一脸的神秘优哉。凌墨飞只好把报纸摊在餐桌上，拖过椅子坐下，自己一版一版顺着大标题看。

翻到第五版时，右下角跃出两个黑体字：讣告。

中国共产党员，部级劳动模范，云南省先进工作者，博亚航空集团副董事长兼总经理、党委副书记白淳同志，于2018

年12月8日在三家村指导扶贫工作时，不幸溺水身亡，享年50岁。为表示对白淳同志的哀悼，特定于12月10日上午八时在油管桥殡仪馆举行追悼会，有赠送花圈、挽联和吊唁者，请按时前往。

特此讣告

博亚航空治丧委员会

2018年12月9日

他一边读，韩东亮一边观察着他。

一开始，他看到凌墨飞的眼睛在快速地扫视中流露出内行老练的笃定，随后停了停，更加专注。在看到讣告时，他眼睛骤然瞪大，然后嘴唇翕动着。如果是别人，也许就是一声惊呼或是一阵气喘。他看到他停下来许久没说话，不知道凝视着什么地方，似乎他的大脑正在无数条路上竞相飞奔，想跑遍每一条。

凌墨飞重新去看讣告，然后又停下，接着又强迫自己继续往下读。他似乎是在两种渴望之间被拉来扯去，既想继续读下去，又渴望抓住脑子里不断闪现出的所有可能。韩东亮看到了他沉默中的兴奋，知道凌墨飞已经忘掉了他的存在，忘掉了周围的一切。

白淳死了？！

指导扶贫工作时不幸溺水身亡……

凌墨飞反复看着讣告上这几个字，大脑里一片空白，一片混沌。

他勾画不出三家村水库的景貌，也重现不了当时的场景，更无法想象白淳指导什么样的工作时会导致溺水身亡。从入侵他电脑获取的信息了解到，白淳是会游泳之人，水性还不错，去出差时经常下海游泳，有在各个海滩的照片。

他打开电脑查询。

三家村位于昆明西郊山区的一个山坳中，山清水秀，树木葱郁，大片的杜鹃花、野山茶、格桑花开满山坡，有一个风景秀丽的中型水库，西坡处一片红如烈焰的红树林生在浅水区，水光荡漾出绚烂的红叶，犹如一幅油画。

白淳并没有潦草随便地结束生命，选择在景色雅致的三家村水库定是经过了深思熟虑，这很符合他的诗人情怀和浪漫风格，也符合他追求完美的个性。也许他坚信，随着肉体死亡，所有未揭开的秘密也将随之而去，所有罪恶与血腥将不了了之。他留给世人的是一个临死前还在辛勤工作的好形象，一个清白廉正的好名声，一场年轻有为却不幸夭折的大遗憾。博亚航空集团所有干部群众都会为他扼腕叹息，都会在很长时间里念叨他的好处，说尽他的好话。相互见面聊天时会为他的英年早逝扼腕叹息，为命运无常黯然神伤。

“你再看看第八版。”传来韩东亮意味深长的声音。

博亚航空副董事长兼总经理、党委副书记白淳同志，生前为家乡希望小学捐赠人民币 200 万元。

捐赠荣誉证书

尊敬的白淳同志：

感谢您 2018 年 12 月 4 日对昭通市巧山乡小学的爱心捐赠人民币 200 万（贰佰万元整），特发此证书，以示感谢！

昭通市教育体育局

2018 年 12 月 5 日

凌墨飞看落款，看白淳的捐款时间，正是在他的木马行动期间。

“在某些方面我仍是个十足的警察，但在其他一些方面，我已改变了不少。我早已吞下了骆驼，又怎么要被蚊虫噎住。中国的传统风尚是‘死者为大’，品阶再高的官吏出巡，遇送殡行列都自行让道，不论棺中是贵族是庶民。人已死，就以尊重的目光看待他吧，为了王妍君下半辈子的名声和安稳生活，我希望你就此放手。”

被韩东亮的声音吓了一跳，这一番直率和并不单纯出自理性的话让凌墨飞从漫长的抽离中回过神来。

王妍君，这个做好一切转移财产准备要跟丈夫离婚的女人，突然得知死讯是怎样的反应？他把这话问了出来。

“出乎我意料的平静。”

凌墨飞一愣，这与脑海中的王妍君有点对不上号。

“她绝对没想到白淳会自杀，全世界没有一个人会想到！如果想到的话，她就不会做离开昆明的准备。她的打算是这个礼拜就去南京，陪着儿子到大学毕业，然后跟随儿子一起生活。”

“她悲伤吗？”

“她近乎痴呆的平静吓到我了，所以昨天我一直陪着她。直到半夜，她终于哭了出来，这一哭就再也停不下来。再恨他的背叛，毕竟也是几十年的夫妻，她在哭泣当中不停地说一句话：他是我的初恋……他是我这辈子唯一爱过的男人……”

“白淳临死前有没有对她交代什么？”

“白淳这一个礼拜都早出晚归，一回家就锁在书房。她一来忙于转移财产，二来不想面对白淳，所以两人几乎没说过话，这让她伤心自责到不可收拾。”韩东亮忽然放缓了语调，“白淳死得如此清白，王妍君不用离婚了，不用去南京了，也不用担心众人的指指点点了。她下半辈子会生活在博亚航空广大人民群众的尊重和安慰中。”

凌墨飞的脑子已经麻木，他想勉强抓住最后的一点正义感，去抵抗如潮水般汹涌而来的剧烈反应。这来势是如此的凶猛，将白淳冲得没了人形，将他克制自己不要有这种感觉的努力彻底淹没。

“你放过了白淳，王妍君依然会悲伤，非常非常悲伤，复杂的、复合的、无法对任何人倾诉的悲伤。”韩东亮仿佛看透了他的心思，说这句话时像耳语，更像呢喃，仿佛不是说给谁听，仅仅只是想碎碎念叨几句。

凌墨飞进入一种虚幻的、似梦似真的境地，如同穿越般恍若隔世，分辨不清究竟发生的一切是在梦里，还是在梦里发生了这一切。

潘宇打来电话，有个老客户要立刻面见他，商议购买老班章的事情。

记不清韩东亮离开时说了句什么，记不得自己怎么草草洗漱完毕的。凌墨飞带着一脸梦游的神情，下楼，开车，穿过繁华的北京路，来到了博剋堂。

潘宇双手沾满胶带纸，正满头大汗蹲着打包，不用看就知道是在发那批获奖的老班章。老客户张华朝他迎过来，大声说着要买老班章，要把剩下的全部买走。

凌墨飞定了定神，用力收回散乱的思绪，飞快在脑海里盘算了一遍：连续发了这几天货，库存还剩下十几件。是留下几件给自己和朋友喝呢，还是全部卖给张华。

“我可是博剋堂最老的客户啊，剩下这批货全部给我，我那批专门追老班章的顾客，这回可以锁定啦！”

他说得不错，每年他都从博克堂进货到他大理的茶庄卖，销量一直很好，从不拖延货款。

凌墨飞告诉潘宇给他个最低折扣，店里留下一件，其余全部给他。

“凌哥，有你的快递。”潘宇指指吧台。

一个被包裹得严严实实的方正盒子，分量有些沉，心中某个地方忽然被毫无缘由地扯动一下，急忙看落款。上海！来自上海！

果然是她。

不由想起昨夜那个梦。自己和这个长相酷似珍妮的女人之间，莫非有某种特殊的量子纠缠。

小心翼翼地拆开，纸箱里面套着另外一个质地精良的小纸箱。打开来，一眼看见仔细包裹着的红酒，拆开泡沫塑料和封套，是一瓶拉菲！

这著名的葡萄酒皇后，应该不是送给他的吧。

纸箱里还有一饼 92 年冰岛纯料，一盒玉溪庄园香烟，一把木盒装着的口琴，那木盒与口琴都是使用过很多年的样子。

看着这些东西，他目光迷乱。端起箱子底朝天抖了抖，什么都没有了。他把酒、普洱茶、烟、口琴排列在茶台上，点燃一支烟，怔怔看着它们发呆。

实在想不出夏若兰寄这些东西的用意，但又坚信其中一定有深刻的用意。

把口琴从木盒里拿出来，用手轻轻掂了掂。沉甸甸的，是一把不错的德国口琴。

很多年没见过口琴了，现代人几乎没人会吹口琴。童年时期听父亲吹过，右手握住口琴，左手卷成一个弧度捂住，很自然就形成一个音箱。随着父亲腮帮子的起伏，悠扬的音色就从相互握着的手中飘出来，声音传得很远很远。

如今周边的朋友，真没有一个会吹口琴的，包括他自己。

夏若兰寄一把旧口琴来是在传达什么信息？这瓶价格不菲的拉菲，收藏级别的冰岛纯料茶，又是什么用意？这个女人做任何事都不会无缘无故。凌墨飞的手指下意识把玩着口琴冰凉光滑的不锈钢表面，目光散乱地在这几样东西上来回扫视，找不到它们之间的牵连，也想不出它们表达的寓意。

他一直不觉得去面对现实并且做出决定有什么困难，但这次他而对的不是具体的事情，是一团无形无据的迷雾，其中的某些东西如同是黏稠液体中半凝半散的块状物，在被发现之前不断地聚合和变幻。

似乎有什么东西觉得不太对，他把发散的心绪收一收，认真捕捉意识里刚刚冒出来那个小触点。是的，他的确感觉到了某个小触点与眼前这些东西有关联。

再次认认真真把这四样东西逐一看过一遍，有了！白淳是会吹口琴的，电脑里有他吹口琴、弹吉他、拉二胡的照片，这把口琴定是他唯一遗漏在夏若兰处的私人物品。

凌墨飞重新检查那个装口琴的盒子，它显然不是这把口琴的原配，但用的是做工精良的老桃木，式样简朴，质感古拙。在盒子底部有一层薄薄的底衬，不仔细看会觉得是盒子原本的底色。他取来一枚茶针，沿底部小心翼翼撬起一个角，顺着这个角一点一点扩大撬起面积，一片粉红色绸缎从盒底被掀了起来。它对折着，慢慢展开来，是一张方方正正的精致缎面，一行娟秀且熟悉的小楷映入眼帘。

初见伴随一生，最后一面便成永恒。相聚时没有更加珍惜，一转身已是地狱人间。亘古不变的时间，唯信念值得用生命维系。

别空手走向另一个世界，这信笺，连同上次代保管的物件，烦请一同焚于墓前。

拜谢！

2013年11月23日

今天是2018年12月10日，落款的日子居然是2013年11月23日！凌墨飞冷汗冒出，恍间有悚然之感。

那是《故事八》当中，她腹中宝宝被杀死的日子！

要多刻骨的爱恨，多铭心的记忆，多蚀骨的惨痛，会让一个女人身在万里之外的异国他乡，仍如此惦记，如此用心，如此郑重其事啊！唯有这种方式，方能化解她淤积心头五年之久的沉疴，方能释放堆积五年之久的仇恨，方能救赎那颗伤痕累累的高贵灵魂吗？

白淳的死，让夏若兰释然了，平静了，也安然了。

想到这里，他的心也随之放松下来，升腾而上的欣慰让他决定款待自己一款好茶。

蜜香清甜的冰岛，茶气飞扬的昔归，还是浓密沉郁的易武？在茶柜前犹豫许久之后，他选择了 1992 年小方砖。

这是款一票难求的老茶，市场售价每片 5000 元以上，平日里除非特别懂茶又有特别交情的老友来访，他才会开泡。此时此刻，他决定用小方砖遥遥慰藉异国他乡的那个女人。

浓郁如琼浆，清亮如琥珀的茶汤缓缓注入公道杯，岁月沉淀而出的香气袅袅萦绕在三楼包间里。他呷进一口，心境朗阔，神清气爽。他朝对面那只汝窑莲花杯里注入一杯茶汤，夏若兰的纤纤玉手端起缓缓送到朱唇前，缓缓饮下。她会对这款茶说些什么呢？也许什么都不说，因为这是一款行家们无须多言的茶。她只默默啜饮，再默默放下，等待他注入第二杯、第三杯。

一股特别的情愫涌上心头，凌墨飞觉得这情绪如此陌生，却又如此真切。他不用刻意寻找词汇来定义它，因为他非常准确地知道这情绪的名字——思念！他无比真切地思念着那个特别的女人，无比真切地希望她此刻能坐在这里，坐在他对面，共聊一席话，共饮一壶茶。

尘埃落定，万古归宗，夏若兰是应该坐在这里的，聆听他的阐述，接受他的慰藉。

人去楼空，我只有不辱使命，以一场隆重无比的仪式，把这封信笺，把格拉苏蒂、拉菲、冰岛、玉溪庄园、口琴，一起焚烧在白淳墓前。也许还应写篇悼文随之一炬，让九泉之下的白淳收到。这仪式定要在白淳下葬立碑的第一时间完成，方对得起夏若兰的托付。

不对！

凌墨飞呼啦站起身来，身体撞到茶桌，夏若兰那杯斟得满满的汝窑莲花杯晃出一半茶汤。

今天是12月10号，白淳的死亡时间是12月8号，《博亚航空时报》登出讣告是12月9号。假若夏若兰知道消息后第一时间寄出快递，绝不可能今天上午就寄到。

凌墨飞在包间里来回走动，大脑一片凌乱，身体却亢奋无比。莫非她根本没出国？莫非她蛰伏在昆明？这个想法令他浑身发热，汗珠从脑门渗了出来。

她知道他没有放弃，知道他还在继续战斗，于是悄悄潜入昆明，藏在某幢小宅里，默默关注着他策划的行动，然后终于等到了这一天。

“老亮！”拨通韩东亮电话时，他都听得出自己的声音很异样，“你赶快查一查，夏若兰到底出国没有，速度要快！”

下楼拿起快递纸箱仔细查看，寄件日期：12月7日；寄件地址：

上海。无论在逻辑上、地理概念上，还是时空上，霎时将他的猜想全部推翻。

以夏若兰的聪慧，莫非提前预知了白淳的自杀？

这样的推论凌墨飞自己都不相信，太牵强，太魔幻，假如出现在电视剧里，定是饱受吐槽的败笔和漏洞。

韩东亮的微信来了：夏若兰 11 月 19 日从上海飞新西兰，迄今无回国记录。

心中一片凌乱，凌墨飞咽下一口茶，茫然望向窗外，黏稠如饴的小方砖变得索然无味。

他尽量不去联想某些事情，却又不得不对自己的感受保持着警觉。他身体的一部分变成了一个陌生者，必须被控制在麻木状态，而他的意志只好被用来当作不断监控的麻醉剂。他不清楚这一部分是什么，只知道万万不能去找出它的根源，万万不能让它说出话来。

刚才那一瞬间，他已经走过了一个危险的时刻，绝不能再回去。

第二十八章

凌墨飞停好车走进博剅堂时，刚好一点钟，潘宇和店员刚吃完饭在收拾碗筷。

经历一周的忙碌，那批茶全部发售出去，还欠下一批新订单，凌墨飞承诺客户明年收春茶时再如法炮制一批。借着这款获奖老班章，库存的其他茶也随之销售了大半，一事顺，事事顺，大家都很开心，潘宇更是笑逐颜开随时乐呵呵的。

看见韩东亮从角落那张沙发站起来，凌墨飞愣了一下，这家伙不是说两点钟到吗。

“泡壶好茶，我俩上楼说话！”韩东亮说完便大咧咧径直先走上楼去。

凌墨飞仔细听潘宇说完订货发货的细节，又看了一遍最新库存记录，交代他跟每个没订到现货的客户进行电话沟通，收取部分定金，承诺明年第一批发货给他们。然后又告诉小菊明天下午有场大客户品茶会，叫她提前做好准备。

诸事交代完毕，他取了一泡忙肺古树茶，拿了一把紫砂壶上三楼。除非那天特别懒，或者特别忙，否则他都不要小姑娘泡茶，喜欢自己亲自泡。

阳光透过明亮的落地窗洒落在茶桌上，照得那杯汤色清亮的忙肺晶莹剔透，口腔里已经有唾液在快速分泌，但他还是先替韩东亮斟满一杯，再倒给自己。

“今天咱俩分赃！”韩东亮从皮包里拿出一张清单摊在桌上，用手一栏一栏指着，“王妍君没要我们退款，总收入还是20万。这是两次去上海的机票和住宿费，这是我俩几次去兰石吃饭的费用，这是给查询通讯记录、飞行记录、道路监控录像、机场海关那帮哥儿们的费用，这是……”

“行了行了，别婆婆妈妈的，我才懒得看什么明细！”

“亲兄弟明算账啊！老规矩，刨去所有开支，我俩二一添作五，每人净挣六万五千三百元。”

“还漏了荒冢预付的两万。”

“那笔钱归你了。”韩东亮嘿嘿一笑，“谢谢你高抬贵手，王妍君下半辈子都是生活无忧的富婆了。”

“人只是在有能力保全生命的时候，才会对生命感到担忧，一旦没有了保全办法，他也就心情宁静了，不会在死的时候有许多无谓的烦恼。”

“我怎么听不懂你在说什么啊？”

“白淳死得那么从容，那么安然，还给希望小学捐了巨款……”夏若兰的样子浮现在眼前，她怎么能未卜先知？她是如何预知白淳死亡的？这几天来心中这个结始终得不到解释。

忽然听见潘宇的声音：“凌哥在呢，他和韩哥在楼上！”随后就听见咚咚的脚步声，一蓬浓密的黑发出现在楼梯口，是黄医生。

凌墨飞急忙起身迎接，见他一副风风火火的样子，浓密的头发被风吹得东倒西歪，像是骑着扫把飞过来的。

“什么风把你吹来了？”

“一个夜班下来手机电池全干，我想着你会在店里，就直接来了。”黄医生接过韩东亮递给他的茶一口喝干，坐到靠窗的椅子上，从挎包里掏出一张纸，“给你看样东西。”

是一份医学化验单，上面写着各种符号，凌墨飞看得一头雾水，摇摇头重新递还给他，“还是听你讲吧。”

“白淳不是淹死了吗，博亚航空集团照例还是先送到了我们科，”黄医生咧开嘴嘿嘿一笑，“在出具死亡报告前，我又偷偷留了血液、尿液样本。”

凌墨飞与韩东亮诧异地对望一眼，一起扭头看着他。

“都是被徐亚杰给害的，我得了条件反射病，见尸体就想着留血液样本！但是啊但是，你们绝对猜不到我发现了什么。”

发现什么？凌墨飞和韩东亮同时发问。

“芫菁素！”黄医生又一口喝干了茶，“为了做徐亚杰的试验，短短两个月时间里，我看了几十本毒药药理书籍和案例，算半个毒药专家了。芫菁素是一种慢性毒药，服用下去之后三个月毒性发作，症状是发热、尿道感染、血尿等等，绝不会被怀疑是投毒。”

凌墨飞抓住黄医生胳膊，“白淳体内的芫菁素存在有几个月了？”

“也许三个月，也许三个月差几天，但毒素绝对还没有发作。奇怪啊，为什么他就那么幸运地因公殉职进了水库呢……”

“莫非三个月前有人对他下了毒？”韩东亮边嘟囔着边挠着脑袋下楼，拿了三个酒杯和一瓶百龄坛上来，黄医生哈哈大笑。

“啊呀呀，你懂我啊，知道我下夜班就想喝酒啊！”

韩东亮问道：“你认为他会在三个月前自己服毒？这好像更说不通。”

“逻辑分析是你们两位的事，我只负责医学分析。但芫菁素的确是三个月前就存在他体内了。”黄医生眯着眼睛呷了一口威士忌，一脸惬意。

凌墨飞笑嘻嘻道：“老亮，黄医生说打算加盟你的事务所，法医兼刑事侦探。”

“哎呀，举双手双脚欢迎啊！来来，先敬一杯入伙酒！”二人碰杯一饮而尽。

“我是认真的哦，说不定明天就从医院辞职，专心来搞侦探啦！”

“等我再接几个大案，把名气弄响一点才行，否则庙太小容不下你这位大专家。”

“你最后出具死亡报告了吗？”凌墨飞问。

“出啦，当场就出啦！这样的人死一个少一个，谁管他是怎么死的啊。不是告诉你们了嘛，留血样是因为徐亚杰那桩事让我有了条件反射。”

没想到这个条件反射居然查出了问题。凌墨飞把这句话留在了嗓子里，扭头去看窗外。

春城的冬日，白天是丝毫感觉不到寒意料峭的，一池湖水被太阳照射得暖意洋洋，氤氲着一层似雾非雾的东西，就像他此刻的心境。有些事情是他不曾料到的，有些事情是被他遗漏了的，他想独自找个无人的地方去待着，把这些事情前前后后好好捋一捋。

韩东亮和黄医生走后，先后来了几波客人，都是博剋堂的常年老顾客，凌墨飞只好陪着。待送走最后一批客人，已是晚上十一点多钟。

潘宇兴奋地告诉他，今天的散客流水收入创了这几个月的新高。凌墨飞拍拍他肩膀，“凡事只要坚持就会成功，因为我们挺过了最艰难的时段，所以迎来了转机。”他已跟律师朋友约好，下周修改公司章程，让潘宇成为股东。但他不想现在就告诉他这个消息。

走出博剋堂，凛冽的夜风吹得他打了个激灵，急忙拉上皮夹克的拉链。昼夜温差有十多度，此时的气温大约在摄氏二三度左右，算是昆明冬天的最低温度了。发动起牧马人，他忽然不想马上回家，只想找个没人的地方去静一静。这么想着，便拐上金星立交桥，驶上二环，朝着海埂大坝行驶而去。

在博剋堂喝茶时，经常有外地朋友问他：昆明离滇池远吗？

总面积 330 平方公里的滇池以中国第六大淡水湖闻名，素以“高原明珠”的称谓蜚声四海。而他这个昆明人，从来没把滇池放在心上，他最心仪的地方是海埂大坝。这座长五公里、宽几十至上百米的楔形湖堤紧靠在滇池旁，坝面宽阔，视野浩荡，坝下任何一段都可以停车。1985年，第一批红嘴鸥从遥远的西伯利亚飞来到昆明，昆明市民以最大的爱心接纳了它们。随后每年的冬天，这群天使都如约而至，仿佛与昆明签下了永恒的约定。每年 11 月到次年 3 月，昆明人、外地人、游客，都到大坝来看海鸥，花两元钱买一袋面包喂海鸥，完成一幅幅人鸥共舞的和谐图景。

凌墨飞不喜欢热闹，讨厌人多的地方，在有海鸥的季节，他只挑选夜晚时分来大坝，感受与他频率共振的那个疆域。他始终认为这座城市的很多性格，是从滇池延伸出来的。

皮夹克下面只穿了件薄毛衣，夜未央，能看见的只是私人的月光，冬日的夜风吹在身上很是凛冽，但他还是欣欣然沿着大坝前行。冰凉的月光不仅吸走了温度，也吸走了声音，他的脚步声渐渐消失在遥远的过去。当彻底听不见的时候，寂静恢复了它长久以来的孤独，似乎整座大坝根本没有人存在过。

钻回车子里，吹了二十分钟寒风的他就快冻僵了，但因为稍稍兑现了初诺抚平了夙愿，心情变得无比坦然。他点燃一支雪茄，沿着滇池路慢慢开车回家。

凌墨飞进家，打开灯，坐在沙发上写了一条微信，写得字斟句酌，措辞谨慎。既然那位女人采用一种奇怪而庄重的放弃，那么这个伤口是不能再去碰了。

发送失败，荒冢已经销号了。

他把微信内容复制，粘贴发给夏若兰。

没想到夏若兰的微信号也注销了。

心头一阵怆然。他呆坐半晌，然后起身煮了一杯苦浓的咖啡，慢慢一口一口喝完。来到电脑前坐下，打开夏若兰的博客兰心若然，有五年没更新了，但并未销号。他点开“博客私信”功能，给她发了一封信：

我来完成故事九

一年之后，身体和心神都恢复过来的依儿，开启了她的复仇之旅，这是她今生必须为自己完成的一个使命。

她与韩潇潇合开了兰石私家厨房，地点是韩潇潇在衡山路的祖宅，这是他继承的遗产。

“兰石”很快名噪一时，成为小有名气的高档私房餐厅。

恋爱期间烟渺事无巨细都喜欢向依儿絮叨，她早就听说过徐亚杰其人，对他的性格秉性非常了解熟悉。联系上他，与他熟络起来不是难事，谁会拒绝一位美女的美食邀约。一来二往之后，徐亚杰迷恋上依儿，乐此不疲地频繁飞来上海。

在昆明开兰石私家厨房是复仇计划的重要环节，韩潇潇以骑士的姿态只身前往昆明全盘打理经营。装扮成哑巴是为了更方便地隐藏这个计划，也免除许多饶舌客人不必要的打探。

依儿对烟渺的口味了若指掌，当徐亚杰把昆明“兰石”推荐给顶头上司之后，那些量身定制般的菜肴霎时博得上司的满心欢喜，尤其是他极爱的煮虾头和秘品牛排，烟渺很快成为“兰石”的常客。徐亚杰打死也不会说出自己跟“兰石”老板娘之间的交往，也打死不会介绍烟渺认识自己时刻倾吐衷肠的红颜知己。

在巡视组和审计署大检查的双重压力之下，依儿是徐亚杰唯一放心的倾诉对象，他将所有真相都告诉了依儿。依儿旁敲侧击鼓励他反戈一击，主动揭发烟渺，徐亚杰采纳了这个建议。

可惜，优柔寡断、性格纠结的他被烟渺提前识破，动了灭口之心。

私家侦探、黄医生等人是横空冒出来的不速之客，依儿的计划里原是不需要这些人出现的，不速之客破坏了故事原本应有的节奏。

烟渺没等到毒性发作就自杀了，依儿最终没能亲自手刃仇人，算一种遗憾呢，还是算一种解脱？

沉者自沉，浮者自浮，如果麦子不死，何来金色的麦田？

所有的罪恶都始于清白。

后 记

我每年都要去乞力马扎罗完成一趟登山之旅，诚挚且殷切地邀请你，明年三月的时候一同前往，我带你在满月那天去登顶基博峰。那里有一个直径2400米、深度200米的火山口，口内石壁是晶莹无瑕的巨大冰层，底部耸立着巨大的冰柱，绝世罕见，蔚为壮观。

我将在那里，向你讲述一个我从未向人讲述过的秘密。

期待……

凌墨飞敬上